# 国家行动

山东省主题出版重点出版物
山东沂蒙精神研究会重点扶持作品

麻风防治的中国模式和世界样板

杨牧原 杨文学 著

山东文艺出版社

图书在版编目（CIP）数据

国家行动：麻风防治的中国模式和世界样板 / 杨牧原，杨文学著 . —济南：山东文艺出版社，2021.6
ISBN 978-7-5329-6121-4

Ⅰ . ①国… Ⅱ . ①杨… ②杨… Ⅲ . ①报告文学—中国—当代 Ⅳ . ① I25

中国版本图书馆 CIP 数据核字 (2020) 第 054219 号

## 国家行动：麻风防治的中国模式和世界样板

杨牧原　杨文学　著

| 主管单位 | 山东出版传媒股份有限公司 |
|---|---|
| 出版发行 | 山东文艺出版社 |
| 社　　址 | 山东省济南市英雄山路 189 号 |
| 邮　　编 | 250002 |
| 网　　址 | www.sdwypress.com |
| 读者服务 | 0531-82098776（总编室） |
| | 0531-82098775（市场营销部） |
| 电子邮箱 | sdwy@sdpress.com.cn |
| 印　　刷 | 山东新华印务有限公司 |
| 开　　本 | 710 毫米 ×1000 毫米　　1/16 |
| 印　　张 | 15 |
| 字　　数 | 280 千 |
| 版　　次 | 2021 年 6 月第 1 版 |
| 印　　次 | 2021 年 6 月第 1 次印刷 |
| 书　　号 | ISBN 978-7-5329-6121-4 |
| 定　　价 | 45.00 元 |

版权专有，侵权必究。如有图书质量问题，请与出版社联系调换。

当我们苦心孤诣地揭开麻风神秘的面纱，突然发现，这个千年恶疾被降服的漫长过程，就是一个政党执政为民最真实的历史写照。

——题记

前 言

# 千年惶恐——人类最无奈的表情

　　他做梦都不会想到，巨大的灾难竟然是从他病愈出院开始的。确切地说，在他一扫往日的阴霾，快乐进村的一刹那，悲剧就开始了。恶魔传染给他的病菌都被杀光了，可是那个肆虐了几千年的魔鬼依旧带着死神的狞笑，跟随他的脚步悄然来到了农家小院，冷酷无情地给一家人的生命画上了休止符……

　　医生做梦也不会想到，自己能解除一个患者的痛苦，却无法拯救一家人的性命。很多时候，医生能够治疗一个人肉体的创伤，却无法医治一个人精神上的伤痛，更何况是人类几千年来一直在延续的精神伤痛。

　　60年后，当我们采访耄耋之年的老医生，谈及这个事件时，我们发现，无奈的、惋惜的泪水在老人悲伤的眼睛里闪烁着莹莹的光。

　　我们没有经历那个病魔肆虐的年代，对国人闻之色变的经历缺乏切身的感受。但是，从老医生的泪光里，我们已经深深地感到，20世纪那个在中国、在世界恣意横行的恶魔，给病人带来的伤害之大，给经历那场与死神搏斗的医生带来的伤痛之深，给中国和世界带来的灾难和恐怖之久，都是亘古未有的。

　　这个最早被人类用文字记载的恶魔，仅仅在中国和印度就给几百万人带来生不如死的折磨。可以说，在所有关于灾难性传染病的记载里，即便是造成人类大量死亡的鼠疫，甚至是差点儿灭绝种族的霍乱，都不如它给人类造成的危害之长久，带来的恐怖影响之深远。毫不夸张地说，它是所有传染性疾病里最可怕、最顽固的魔头！

它给人类带来了千年不变的表情——惶恐。

作为世界三大慢性传染病之一，它是有史以来最令人匪夷所思的。染上这种病的人，饱受着肉体和精神的折磨和摧残，承受着难以形容的不幸和痛苦，忍受着社会的恐惧和歧视。即使到了文明和科技发达的今天，这个古老的魔鬼还在亚洲、非洲、南美洲等地，对着人类狂笑，以最恐怖的方式疯狂且贪婪地破坏着人的健康，撕咬着人的肉体，摧残着人的灵魂，蹂躏着人的精神，让患者悲痛欲绝。由于其病菌具有"在人体内不易被杀死，离开人体又不易被养活"的特殊性，医学界还没有研究出根治它的方法，致使它至今依旧在人类面前肆虐着。然而在世界的东方，它却在中国共产党建立的国家里折戟沉沙，被中国人斩断了恣睢无忌的魔爪。

世界卫生组织评定这种疾病基本消除的标准为：发病率低于$6/100000$。为了人民的健康，为了人民的幸福，刚刚成立的中华人民共和国立即行动起来，仅用几十年的时间，就将发病率牢牢地控制在$1/100000$以内。

不足$1/100000$。这个高度领先世界的数据里，蕴含的是初心，是使命，是责任，是担当。至此，我们找到了被治愈的病人在自己的住处普遍悬挂毛主席像的缘由。这也就难怪我们采访浙江省德清县上柏村那个被治愈的老人时，一直不说话的老人突然用他那沙哑的喉咙唱起："天大地大不如党的恩情大，爹亲娘亲不如毛主席亲……"

不足$1/100000$。我们可以无愧于心地宣布：在这个领域，我们不仅成功地创造了中国式的防治模式，也成功地为世界提供了可以效仿、复制的样板。

在这个领域，中国医生成功地破解了困惑世界千年的易感因子；在这个领域，中国医生成功地破解了困惑世界百年的药物综合征的风险位点。这两项科学发现，让"创造一个没有麻风的世界"成为可能。

这个历时几千年而不亡的病魔，这个给世界带来极大灾难，给中国带来极度恐慌的恶魔，公元前2世纪的《黄帝内经》里叫它厉风，公元196年的《金匮要略》里张仲景叫它恶疾，公元652年的《千金药方》里孙思邈叫它大风，公元992年的《太平圣惠方》里王怀隐叫它麻风。被这个恶魔传染的病，人们叫它麻风病。

正因如此，世界上多了一个词——谈麻色变。

# 目录

## 上篇·生死徘徊——延续千年的伤痛

### 一、止于唇齿的恐惧 ... 3
1. 十忆九悲,不生不灭 ... 3
2. 远古的恶魔 ... 12
3. 束手无策 ... 15
4. 至少要给他们尊严 ... 28

### 二、红星照耀中国 ... 33
1. 寻找答案的列车 ... 33
2. 毕生的信仰 ... 44
3. 曙光,1954 ... 50
4. 一个共产党员的使命 ... 58

### 三、我们将奔赴前方 ... 66
1. 奠基者 ... 66
2. 回归,从哈瓦那到泉城 ... 75
3. 他们,从未离开 ... 79

## 中篇·未竟事业——赌上一生的医生

### 一、踏遍千山万水 …… 87
1. 孤独，22年 …… 87
2. 10万里的路哟 …… 95
3. 无处容身 …… 102
4. 活下去并热爱生命 …… 109
5. 我和我的亲人 …… 117
6. 当幸福来敲门 …… 129
7. 麻风村，时代的底片 …… 134

### 二、坚不可摧的生命连线 …… 140
1. 危机，线索丢失 …… 140
2. 抉择，始于危难 …… 146
3. 新生，1/100000万的骄傲 …… 154
4. 最后的"村长"与未达的远方 …… 161

## 下篇·使命荣光——奔赴世界与未来

### 一、走向世界的力量 …… 173
1. "1+1=2"的猜想 …… 173
2. 希望尚存，必竭尽全力 …… 183
3. 科学，生命的重新开始 …… 199

### 二、奔赴未来的勇气 …… 216
1. 临危受命 …… 216
2. 坚如磐石 …… 223
3. 为了一个没有麻风的世界 …… 227

上 篇

# 生死徘徊
## ——延续千年的伤痛

# 一、止于唇齿的恐惧

他的衣服要撕裂,也要蓬头散发,蒙着上唇,喊叫说,不洁净了,不洁净了。——《圣经》

伯牛有疾,子问之,自牖执其手,曰:"亡之,命矣夫!斯人也而有斯疾也!斯人也而有斯疾也!"——《论语》

漆身而为厉,被发而为狂。——《战国策》

神若存而若亡,心不生而不灭。——〔唐〕卢照邻《五悲文》

日复一日,他的境况更糟糕了,他的脸也被折磨得不成样子,以至于那些忠诚的追随者都深感同情。——〔美〕电影《天朝王国》

如果他们无法掌握自己的生命,我们至少要给他们尊严。——〔英〕维多利亚·希斯洛普《岛》

## 1. 十忆九悲,不生不灭

20世纪60年代,山东昌潍地区,一个叫李庄的村落。

处在黄河古道上的昌潍地区,是山东省麻风病的重灾区之一。这里自上而下建立了覆盖全地区的麻风防治机构,同时建设了大大小小的几十个麻风村。所谓麻风村，就是相对"隔离"，专门用来收治麻风病人的村落。

麻风病人王全得在麻风村治疗两年之后，被确认为完全治愈。在当时的条件下，他的血液和组织内已经检查不出麻风杆菌了。在医生潘玉林的眼里，这是一个近乎完美地被治愈的病人。麻风没有给他留下任何肢体、面部的伤残，于是，医生着手安排王全得出院回家。

此时的王全得刚刚20岁，他在18岁的时候被确诊感染了麻风。家人没有丝毫犹豫，马上就将他送到了麻风村进行治疗。两年的时间里，他遵照医生的要求按时吃药，治疗效果一直很好。因为病情发现得早，又得到了及时的治疗，他的病情没有发展到肢体残疾的程度，甚至身上连红斑和溃疡都没有。可以这么说，他的皮肤和血液都是"干干净净"的，人也是"健健康康"的。

阔别故乡两年多的王全得异常兴奋。两年前，他被送到麻风村的时候，内心是绝望的。他觉得自己永远也离不开这里了，永远也回不了家了，永远也见不到兄弟姐妹了。一想到邻村那个因麻风致残的光棍老人在冷漠的目光里活着的无助与凄凉，他仿佛看到了自己的余生。他开始仇恨麻风，仇恨生命，仇恨时间。他想要自杀，想要利用这种方式摆脱麻风病的伤害。但随着病情不断好转，王全得相信，他的病可防、可治、不可怕，只要按时吃药，就一定可以和正常人一样生活。于是，他重新燃起了对生活的希望。

王全得是幸运的，仅仅两年时间，他痊愈了。王全得抚摸着自己光滑的皮肤，拍打着自己充满活力的四肢，激动地喊起来："我好了，我好了！"拿着医生开的证明信，他迫不及待地逃离麻风村。

从麻风村出来，王全得感觉自己的激情前所未有地澎湃。近一百里的山路，他凌晨出发，晚饭前就回到了村子里。

故乡，我回来了。

晚饭前的村子里是最忙碌的，乡亲们都从庄稼地里回来了，推车的、赶牛的、扛锄头的、背草筐的，空气中洋溢着一股农忙后的惬意。王全得高兴地冲着乡邻们打招呼。乡亲们看见王全得，都惊讶得说不出话来，脸上充满了恐惧，仿佛看见了一个魔鬼！

乡亲们开始后退，快速地跑回家里，紧紧地关闭院门。坐在门口的老人带着小板凳退回到院子里，母亲把小孩子从街道上一把拉回来，男人把停在门口的牛羊也赶进了圈里……

凡是王全得经过的地方，家家户户都关了院门。

王全得百思不解。他说："我的病全好了，医生让我出院的。"可是没有人听他辩解。王全得拿着单子说："这是医院开的证明信。"可是依旧没有人看。他的真诚表白被躲避的村民们无情地抛在了身后。

王全得知道，大家惧怕麻风。当年他走出村庄的时候，乡亲们就是这样看待他的。好在王全得想得开，没关系，自己的麻风已经治好了。医生说，治好了就什么事都不会发生了，治好了就跟大家一样是一个正常人了。

家里的大门没有上锁，王全得高兴地一把推开，看见一家人都坐在院子里吃饭，开心地喊道："爹，我回来了。"父亲的头抬了起来，他看见王全得灿烂的脸时惊住了，手里的碗筷啪的一声掉在了地上。弟弟和妹妹看见了王全得，高兴地放下碗筷，跳起来就要扑向他。突然，父亲大喝一声，吓得孩子们都愣在了原地。父亲走过去，抬起右手，一巴掌结结实实地打在了王全得的脸上。这一巴掌打得王全得头晕目眩，彻底击碎了他一天来无比愉悦的心情。父亲严厉地质问道："你为什么跑回来？"王全得捂着脸颊，痛苦地说道："爹，医生让我回来的。爹，我的病治好了。"父亲似乎不相信他的话。王全得从口袋里拿出一张盖着红色印章的纸片给了父亲："爹，我的病治好了，这是证明信。"父亲一把将证明信抓过来，狠狠地扔到一边："不可能，不可能，从我记事起,就没有听说过大麻风能治好!他们这是不想要你了!你现在回去,赶紧回去!"

王全得低着头,委屈的眼泪再也无法阻止。这个时候,同样惊讶的母亲站了起来:"回来就回来了吧,走了一天了,先吃饭吧。"然后,她犹犹豫豫地拿起了一副碗筷,似乎在做痛苦的抉择。良久,她将碗筷放到了王全得的手里。

晚上,王全得的父亲一直蹲在门口,抽着旱烟,母亲走过来,问道:"他爹,睡觉吧,回都回来了。"父亲说道:"我是担忧啊,全得回来了,咱这个家要完了。"

母亲有点纳闷地问道:"全得不是说他的病都治好了吗?还有证明,盖着红戳呢。"

父亲长叹了一口气:"那又怎么样?刀子能杀人,舌头也能杀人哪!你忘了全得查出麻风被带走的时候,村里人是怎么对待咱的?这安生日子才过了两年哪!"

母亲不再说话。她望着黑夜中寂静的院落,仿佛一场难以抵御的暴风雨即将来临,恐惧顷刻间渗透到全身的每一寸肌肤和血液里。

自从王全得回来之后,村子里的流言蜚语就铺天盖地。有的说王全得的麻风治不好了,他回来是等死的;有的说王全得在外面传染了别人,被麻风村赶回来了;有的说王全得回来的当天晚上,他家的鸡就死了;更多的人说王全得全家都传染上了麻风,大麻风啊,毒着呢,染上了就是个死……

于是,村里的人开始疏远王全得一家,看见他们家的人,都远远地躲开。没有人和他们家走动,没有人和他们家交流,他们一家人仿佛独立于这个村庄之外,或者说,仿佛根本就不存在。

歧视令人绝望,孤独让人寒冷。但是毕竟是自己的骨肉,父母没有赶走王全得,只是将他限制在了家里,不准他在村里走动。可是,令人难以承受的事情却接踵而至。

早上，父亲去村里唯一的水井挑水，却发现架在水井口上的辘轳头不见了。没有辘轳头，是无法从深水井里提上水来的。父亲无奈地挨家挨户打听，可是，没有人给他开门，所有人都躲在门后，回答出人意料地一致——不知道！没有一家承认自己家拿走了辘轳头。下午，父亲却亲眼看见邻居从另一家拿来辘轳头，摇出井水后，又带走了辘轳头。接着，王全得一家也找不到碾杆了，情况跟去水井打水如出一辙。再接着，村子里所有公用的东西，诸如打场用的碌碡、捣米用的石臼等等，他们家都无法使用了。

父亲最担忧的事情终于发生了！

这是村民们的集体行为，他们集体抛弃了这个家庭，抛弃了这几个活生生的生命。父亲面临着两个选择：要么送走王全得，要么全家渴死、饿死。

父亲和母亲没有送走王全得。因为他们知道即使送走儿子，他们家也是恶魔之所——王家早已陷入从未有过的孤独。

而孤独，是人类走向灭亡的罪魁祸首！

那一夜，抽了一夜烟的父亲做出一个惊人的决定，一个令人无比痛心的决定。

王全得归家的第五天，正逢镇上大集，父亲拿出家里的积蓄，买回来猪肉和白面，包了一顿饺子。几年没见过白面猪肉饺子的王全得和弟弟妹妹很是兴奋，他们手都来不及洗就坐下来吃饭。这一次，母亲没有怪罪，父亲没有斥责，两个人坐在桌子边，看着孩子们欢快地吃着水饺，自己却没有动筷子。

吃着吃着，最小的妹妹突然喊起来："娘，我有点肚子疼。"母亲忍住泪说："不要紧，慢慢吃。"弟弟也跟着喊起来："娘，我也肚子疼。"母亲说："是吃急了，慢慢吃。"王全得也说："娘，我也肚子疼。"

母亲还是说："吃吧，没事的。"

接着，妹妹和弟弟放下了筷子："不吃了，肚子疼得难受。"

父亲大喝一声："吃，全都给我吃光！"

弟弟和妹妹害怕了，因害怕和疼痛导致颤抖的双手，再次拿起了筷子。他们吃光了所有的饺子。然后，他们开始流汗，脸色开始变白，并不住地抽泣。母亲抱住两个孩子，用尽平生的力气抱得死死的，然后号啕大哭起来。慢慢地，怀里的孩子不再抽泣了，身体开始变得僵硬、冰冷，最后安安静静地倒在了地上。而在一边年龄更大的王全得仿佛明白了什么，他只是捂着肚子，没有任何呻吟，蜷缩在角落里。王全得心里非常明白，这个家庭的不幸因他而起，他的不幸因麻风而起。他觉得自己有罪。如果说此时他有怨有恨的话，也只能痛恨这该死的麻风。王全得一言不发，静静地蜷缩在角落里。他受够了村里人的白眼，受够了活着的一切感受。就这样，他的瞳孔渐渐散开，他看不清父母的样子了，看不明白这个游荡着麻风的世界了。接着，倔强的父亲站起来，拿出两根长长的绳子，一根给了妻子，一根留给了自己。两个人将绳子拴在房梁上，然后站上了高高的凳子……

20世纪60年代，在山东昌潍地区的麻风村被治愈的年轻小伙子回到家中，却给整个家庭再次带来歧视与孤独。最终，父母带着几个孩子在村民惶恐的目光中选择了自杀。

曾经为他治疗麻风的医生潘玉林已经80多岁，按说到了忘事的年龄了，可是他却无法忘记那段令人痛心的历史。麻风给人类带来的伤害是罄竹难书的。麻风不仅让有药可治的现代患者痛心伤臆，更让无药可用的古代患者痛入骨髓。

初唐，长安，太白山。霜染层林，落木萧萧。

一名老者跪在一棵苍老的白桦树下，用手肘夹着一柄粗糙的锄头，用尽浑身的气力，不断地锤击着板结的土地，地面在他的锤击下依旧顽固地保持原貌。

日复一日，他已不再苦吟。诗，已被疾病蹂躏成了一地鸡毛。他那富有想象力的大脑一片混乱，他再也无法进入自己熟悉的写作领域，无法写出自己熟悉的骈文和诗歌，尽管他曾是一位"语不惊人死不休"的杰出诗人。在同时代的诗人里，他的作品文风质朴多变，语言简洁老练。可此时，他的残手已无法握笔了。现在的他，只剩下一个生活目标——为自己挖一个坟墓，在埋葬自己肉体的同时也埋葬诗歌。

粗糙的锄头的木柄将他的双手磨破，但是他没有感觉，哪怕是丝毫的疼痛。失去触觉，让他无比绝望。他将工具扔在了一边，依偎在树干上。这样一个小小的动作对他来说都是艰难的，他举起那柄锄头所耗费的力气和工时，也远远超出正常人数倍，因为他的双手已经没有了手指，只剩下两个血肉模糊的肉球。

"长安大道连狭斜，青牛白马七香车。玉辇纵横过主第，金鞭络绎向侯家。……得成比目何辞死，愿作鸳鸯不羡仙。比目鸳鸯真可羡，双去双来君不见。"年轻时，他写出了人生最为重要的作品，也是初唐最为重要的作品之一——《长安古意》。那是意气风发的年龄，那是充满抱负的时节。而多年之后，诗歌给他带来的荣光已经随风而去了。他独自躲藏在荒无人烟的深山，剩下的只有绝望和无助。

他的人生曾经是风光的。他和一群富有创造力的诗人，用才智和激情开创了中国古诗的盛世；他引导了传统诗歌的发展；他曾经和同时代的诗人被誉为"初唐四杰"，享誉海内。而现在，他却像一支被人遗弃的残烛，生命难以维继。富有才情的诗歌和他无缘了，诗歌盛世离他远去了，他的身边只有无边的落寞和漫长的痛苦。

他只有速死以求解脱。

他用浑浊而通红的眼睛，凝视着眼前这个无法完成的坟墓。难以闭合的双眼让他失去了人性的灵光，摇摇欲坠的下颌让他的口水不断地流下来，诗人的潇洒被狰狞的面目所替代。他厌恶自己的样子，厌恶自己的双脚，厌恶自己的双手。他厌恶清澈的水面，厌恶磨光的铜镜，凡是能让他看到自己形体的东西，他一概拒绝。他躲进这寂寥的山林里，想挖一个可以埋葬自己的土坑，可是令人悲哀的是，一个能在诗歌里纵横驰骋的诗人，却连挖一个埋葬自己肉体的坑都办不到了。

一声长叹。

他放弃了，彻彻底底地放弃了。现在，他已经如同一个死人一样，瘫软在这片他曾经创造过无数辉煌的土地上，除了还在跳动的心脏和流动的血液，他的心已死，一切已与死人无异了。

最终，他决定了，其实只不过是把那个时间提前了一些，把自己早就有的想法提前了一些。他动了动身子，趴在地面上。他的双脚已经不能站立，他匍匐着，一点一点地匍匐着，越过白桦树，越过自己想挖的坟墓，爬向下面湍急的河流。他用残唇吸食着河水，可是一点也感觉不到它的温度。

他不再犹豫，一下子翻滚进了湍急的河流。

河流突然像受到了沉重的震击一样，狂怒爆裂，卷起一波高昂的浪涛，带着那具不完整的躯体，冲向远方。它带走了饱经风霜的肉体，却留下了令人憧憬的灵魂，同时留下的，还有那个响彻云霄的名字——卢照邻。

*东郊绝此麒麟笔，西山秘此凤凰柯。*

*死去死去今如此，生兮生兮奈汝何。*

——节选自卢照邻《释疾文·粤若》

"初唐四杰"之一的卢照邻，因写诗而入狱，从长安监狱获释后，他不幸感染了麻风。随着面部残疾的出现，他隐居山林，与世隔绝，之后病情急剧恶化，造成了肢端残疾。在麻风的折磨之下，卢照邻最终选择了自杀。

卢照邻患病后在自己的《五悲文》中这样描述自己的病情："骸骨半死，血气中绝，四支萎堕，五官欹缺。皮襞积而千皱，衣联褰而百结。毛落须秃，无叔子之明眉；唇亡齿寒，有张仪之羞舌。仰而视睛，翳其若瞢；俯而动身，羸而欲折。神若存而若亡，心不生而不灭。"

这是一个大诗人对麻风病的描述，也是一个患者最真实的感受。抛开诗人内心的痛苦，仅从语言上来讲，这段描述简直就是一篇绝妙的美文。而从感情上来看，这却是一个麻风患者对病魔的血泪控诉——骸骨半死，血气中绝，四肢萎堕，五官欹缺。

我们遍查有关麻风病记载的文章，只有卢照邻的这篇《五悲文》如泣如诉，从感受到认识都入木三分。古人卢照邻用诗文记录下自己患麻风的痛苦；今人王全得不识字，却从四邻冷漠的眼光和躲避的行为里，感受到麻风病人的不幸。他们无一例外地选择了以极端的方式终结自己的生命，以示对这个千古恶疾的抗争。今天，从山东、浙江到广西，走访了几十个麻风村，采访了那么多麻风病人后，我们理解了，我们认同了，在一个肆虐了几千年而不死的病魔面前，任何一个生命，一旦被这个魔头盯上，从个体意义上来说都是无助的、悲哀的。

不管是卢照邻还是王全得，他们都不知道，他们的病不是简单的个例。在人类文明产生和发展的几千年的进程中，在地球生物生存和进化的几千年时间里，它是隐于黑暗的，又是肆无忌惮的；它是令人毛骨悚然的，又是受人万般唾弃的。在人类的历史上，从未有一个病种像它一样延续数千年；从未有一个病种像它一样一成不变；从未有一个病种像它一样，给人类肉体和精神上带来如此长久的折磨，造成如此巨大的摧残！

它是一个可怕的恶魔，来自难以发觉的恐怖深渊；它伺机蚕食人类的身体和心灵，将人类拉到死亡的边缘；它在地狱的大门前不断地徘徊，狞笑着把不幸的患者推向无底的深渊。

它就是麻风，一个把人置于死亡边缘、久久游荡于人世的远古恶魔。

## 2. 远古的恶魔

在人类发展的历史上，麻风一直在背后尾随，在左右相伴。它对人类的攻击从未停止过。由于麻风杆菌的顽强生命力和强大的适应性，麻风可以说是跟人类形影相随、与人类联系非常紧密的一种疾病了。它的影响之大与作孽时间之长是令人难以想象的。

2009年，印度的拉贾斯坦邦出土了一些人类的头骨，年代应当在4000年以前。其中一具头骨引起了考古学家和医学科学家的高度关注，主要是骨骼上有一些明显的因为疾病而造成的骨质的变化：骨质被侵蚀得非常严重，部分骨头缺失，整个头骨有几处较为明显的裂痕等等。那么，这是什么疾病呢？

医学科学家研究的结论是：麻风！

4000多年前的这具头骨的病变，与现行的麻风病的症状完全吻合，可以证明麻风病长久存在的历史。在古印度，麻风无情地摧残着那里的人们；在古代中国，麻风对善良的民众也从不手软。

在中国儒学经典《论语》中曾经有过这样的表述："伯牛有疾，子问之，自牖执其手，曰：'亡之，命矣夫！斯人也而有斯疾也！斯人也而有斯疾也！'"

看起来简单的几句话，却蕴藏着巨大的信息量。

冉耕，字伯牛，春秋末年鲁国（今山东省菏泽市定陶县）人，孔子的弟子，为孔门四科"德行"代表人物之一，受儒教祭祀，在孔门中以德行著称，有很高的威望。《史记》里《仲尼弟子列传》中载："孔子曰'受业身通者七十有七人'，皆异能之士也。德行：颜渊，闵子骞，冉伯牛，仲弓……"

《论语》里的一段关于伯牛疾病的记载，现在看来没有任何证据证明伯牛所患的究竟是什么病，但是其中有几个关键点。第一，"子问之"。孔子听说伯牛病重了，过来看望他，其中没有敲门或者摇铃之类的描述，仅有语言的对白，这说明了第一点，孔子知道伯牛的病是传染的，出于自保，他已经决定仅仅停留在屋外，没有踏入屋内。第二，"自牖执其手"。牖，在古代指开凿在墙壁上的窗户。孔子没有进屋，伯牛打开了窗户，孔子拉住了他的手，这说明了第二点，伯牛在向恩师孔子展示什么。那么按照一般常理考虑，探望病人，一般都是到卧榻旁，询问病人的病情，病人会向来人展示一个足以证明自己病情的病状。伯牛选择了伸出手，后面的表述也证明了这一点，看到伯牛的手，孔子悲伤地呼喊起来，那么伯牛的手指一定有了非常明显的变化。变化可能有两种：一个是皮肤的溃烂，一个是形状的改变。第三，孔子与伯牛之间隔着一扇窗户，伯牛不愿见孔子，说明不仅是他的手，他的身体、他的面部可能都发生了明显的变化。同时，伯牛没有说话，与最尊敬的恩师孔子的最后一次相遇，懂得感恩的伯牛选择了沉默，说明他大体了解自己的病，也许会通过口中喷出的飞沫进行传播，传染他人。以忠孝著称的冉伯牛切断了这一传播途径，将恩师拒之门外。第四，孔子看见了伯牛手的病变，大声呼喊道："亡之，命矣夫！斯人也而有斯疾也！斯人也而有斯疾也！"孔子惋惜的语言，说明这种病在古代无法医治，一旦患上，必死无疑。同时，对于这种疾病，世人是恐惧和唾弃的，所以孔子喊道："这么优秀的伯牛也有这样的疾病啊！"

通过飞沫传染，在古代无法医治，导致身体残疾且让人恐惧，这样的病种几千年来有且只有一个：麻风！

《论语》里冉伯牛的故事，至今被认为是中国有文字记载的麻风病第一案例，它向我们传达了两个非常强烈的信号：一是在古代麻风被当成不治之症，各种医药书籍中都有关于麻风治疗的记载，但是从未有过明确的治愈的记录。

历史上著名的"麻风国王"鲍德温四世，年少时在宫廷之内就感染了麻风，之后一直羞于见人，甚至故意躲避自己的母亲。1174年，鲍德温四世继任耶路撒冷国王。根据其老师威廉所记载，鲍德温四世军事才能杰出，1177年11月25日这一天是他一生中的辉煌日，16岁的他在蒙吉萨战役中率领几百名骑士和数千步兵，成功地击败了萨拉丁的两万军队。即便是有如此才能且位高权重的一国之君，也没能抵挡住麻风的侵蚀，他终日携带面具，一代枭雄英主从未展示过自己真实的面孔。1185年，鲍德温四世因麻风病病情恶化而英年早逝，年仅24岁。

事实上，对有着4000多年记载史的麻风，任何治愈的历史到目前为止也仅仅70余年。

在古代，麻风病人就被认为是不祥的征兆，感染麻风被认为是来自上天的谴责，源于上帝的惩罚。没有任何资料显示人们对麻风像是对其他病种一样能给予巨大的同情和怜悯，多数都是恐惧和歧视。面对麻风和麻风病人，人们的选择是远离和抛弃，任由孤苦的灵魂在无助的挣扎中消亡。

在科学技术落后的古代，不论是中国还是西方，无一不对神明有着特殊的崇拜，而无法治愈、无法预防的幽灵般的麻风，则在很长时间里被认为是神明降罪的象征。在《战国策》的《范雎说秦王》一章中有这么一句话，"箕子、接舆，漆身而为厉，被发而为狂，无益于殷、楚"，意思是箕子用漆涂身像生癞疮，接舆披头散发装成狂人，他们打扮成麻风病人的样子，可是对殷朝、楚国并无帮助。可见整个文化中对于麻风的偏见。而在西方文化中，麻风被赋予了更多宗教的因素。

《圣经》中对于麻风的描述众多，它将麻风认定为悖逆神而引起的、除了神谁也无法治愈的疾病。其中记录的亚兰王元帅乃缦就患有麻风："亚兰王的元帅乃缦，在他主人面前为尊为大，因耶和华曾藉他使亚兰人得胜；他又是大能的勇士，只是长了大麻风。"在麻风无法医治的情况下，"以利沙打发一个使者，对乃缦说：'你去在约旦河中沐浴七回，你的肉就必复原，而得洁净。'""于是乃缦下去，照着神人的话，在约旦河里沐浴七回，他的肉复原，好像小孩子的肉，他就洁净了。"《圣经》中对于麻风病的描述几乎都与神的治疗、洁净等宗教因素有关。

姑且不去讨论古人对于麻风的恐惧，直到今天，史料记载中也没有权威的证明，来证实麻风的起源时间和地点。麻风早期的症状并不明显，特征也不典型，只不过是一些局部皮肤苔藓样变化。这样的皮肤症状，即使是现代的医生，不借助科技手段也很难确诊。很多书里对麻风有很详细的描述，但从作者的描述来看，大多数症状肯定不是作者亲眼所见，而是他们根据社会传闻或经验想象出来的，当然"初唐四杰"之一卢照邻的《五悲文》是个例外。在古代的记述里，被当作麻风来描述的病，必须谨慎看待，因为被误诊为麻风的人很多。一直到了19世纪中叶，很多时候医生还是把麻风和各种慢性皮肤病弄混，包括坏血病、糙皮病、皮肤结核、牛皮癣（银屑病）、白癜风、皮肤癌等等。这些皮肤病的症状和麻风的初始症状，并不存在明显的差别。

因此，我们无法去追溯麻风的源头，仅能按照现有的史料记载进行一种大约的猜测。但是，有一点我们是可以肯定的，那就是人类面对麻风始终束手无策。这种无奈的情绪，从古代到近代，从未改变。

## 3. 束手无策

1958年夏天，山东枣庄，12岁的李国成匆匆忙忙吃完两个煎饼，跑到院子里的水缸前，用葫芦水瓢舀起满满的井水，咕咚咕咚地大口大口喝下去。长长的饱嗝从他胃的深处一下子迸发出来，带着刚刚喝下的凉水，喷在了墙面上。母亲走出来，看到土黄色院墙上成片的水印，面色愠怒，抬起手来就要拍他。李国成灵巧地往后一跳，顺势躲开了。健康的身体给了他极为敏锐的肢体反应，手脚的协调性对于这个年纪的人来说，正处于巅峰期。

躲开母亲的拍打后，李国成转身向门外跑去。跑到门口时，他右手用力地往身后一甩，手中的葫芦瓢稳稳地砸在水缸里，井水又一次溅起来，洒满了整个土墙。愤怒的母亲大声质问道："刚吃完饭你去哪儿？"李国成嬉笑着回答："下河，下河。"母亲没有再训斥他，只是大声地提醒道："别把衣服弄脏了，明天没穿的了！"李国成爽快地答应，出门的脚步更快了。

穿过被土黄色的泥墙层层包围的坑洼小道，李国成以他身体极限的速度到达村外的桥头。他身后是小小的村落，依偎在夏日茂密的树林之中，矮小而略显破旧的房屋，被高大的树木遮挡得严严实实。处于山坳里的村庄自古都是闭塞的，村里的人很少外出，外面的人也很少进来，传统的农耕生活给了村民自给自足的生存条件。日常往来于村庄的人，只有骑着自行车的公社干部，和按时串村出诊的赤脚医生。

李国成扒开桥边高高的河草，明净的流水和潜翔的小鱼出现在他眼前，当然还有张牙舞爪的螃蟹和狡猾无比的泥鳅。李国成无比激动，这是他梦寐以求的夏天，这是他梦寐以求的河水，这是他梦寐以求的鱼虾。从去年九月开学到今年七月放假，他一直没有机会接近这条小溪，老师的严厉让他望河兴叹，更为重要的是，春寒和秋凉的时节不允许他到河水中去，那样会导致感冒。一旦感冒，他将等待着赤脚医生的到来，然后吃下他给自己的难以入口的药物。说起来也怪，李国成不怕打针就怕吃药。幼小的李国成极为讨厌赤脚医生给他的药物，所有的药物在他的思想里都是难以下咽的"毒药"，甚至赤脚医生的到来都让他感到极为不痛快。每一次得病，赤脚医生都是看着他把药吃下去才离开，这是他无法忍受的，但是他没有办法摆脱赤脚医生和母亲的双重看守。于是，李国成想了一个办法，就是先把药放进嘴里，在喝水的时候用舌头把药片压在舌下，或喝水时用舌头把药片推进水杯里。这么一来，他就不用吃药了。李国成的小聪明一直很奏效，几年来少有的感冒并没有因为他拒绝服用药物而耽误病情。李国成心里沾沾自喜，觉得自己的身体很硬朗，得病了根本就不需要吃药。只不过生病的日子并不好受，所以在整个冬天和春天，小小的李国成只能乖巧地用厚厚的衣服包裹着自己，即便是出汗，也不敢脱掉哪怕一件衣服。他必须确定自己不会因为受凉而感冒。

七月份是孩子们最为快乐的时节，这时不再有上学的任务，更重要的是，夏天来了。李国成干脆利落地脱掉了长袖，穿上了短袖，整天和小伙伴外出玩耍。今天他与小伙伴约的时间是中午12点半，一天里气温最高的时候，这个时候最幸福的事情就是泡在河水里将一群小鱼追得满河乱窜了。

李国成在不到12点半的时候扒开长长的河草，看到了河水，也看到了比他来得更早的小伙伴们。小伙伴们在河水里向他大声地呼喊着，李国成欢快地叫喊着向小河冲了过去。到了河边，他停了下来，想起了出门时母亲的嘱咐，于是赶紧脱衣服。调皮的李国成对于母亲的这个嘱咐是不敢违抗的，因为他知道，整个夏天他只有一套衣服，还是用长辈的旧衣服改的，弄脏了可就得光屁股了。

李国成将脱下来的衣服叠得整整齐齐的，找了一个干净的地方用石头压起来，然后就冲进了河水里。

欢快的河水让李国成忘记了一切烦恼，但玩着玩着，一个小朋友突然盯着李国成的胸口认真地看了起来。李国成问道："你看啥呢？"小伙伴说："你中午是不是吃辣椒啦？"李国成摇了摇头。小伙伴又问道："你是不是让虫子咬了？你看你胸口上，一片一片的发红。"李国成赶紧低头检查自己的胸口，只见上面有一些红斑。小伙伴游过来，手抓在他的胸口上，问道："你痒吗？"李国成也抓了抓自己的胸口，摇了摇头。小伙伴说："你肯定让什么毒虫子咬了，我娘说，让毒虫子咬了得看医生。"说完，小伙伴转身冲进了水里。

一听到"医生"两个字，李国成心里就发怵，再看看自己的胸口，倒是一点感觉都没有。算了，管他什么虫子咬的，反正不疼不痒。接着，他也跟着冲进了水里。

在接下来的几天时间里，李国成总是感觉自己的胸口有些异样，有一种说不上来的感觉，好像小蚂蚁在身上爬一样，不过这种感觉并没有耽误他吃饭、睡觉和玩游戏。慢慢地，李国成就忘掉了这件事，好像胸口也跟着没什么感觉了。

半个月之后，李国成从外面跑回来，正好家里准备吃饭，他一屁股坐下来拿起筷子就要吃。父亲的筷子一下子打到了他手上，他"哎哟哎哟"地叫喊了起来，手疼得僵在了饭桌上。父亲严厉地斥责他："看看你手指头上的泥灰，赶紧去洗手！"李国成答应着，正想站起来，父亲突然攥紧了他的手，盯着看了一下，问道："你手上怎么回事？怎么这么多红色的斑？"李国成无所谓地回答："没事，不疼不痒的，我身上还有呢。"父亲让李国成脱下衣服来，只见他胸口的红斑好像没怎么扩大，还是以前的样子。父亲问道："有啥感觉吗？"李国成摇了摇头。父亲放开了他的手，说："赶紧洗手去吧。"然后，父亲又转头问李国成的母亲："医生什么时候到村子里？给国成拿点药抹抹吧。"一听是往身上抹药而不是吃药，李国成心里的担忧瞬间消失了，他赶紧接过话来："医生得后天来。"

过了两天，赤脚医生到了村子里，母亲带着李国成找到了医生。看到李国成身上的红斑，问了几个问题后，医生并没有太过在意，简单地开了些外敷的药膏就离开了。可是，在按照医生的嘱咐按时涂抹药膏之后，李国成皮肤上的红色斑迹并没有立刻消退，当然也没有急速扩散。小小的李国成也并没有感觉到特别不适，但是，他开始有了些更为明显的异样的感觉——手和脚的触觉越来越不灵敏了。

整个夏天，他的肢体触觉慢慢退化，如同一个老年人一样，热乎乎的稀饭他感觉不到烫，尖锐的针刺他没有感到过于疼痛，甚至蚊虫叮在身上他也察觉不到。紧接着，他眼睛的闭合与开启变得缓慢了，且次数减少，然后眼球开始发红，嘴巴开始不自觉地张开。但是，这些症状依然没有引起他的重视，他还能走，还能奔跑，还能和小伙伴们继续玩耍。大大咧咧的父亲也没有在意这些。

最先意识到问题严重性的是李国成的母亲，她又一次带着李国成找到了赤脚医生。再一次检查之后，医生有些困惑，按照李国成的外表病象来看，这似乎就是简单的皮肤病，没有皮肤的破裂，也没有大面积的溃疡，可能仅仅就是蚊虫的叮咬，或者是某些物品导致的过敏。不管怎么说，在生活条件恶劣、生活水平较低的农村，这样的皮肤病是很常见的，而多数都是可以自愈的，极少的严重的病情，也可以在简单的药物外敷帮助下，短时间内消除病症。但是李国成不一样，他的病症自从发现开始，前前后后已经过了两个月的时间，或许更久。在他冬天和春天包裹严实的衣服下，也许这些病症就已经出现了，甚至超过了半年的时间。

赤脚医生坐在小小的马扎上，用充满疑惑的目光上下打量着李国成。这位医生虽然年轻，但是在几年的时间里走街串巷，周边村庄的角角落落已经走过了无数次，每天都要诊疗各种不同的病人，即便没有经过专业的训练，也积累了丰富的经验。李国成得的如果是简单的皮肤病，那么他的治疗方式应该没有大方向上的错误，即便他病情非常严重，经过治疗也应该能够缓解症状；可是恰恰相反，李国成的症状越来越严重了。

赤脚医生的表情有些痛苦，或许他应该问一下自己的师父，可是师父早就卧病在床，况且师父也没有经过专业的训练，因为那时乡村医生的传承大多依靠代代相传的经验积累；或许他应该给县里的医疗机构打个电话，但是他实在不知道应该给哪个专业的医疗机构打电话。

李国成的病状，已经超过了一个从未接受过专业培训的赤脚医生的经验累积了。突然，医生的眼睛睁大了。他仿佛想起了什么，赶紧站起来，把李国成的母亲叫到一边，小心翼翼地问道："你们家里有没有人生了和国成一样的病？"

"没有！"母亲的回答斩钉截铁。

"那你们的亲戚有没有人生了和国成一样的病？"

"好像没有，我是从外村嫁过来的，我也不清楚。"

"你现在马上回去问问。"

李国成的母亲愣在了原地,她并没有理解医生的话。赤脚医生急忙骑上自己那辆破旧的自行车,急匆匆地赶了出去,连包都忘在了地上。看到这种情况,李国成的母亲也不再停留,迅速往家里跑去。

　　第二天一早,两名从县城过来的医生,在赤脚医生的带领下来到了李国成的家里。两名医生带来了一个显微镜,上面刻着英文的标识,还带来了一个小小的包裹,里面存放着一些规则的玻璃片和一些小小的医用刀片。

　　医生们让李国成坐下,一个医生按着他,另一个医生一手拿起刀片,一手捏住李国成的眉毛上部,从上面割下了部分表皮组织,然后用同样的办法从李国成的颧骨和嘴唇处分别取下了部分皮肤组织和血液。接着,他们将取下的皮肤组织和血液放到显微镜下,一人观察,一人记录。

　　几个小时过去了,面对着忙碌的医生,小小的李国成坐立不安。刚才刀片在他脸上采样的过程,并没有让他感觉到疼痛,他现在只想赶紧结束,好冲出去跟小朋友玩耍。他不知道的是,在医生的显微镜下,他的皮肤组织和血液中,可怕的杆菌正在兴奋地蠕动着,杆菌的数量和活性都大得令人震惊!

　　随后,医生站起来,将李国成的父亲和母亲叫到了院子里,从口袋里拿出一盒药,说道:"应该是确诊了,这是药,一定按时给他吃进去。"

　　李国成的父亲没有接药,而是急切地问道:"什么病?"

　　两名医生犹豫了一下,以难以反驳的语气回道:"和你叔伯爷爷一样的病。"

　　医生的话语平静而温和,但对李国成的父亲来说,却宛如晴天霹雳,只见他脸色苍白,浑身僵硬,整个身体都在颤抖。李国成的母亲傻傻地站着,接着号啕大哭起来,像是在给自己说,更像是在给别人说:"不可能,不可能,国成不会得这个病!真的不会!"

　　医生将他们的情绪安抚下来,把药放在了他们手中。这样的事情,两名医生经历过无数次,他们没有办法更没有能力去解决,只能不断地叮嘱他们:"一定要让他按时吃药,千万千万!"

小小的李国成看着沉默的父亲和哭泣的母亲，感到不知所措。他不明白发生了什么，因为自己整个上午什么话都没说，什么事情都没做，只是乖乖地坐着，格外听话。这时，李国成实在是在家里待不下去了，迅速跑了出去。奇怪的是，这一次，母亲并没有在身后呼喊他。

李国成的父母沉默了许久。"要不，先让他吃上药吧？"李国成的母亲问道。"吃药？不可能，我的孩子不用吃这个药！""可是，刚才医生说了……""胡说，我的孩子不可能得这个病！不可能！"李国成父亲的声音逐渐变大，慢慢地变成了狂喊。他开始摔东西，砸东西。李国成的母亲靠在角落里，不敢说话了。

过了一会儿，李国成的母亲再一次问道："要不，你再出去打听打听？"

瘫坐在地上的父亲绝望地看着她，说道："不能出去，咱们都不能出去，不能让别人知道。要不，咱们全家都完了！"

最终，李国成的父亲将医生留下的药扔进了柴火堆里，狠狠地烧掉了。李国成没有吃药。再之后，医生每个月都会过来，却找不到李国成。每一次父亲都把他藏起来，而且每一次医生拿来的药都被父亲丢弃了。

一年之后，李国成的双脚和双手变得麻木，失去了知觉。之后，他的脚上出现了大面积的溃疡，且难以愈合。再之后，他的眼皮和嘴唇也失去了知觉，脚趾头和手指头逐渐萎缩。最终，李国成来到了离他的村庄很遥远的地方——麻风村。自此，他一辈子都没有走出这个特别的村落。

2019年7月，我们来到枣庄滕州长山麻风村，在上百个治愈的麻风患者中找到了李国成，并采访了他。此时的李国成已经70多岁了，他失去了双手和膝盖以下的双腿，像个肉球一样躺在床上。在医学科学高度发达的今天，李国成也无法恢复了。

说起他的病史，他苦苦一笑："那个时候小，不懂事啊，才弄成这副模样。唉——"

李国成，你的这声叹息是对麻风的控诉吗？

麻风给人带来的巨大伤痛，是任何东西都无法补偿的；麻风给人造成的心理创伤，是多长时间都无法抚平的。

医学界对麻风的发病机制、传染途径以及感染因素还不十分明确，导致了在相当长的时间里，它被定义为恐怖的绝症，一旦感染就会历经十年甚至几十年的不断摧残，最后在撕心裂肺的痛苦中走向死亡。

在医学不断进步的过程中，医生们探讨过无数次麻风的诊断和治疗，但所有的办法几乎都在实践过程中被推翻。几千年来，在疾病面前几乎无所不能的人类，却从来没有战胜过这个可恶的病魔，以致它有恃无恐地跟在人类背后，嘲笑人类前进的身影……

1975年末，湖北省云梦县，这里正在兴修水利工程。在穿过云梦县城关镇的汉丹铁路西边一个名为睡虎地的农田地带，一名挖水渠的农民在刨土的过程中突然发现原本黄色的土地逐渐变成了青色。他意识到事情不妙，立马向上级汇报。随后，当地文化局的专家前来，确定这里为古墓。在日后的勘测和挖掘中，专家进一步确定，这里是秦朝一位官吏的墓穴。墓中藏有大量的古代文物，其中最为重要的是由一千多枚竹片组成的竹简，内文为墨书秦篆，比较详细地记录了秦朝的法律条文、行政文书等。

这些整理后的书简，被取名为"云梦睡虎地秦简"，其珍贵的价值堪称"国家宝藏"。

云梦睡虎地秦简保存完好、字迹清楚，专家们经过不断考证，将其详细地翻译成了现代文。在文中，我们发现了这样一段内容：

> 爰书：某里典甲诣里人士五（伍）丙，告曰："疑疠（疠），来诣。"讯丙，辞曰："以三岁时病疕，麋（眉）秃，不可智（知）其可（何）病，毋（无）它坐。"令医丁诊之，丁言曰："丙毋（无）麋（眉），艮本绝，鼻腔坏。刺其鼻不嚏（嚏）。肘厀（膝）\*\*\*到\*两足下奇（踦），溃一所。其手毋胈。令\*（号），其音气败。疠（疠）殹（也）。"
>
> （备注：\*表示原文缺漏。）

这段古文讲述了这样一个故事：

某个地方的里正，名叫"甲"，送来他辖区内的一个人"丙"。"甲"向上级报告："丙"可能得了麻风。负责的官员就对"丙"进行讯问。"丙"承认患有疮伤，眉毛脱落了，但自己也不清楚得了什么病。负责的官员让医生"丁"对"丙"进行了诊断。"丁"医生说："丙"没有眉毛，鼻梁断了，鼻腔已坏。探刺到他的鼻孔，不打喷嚏。臂肘和膝部（有缺失）……两脚不能正常行走，并有溃烂，手上没有汗毛。叫他呼喊，其声嘶哑，可以确定为麻风。

这是古墓里的文物首次记载麻风诊断的全过程。

从中我们可以看出，早在我国秦朝时期（包括统一前和统一后），医生就已经密切关注麻风了，并且有一系列的诊断流程和诊断标准。

那么在秦朝，得了麻风的人怎么办呢？云梦睡虎地秦简中还有接下来的记载：

> 甲有完城旦罪，未断，今甲疠，问甲可（何）以论？当（迁）疠所处之；或曰当（迁）（迁）所定杀。城旦、鬼薪疠，可（何）论？当（迁）疠（迁）所。

这段话中提到的"城旦"是一种刑罚，即白天在边关御敌，夜晚修筑长城，一共持续四年。"鬼薪"是另一种刑罚，即伐木，一般持续三年。同时，文中"定杀"的意思就是等待死刑。对于麻风病人的死亡方法，云梦睡虎地秦简中也有记载，一般是选择"沉水"或者"生埋"。"疠迁所"，不言而喻，就是用来专门隔离麻风病人的地方。

在这段比较完整的历史记载中，我们可以验证以下几个观点。第一，从秦朝开始，麻风就已经非常严重了，影响到了国家的长治久安和社会的稳定。因此，国家初步建立了麻风病人报告的体系，经由最下级的医生发现麻风，然后层层上报，由上级医生进行最终诊断。第二，对于麻风，没有任何有效的药物，且已经明确它是一种传染性的疾病，因此在处理麻风病的过程中，国家选择了很多种方式，但所有的方式都指向一个目的——处死麻风病人，切断麻风的传播途径。第三，除直接处死病情较重的麻风病人之外，对于病情较轻的麻风病人，国家建立了"疠迁所"，用于收容和管制他们。由于没有任何有效的药物，实际上"疠迁所"起到的作用仅仅是物理隔离，跟现在的麻风村是截然不同的。

云梦睡虎地秦简是世界历史上第一次记录国家在制度层面上对于麻风的发现、诊断和防控。就当时的条件看，这种制度无疑是行之有效的。我们很遗憾地看到，由于环境条件的制约，古代对于麻风和麻风病人的应对方法，仅仅停留在防和控的原始阶段，没有任何保障生命的人道主义措施，更没有基础的治疗手段。但从客观上来说，古代的这种做法对于阻止麻风的传播和流行，起到了积极的作用。当然，这种行为也加重了整个社会对于麻风病人的歧视。染上麻风相当于宣布死亡，而且是没有任何尊严地在不断被唾弃中死亡。"沉水"或者"生埋"仅仅是处死麻风病人的方式，而这两种方式的负面影响，是整个古代社会都患上了强烈的麻风恐惧症。

古代中国如此，古代欧洲更是这样。

从中世纪开始，欧洲关于麻风的记载日益增多。在教会控制下的欧洲大陆，麻风被认为是天谴。

1096年至1291年，十字军东征时期，在动员民众参与战争的过程中，教会阐释，东征是个很圣洁的奉献，但凡参加十字军，就可以洗清一切过往的罪孽，换得进入天堂的保障。而按照教会的说法，麻风病人是因为有罪孽，所以被上帝惩罚，他们可以参加圣洁的战争，通过奉献免去惩罚。于是，一个令人震惊的结局出现了，当时麻风发病率最高的人群，就是到中东出征的十字军将士们。

任何事物都具有两面性，麻风在东征大军里蔓延，让觉醒的人民深刻地意识到，麻风是一种传染性的恶疾，能否被传染上与是否虔诚地信仰宗教没有任何关系。十字军东征之后，整个欧洲大陆的麻风病人急剧增多，就是最好的例证。

如何防治这些麻风病人？

欧洲教会制定了一项政策：病人发现自己患了麻风，应该自觉向当局报告。可是麻风病人境遇悲惨，凄凉的现实让这种自觉式的报告几乎为零。很多人学会隐瞒，但是隐瞒未必成功，因为晚期麻风病人的外表特征过于明显，比如一个人的鼻尖赫然塌陷、眼睛红肿不能闭合等等。这不免让人疑心，于是就会被揭发。

有人揭发，代表能判定病人得了麻风，也不能直接"定罪"。教会有一套自己的程序，即请权威人士鉴定。权威小组通常由神父、医生组成，有时候还会请来一位麻风病人做参谋。鉴定方法是寻找他们认为有特殊意义的皮肤标志，比如亮斑脱色、疮表层增厚、声音嘶哑、狮子脸（面部皮肤粗糙增厚、眉毛脱落）等。如果找到这样的标志，就可以定罪；如果当时不能确定，就把嫌疑人关上一段时间进行观察。

被确诊和"定罪"之后的麻风病人，又该何去何从？

最温和的处理是给病人做个标记，就是说，病人出门必须穿特殊服饰，而且脖子上要戴一个铃铛，看到有人走近就必须摇铃警告，教徒们还要同时大喊"不洁了，不洁了"。如果要买东西，不可以站得太近，也不可以跟卖主说话，只能用一根长棍指向货物，给钱之后用一个长钩把货物提过来。这些规定看起来好像是为了隔离病人，防止病菌传播，其实这不是根本原因。虽然古代也有一些人怀疑麻风可能具有传染性，但仅是只言片语的猜测。现代医学发展到今天，才从根本上明确了麻风的传染途径和方式。对于中世纪的欧洲来说，即便在社会实践中证明了麻风是可以传染的，但也不可能掌握它的传染机制。因此，这种相对温和的对于麻风病人的处理方式，仅仅来源于宗教的描述，远远没有大秦帝国的措施有效。所以，当时的欧洲不敢近距离接触麻风病人，跟预防传染没有关系，主要是为了跟有罪之人划清界限。

而中世纪的欧洲对于麻风病人的管理，大多数采取更加暴力的手段——宣布死刑。但是这种死刑并不是真正处死，而是象征性地从社会上除名，就是把病人带到教堂墓地去，让病人站在一个坟头上，牧师往他头顶撒一些土，宣告他在这个世界已死，会在上帝的世界里重生，而且到了天堂，上帝会爱他，来世也会有好报。

教会的程序办完，麻风病人不得回到本村，不得回归人群。接下来教会会这样处置他们：要么让麻风病人自己流浪，保有自由，但是失去了生活的保障；要么让他们进入由教会主办的救济院，保证基本生活需求，但是失去了自由。

在这种情况下，教会在整个欧洲建立了大量的收容麻风病人的救济院，单是一个小小的法国，在13世纪就有几乎两千家。麻风在欧洲的严重程度可见一斑。这些救济院由教会主办，基本上分布于经济发达和人口较为集中的地区，偏远地区基本上没有能力建立救济院，麻风病人只能被流放到荒郊野岭，无人问津。

回头来看，欧洲教会建立麻风救济院，其目的不在于人道帮扶，而是对麻风的恐惧和对麻风病人的歧视，因为统治者必须保证麻风与整个社会隔离开来，才能稳固自己的统治。但是他们又不能直接将所有的麻风病人处死，因为在《圣经》中，大量的篇幅记录了基督耶稣拯救麻风病人的故事。于是，教会开始宣扬，照顾、帮助麻风病人的人们，可以清洗掉自己身上的污垢，是对上帝的信奉，死后可以进入天堂。如此一来，无数虔诚的教徒奔向麻风救济院，开始照顾和救济这里的麻风病人。这种在宗教召唤下的行动，目的性明确，就是自己可以顺利地升入天堂。

诚然，这种带有宗教色彩的行为有些愚昧，但是它毕竟给痛苦中的病人带来了安慰。从人性的角度上看，这是一种温暖的行为；从关爱的角度上讲，它拯救了众多无助的灵魂。

到了近代，西方国家依旧延续着教会建立救济院收容麻风病人的制度，而中国的麻风病人则面临着比欧洲的麻风病人更加艰难的生存环境。

20世纪30年代，中国内忧外患，整个国家满目疮痍。蒋介石的南京国民政府，对内要和共产党"一争高下"，对外要应对日本的威胁，毫无精力放在内政建设上，对于基层民众的生存状态更是毫不关心。而和百姓联系紧密的基层政府，却助长了乡绅和宗族势力对麻风病人的迫害之风。

那时的基层社会，是一个较为合情却又极不合理的社会，官与绅相互配合，共同治理乡村，这原本是合乎社情的。在和平环境下，确实能用最少的财政支出来管理、治理乡村。但人性都有自私的一面，尤其是在充满危机的环境中，人的劣根性可能就展现得淋漓尽致，暴露得一览无余。对于麻风这样一种恶魔，在缺少现代医学知识的地方，百姓想到的处理方式只有"眼不见为净"；地方政府只能听从有最大权势的乡绅的建议，将麻风病人处以极刑。

在我国的西南地区，旧时民间便流传着六种残害麻风病人的手段，即快性（枪决）、升天（火烧）、挂干巴（绞刑）、见药王（服毒）、见土地（活埋）、会龙王（投水）。诸如此类的记载在西南许多地区的地方志或族规上屡见不鲜。被赶出村落开除村籍，已经算是对麻风病人的"宽宏大量"了，被赶走的病人聚居的地方被称为"麻风窝子""麻风山"等，这些地方也成了当地民众望而却步的恶魔之地。在很多地区，麻风病人一经发现，就会被缝到牛皮中活活闷死，以阻止麻风的进一步传播。即便病人死后，他们的家属乃至整个家族依然会遭到社会的排斥。这种社会规则千百年来盛行不衰，成为处理麻风病人最传统、最简洁、最普遍的方式。

在史料记载中，对于麻风病人的处置，更为骇人听闻的案例多发生在偏远地区。

民国三十年（1941），贵州普安县政府要求各乡将麻风病人迁入深山老林，违者保甲连坐；同年，云南双柏县崇德镇第三保保长将10余名麻风病人"光荣处死"；《楚雄彝族自治州志》记载，民国二十三年（1934）强迫80余名麻风病人服毒自杀；《丽江地区志》记载，民国二十七年（1938）国民党营长安纯三下令枪杀200多名麻风病人……

军队集体枪杀麻风病人，这是多么骇人听闻的案例！

诸如此类的官民合作"治麻"的事件还有很多。这些毫无人性的粗暴的处理方式，造成了极大的社会轰动，带来了极坏的社会影响，也将人们对麻风的恐慌推向极致。可悲的是，社会和民众都认可这些事件的发生。而在1949年之前的所有文献记载中，自始至终都没有发现国民政府有任何防治麻风的行动。

在近代中国，麻风病人被无情地遗弃了。

## 4. 至少要给他们尊严

2001年，25岁的女孩阿丽克西斯大学毕业。她对于自己的感情充满困惑，男朋友埃德十分优秀，但两个人日常交往却格格不入。同时，她心中还有一个困惑已久的问题——母亲的过去。母亲索菲亚一直在试图掩盖过去，关于过往，她只有一张自己姨妈和姨父的合影。在百般请求之后，阿丽克西斯和埃德一同去了母亲的故乡——希腊克里特岛。

她不仅想要寻找母亲的过去，也想要为自己的感情寻找一份答案。于是，她走得很执着。

到达母亲的村庄后，隔海望去，她看到了一个孤岛——斯皮纳龙格岛。这座岛从前是麻风病人的隔离区，现在已经成为观光胜地。阿丽克西斯依据母亲给的地址，找到了母亲的朋友佛提妮。佛提妮得知阿丽克西斯的来意后，便开始给她讲述那段纠缠四代人的故事："你母亲的故事就是你外婆的故事，也是你曾外婆的故事，更是你姨外婆的故事……"

1939年，克里特岛布拉卡村庄，阿丽克西斯的曾外婆伊莲妮和曾外公吉奥吉斯在这里生活，偶尔通过给斯皮纳龙格岛上的麻风病人隔离区运送物品挣些钱。他们有两个孩子：大女儿安娜和小女儿玛丽娅。

一天，一家人平静的生活被彻底打破——伊莲妮患上了麻风病。

按照《圣经》的描述，麻风病人是不洁净的，一经发现就要送往斯皮纳龙格岛隔离。于是，伊莲妮被送上了斯皮纳龙格岛。

伊莲妮在岛主肯图马里斯的带领下，穿过地道进入这个隔离世界。这里似乎是等待死亡的地狱，似乎是一个被遗弃的社会。站在崖边，凝视着隔海相望的布拉卡，想到今生可能都无法逾越这段距离，伊莲妮强忍的泪水终于夺眶而出……

后来，从希腊来了一批麻风病人，他们大都是律师、工程师、编辑等专业人才。他们建造了新住宅和电影院，创办了报纸，岛上的生活变得好起来。

再后来，战争爆发，德国的军队占领了克里特岛，斯皮纳龙格岛上的人们是幸运的——德国人因为惧怕这种可怕的恶疾而放过了他们，但是隔海相望的村庄却惨遭迫害。这期间，伊莲妮因病情严重而过世，这让她的两个女儿伤心不已。

战争结束后，大女儿安娜在归来的战士中寻找着自己的白马王子，她对未来有着美好的憧憬，不屑于小渔村的劳作生活，而是想成为穿金戴银、衣食无忧的贵妇。机会说来就来了，她在迎接勇士的舞会上认识了豪门范多拉基家族的长子安德烈斯。安德烈斯的父亲亚利山特罗斯提议让两个人订婚，安娜终于实现了自己的梦想。但是，安娜隐瞒了自己的母亲伊莲妮是麻风病人的历史。

结婚后的安娜很少回老家，妹妹玛丽娅无微不至地照顾着父亲，满足于平静的渔村生活，默默地承担起家中的所有事务。

四年后，安娜却爱上了安德烈斯的堂弟——纨绔子弟马诺里。马诺里很快又邂逅了安娜的妹妹玛丽娅，瞬间被她单纯质朴的气质和绝美相貌所吸引，从而忘掉了安娜。而马诺里丰富的见闻和幽默的谈吐也让玛丽娅心醉不已。马诺里和玛丽娅都沉迷在这醉人的爱情中，仿佛已经看到了美好的婚姻。

马诺里和玛丽娅即将步入婚姻的殿堂时，悲剧发生了，被一家人深深隐藏的家庭灾难再次上演——玛丽娅也患上了麻风病！得知此事后，范多拉基家族震怒异常，认为家族的荣誉被玷污了。他们明确表示，安娜可以留下来，但是以后不欢迎她的父亲吉奥吉斯的拜访。

而玛丽娅，将被送往斯皮纳龙格岛。

吉奥吉斯哀痛地把玛丽娅送上斯皮纳龙格岛，这是他送上岛的第二个亲人，而第一个——他的妻子，已经永远地留在了岛上。

岛上研究麻风病的医生克里提斯，在与玛丽娅的接触和聊天中慢慢地爱上了她，两个人迅速坠入爱河。

在十几年的时间里，麻风研究取得了成效，斯皮纳龙格岛上的大部分居民被治愈送回家乡，少部分未被治愈的人则被送往雅典医院。

此时，安娜因为与马诺里幽会被丈夫安德烈斯枪杀，吉奥吉斯第三次对生活感到失望。

马诺里逃跑了，不知去向。安德烈斯被逮捕入狱并病死狱中。安娜的女儿索菲亚则由爷爷、奶奶和外公共同抚养。

玛丽娅与克里提斯结了婚。随着时光的流逝，吉奥吉斯这一辈人陆续老去，索菲亚交由玛丽娅和克里提斯抚养。索菲亚长大后，像极了叛逆任性的生母，坚持选择了雅典的大学。在索菲亚离开的前一晚，玛丽娅和克里提斯将她的身世告诉了她。索菲亚非常震惊，无法接受，去大学后也很少与玛丽娅联系。

索菲亚在大学期间与同学马库斯结婚，生下了女儿阿丽克西斯和儿子尼克，她对丈夫和儿女隐瞒了自己的过去。玛丽娅和克里提斯过世后，索菲亚也只留下他们的一张照片，其他遗物全部销毁。

听完了母亲的故事，阿丽克西斯很快踏上了回伊拉克里翁的路，坐上了八点钟的轮渡。

阿丽克西斯知道，在这艘船的什么地方，她能找到母亲。船上有两个休息室，一个是给抽烟的乘客用的，另一个更大些的给不抽烟的乘客用。一群美国学生占据了后者，而前者里，有几个家庭，是去克里特岛看望亲戚后回雅典的。他们全都在大声喊叫，像在发表长篇大论，其实可能只是在商量现在吃烤三明治还是等会儿再吃。阿丽克西斯在这里没有找到母亲，于是来到甲板上。

在昏暗的光线中，阿丽克西斯看见了索菲亚。她靠近船头，独自坐着，小旅行包放在脚边，眼睛望着伊拉克里翁的点点灯火，以及威尼斯人建造的大型军火库的拱顶。这座16世纪建造的坚固要塞站在那里，安静地守卫着海港。

一天前，阿丽克西斯吃惊地见到了母亲。这一次，轮到索菲亚吃惊地看到女儿。

"阿丽克西斯！你在这里做什么？"她惊道，"我以为你打算回哈里阿呢。"

"我原本这么打算来着。"

"可是你为什么在这里？埃德在哪儿？"

"还在哈里阿。我把他留在那里了。"阿丽克西斯说，"都结束了。当我坐在那里听佛提妮描述你的家庭成员时，他们经历的事情，让我那么震撼。真正打动我的是他们彼此的爱那么强烈，经历了疾病与健康、顺境与逆境，到死才会分离……我知道我对埃德没有那种感觉——十年甚至二十年以后，我也不可能对他产生那种感觉。"

在过去几十年里，索菲亚抛弃了把她抚养成人的那些人、那些地方。现在，女儿让她像看电影中的人物那样看到了她的长辈。她不再看到耻辱，而是看到英雄主义；没有不忠，只有激情；没有麻风病，只有爱。

现在真相大白，伤口暴露在空气里，但最后总会痊愈。索菲亚不再需要隐瞒，二十五年来，她第一次任眼泪尽情流淌。

笨重的轮船慢慢驶出港口，在宁静的夜空中拉响了汽笛。阿丽克西斯和索菲亚靠着栏杆站着，海风吹拂着她们的面庞。她们手挽着手，回头望向墨黑的海水。克里特岛的灯光逐渐消失在远方。

2006年，英国女作家维多利亚·希斯洛普出版了她人生中第一部长篇小说——《岛》，记录了一个家族四代历经麻风病的故事。这部作品力压同时期的《达·芬奇密码》《追风筝的人》和《哈利·波特6》，登上英国各大畅销书排行榜榜首，被称为"让整个欧洲潸然泪下的故事"。

麻风给人类带来了伤痛、耻辱、悲伤和孤独，但是在人类几千年的历史中，面对恐怖的疾病，人类没有退缩，一直坚持不懈地与之抗争。1873年，挪威医生格哈德·阿尔毛尔·汉森在麻风病人的皮肤组织和血液中发现了麻风杆菌；1945年，世界卫生组织宣布发现了药物氨苯砜，它成为第一个全球公认的有效的麻风病治疗药物。自此开始，麻风病人进入了可被治愈的时代，而世界上对麻风也拥有了更多的理解和包容，正如维多利亚·希斯洛普在书中陈述的那样，"如果他们无法掌握自己的生命，我们至少要给他们尊严"。

然而，在近代中国，由于战争的摧残和国民政府的不作为，几十万甚至上百万的麻风病人得不到有效的治疗。数以万计的麻风病人，感受到了几千年延续下来的绝望。在麻风病将要被治愈的年代，他们需要留在社会中，他们需要治疗，他们需要活下去，他们更需要像正常病人一样的尊严！他们在呼救，他们在呐喊，他们在撕心裂肺地寻找救星……

就在中国众多的麻风病人坐以待毙的时候，一个拯救他们的政党，在国民党军队的围追堵截中，行程两万五千里，来到了中国西北。这个政党在自己的安全还没有保障的时候，就把温暖的目光投向了麻风和麻风病人。政权稳定后，他们将开启一段70年防治麻风、70年拯救麻风病人的感人历史！

# 二、红星照耀中国

我身上注射了凡是能够弄到的一切预防针……在我的臂部和腿部注射了天花、伤寒、霍乱、斑疹伤寒和鼠疫的病菌。这五种病在当时的西北都是流行病。——〔美〕埃德加·斯诺《红星照耀中国》

为什么我的眼里常含泪水？因为我对这土地爱得深沉。——艾青《我爱这片土地》

后来，人们告诉我，他在持续多日的昏迷中，突然有一天清醒过来，留下最后一句遗言："参加第十三届国际麻风会的代表回来了没有？"——苏菲《我的丈夫马海德》

## 1. 寻找答案的列车

1936年，对于近代中国来说，有着极为特殊的意义。

1935年10月，红一方面军历经两万五千里长征到达陕北，与陕北红军胜利会师，中国共产党的领导核心将在这里坚守，长达14年。

1936年10月，红二、红四方面军到达甘肃会宁地区，同红一方面军会师。红军三大主力会师，标志着万里长征的胜利结束。陕甘宁边区逐渐稳固了下来。无数怀抱理想和信念的年轻人，为追求光明，从四面八方涌入陕甘宁，这些带着激情和理想的年轻人开始了为祖国和民族奋斗终生的伟大事业。

1936年12月12日，东北军领袖张学良和第十七路军总指挥杨虎城，为了达到劝谏蒋介石改变"攘外必先安内"的既定国策，实现"停止内战，一致抗日"的目的，在西安发动兵谏，史称"西安事变"。12月17日，中共中央派周恩来为代表去西安。周恩来与张学良、杨虎城共同努力，经过谈判，迫使蒋介石做出了"停止剿共，联红抗日"的承诺，西安事变和平解决。西安事变的和平解决，为抗日民族统一战线的建立打下了基础，成为由国内战争走向全民族共同抗战的转折点。

1936年这一年，发生了无数件载入党史的大事，中国共产党以一种崭新的面貌开始了带领中华民族走向独立与解放的历史征程。不可否认的是，此时的中国共产党还是"神秘"的，因国民政府把陕北地区的新闻舆论封锁得密不透风；在国统区，国民党还极力"匪化"共产党。中国共产党在陕北狭小的地界上，缺乏对外发声的重要渠道，国人和世界对于中国共产党还缺乏客观的了解和全面的认识。

> 关于中国红军、苏维埃和共产主义运动，人们提出过很多很多问题。热心的党人是能够向你提供一套现成的答案的，可是这些答案始终很难令人满意。他们是怎么知道的呢？他们可从来没有到过红色中国呀。
>
> 事实是，在世界各国中，恐怕没有比红色中国的情况是更大的谜，更混乱的传说了。中华天朝的红军在地球上人口最多的国度的腹地进行着战斗，九年以来一直遭到铜墙铁壁一样严密的新闻封锁而与世隔绝。千千万万敌军所组成的一道活动长城时刻包围着他们。他们的地区比西藏还要难以进入。自从一九二七年十一月中国的第一个苏维埃在湖南省东南部茶陵成立以来，还没

有一个人自告奋勇，穿过那道长城，再回来报道他的经历。

——节选自〔美〕埃德加·斯诺著，董乐山译《红星照耀中国》

（新华出版社，1984年版）

我们的故事，将从那个悲壮、惨烈、国破家亡，但是人们依然充满希望、憧憬未来的1936年开始……

1936年6月初，一列从上海出发的机车缓缓地驶入北平车站。以煤炭为动力的老旧的蒸汽机车，在漫长的铁轨上轰隆轰隆地慢慢前行着，似乎在不断地发出怒吼。怒吼中的火车以每小时40公里的速度行进，从上海到南京足足用了8个小时，到达北平时已足足两天两夜。

在一列车厢中，有一位金发碧眼、精干瘦高的外国人格外引人注目。他叫乔治·海德姆，出生于美国，这是他大学毕业之后在中国的第四个年头。他端坐在座位上，随身行李除了一个包裹再无他物。这一趟，是他人生中最为重要的旅程。这一次，他是为了寻找一个答案，来解开困扰自己许久的谜团。

从火车进入郑州车站开始，他的目光就一直扫视着整节车厢，审视着上上下下的每一位乘客，丝毫不再关注车窗外——他曾经向往的这片神奇的东方土地。这片土地让他向往已久，而现实却给了他重重的一击，因为这片土地上千疮百孔、惨不忍睹。

海德姆出生于一个贫困的工人家庭，年少时的生活并不好过，贫困始终笼罩着整个家。父亲在他小时候有过好几年的失业经历，那时只能是找到什么短期工作就干什么，黄铜铸造工、木工等，什么都干。随之而来的，是家庭越来越贫困，孩子们都营养不良。为了贴补家用，弱小的海德姆就和别人家的穷孩子一起到车站附近去捡煤渣，直到煤场的警卫把他们赶跑。海德姆回忆起自己的生活，不止一次地说道："我有点害怕。"贫困的生活和因此产生的压力让海德姆产生了恐惧。到了上中学的时候，家庭的收入已经不能支撑他的学费和生活费，他被迫离家。按照父母的安排，他被送到一个黎巴嫩商人那里，一边帮着做工，一边完成学业。十几岁的孩子失去了原本这个年龄应该有的活泼、自由和烂漫。他没有任何时间进行游戏，每一天的生活都是学校和店铺两点一线。他平时做事不敢有丝毫的差池，因为任何简单的错误都可能引来一阵恶毒的暴打。海德姆苦笑道："我中学的时候学习成绩一直不错，因为他们不允许我干别的。"

读大学时，海德姆毅然选择了医学专业，因为这名从小就经历了苦难生活的年轻人，有一段像其他贫苦的人们一样不堪回首的痛苦回忆。1918年，一场致死率很高的流感席卷全球。吃不饱穿不暖的海德姆一家没有丝毫余力来对抗肆虐的病毒，在几天的时间内，流感就袭击了他小小的家庭，侵袭了每一个家庭成员的身体。随后，流感开始不断地蔓延，在短时间内席卷了上千户人家聚集的社区，而更为可怕的是，这里没有医生，没有药物，没有一点能够抵抗流感的手段。

此时的北美和欧洲大陆，所有的医生几乎都是私人医生，他们的工作很单一，建立诊所，开门营业。医疗行业成为一个高度市场化的行业，人们看病吃药成了一种完全市场化的行为。在这种制度下，富足和贫穷之间产生了肉眼可见的差距。

富人聚集的地区有着众多的私人医院和私人医生，家庭可以享受优质的服务，而穷人聚集的地区连最基本的医疗卫生保障都无法实现。

海德姆一家居住的地区处于城市的边缘，这里聚集了从四面八方前来打工的贫穷人家，巨大的工业机器终日猛烈地燃烧着乌黑的煤炭，遮天蔽日的烟雾夹杂着因燃烧不充分而留下的颗粒缓缓地升到空中，然后其中的颗粒又如同绵绵细雨一样洒向大地，覆盖了每一座房屋、每一条道路，甚至每一个行人的衣帽。阳光因此被隔断，昏暗之下是拥挤而混乱的城市贫民区的街道。狭窄而泥泞的街道两边是各式各样的房屋，这些房屋是因工人聚集而在短短十几年间建立起来的，每一座矮小的房屋里都住着几户人家。每天凌晨，穿着工服和靴子的工人都拿着自己的工具离开拥挤的房屋，走向同样拥挤的街道，然后再走向城市里不同的工厂。

他们是安静的，因为一夜的休息缓解不了终日机械性劳动带来的身体负担，长年累月的身体疲惫让他们不自觉地减少了日常生活中多余的话语和动作。而同他们一样安静的，还有这条街道。工人离开之后，这里只剩下孩子和老人，整个街道突然变得安静了，安静得令人害怕，直到晚饭后工人陆续从工厂下班。

海德姆已经生病三天了，瘦小的他在疾病猛烈的攻势下变得极度虚弱和嗜睡。母亲限制了他外出的时间。昨天深夜，父亲和母亲都出现了剧烈的咳嗽和发烧的症状，但是窘迫的生活现状让父亲不敢卧床休息，他依然早早地出了门。这已经是他换的第三份工作了，来自雇主的压迫和薪水的不断被克扣让他不得不多次调换工作。他从来不敢请假，因为一天没有收入，整个家庭就失去了这天的生活来源。

海德姆早早地起了床，靠在窗户边上站直了身体，试图通过窗户观看窗外的街道。长时间未曾清理的窗户上覆盖着一层厚厚的尘土，阻挡了他的视线。他试着打开窗户，一股令人发抖的冷风顺着微小的缝隙涌了进来。他打了一个长长的寒战。而后，他赶紧关上了窗户，瘫坐在床上。紧接着，他感觉嗓子受到了刺激，开始剧烈地咳嗽起来，小小的身子不断地打哆嗦。长时间的剧烈咳嗽引来了母亲，母亲摸着他的额头，感觉他烧得更加严重了。

海德姆的感冒因为缺乏药物的有效治疗而愈加严重了，长时间的高烧还引发了肺部的感染。母亲紧紧地抱着他，却无计可施。整个社区没有一家专业的诊所，也没有一个专业的医生，最近的富人区的诊所距海德姆家也有足足一个小时的路程。最为重要的是，海德姆的家庭没有足够的金钱去看病。没有钱，他们将被毫不留情地拒之门外。

与海德姆家陷入同样困境的，还有整个社区的人们。没有金钱，他们就无法看病，更无法拿药。事实上，也极少有医生愿意来到这个社区，因为在这里无法获利，且充满了可怕的病毒，这里每一天都因为日益严重的流感而死人。

绝望与无奈令母亲感受到撕心裂肺的疼痛,她看着怀中的孩子,无计可施。他们似乎在等待着死亡,等待着难以逃脱的死亡。远离死亡的办法只有一个——金钱,而他们缺乏的恰恰就是金钱。小小的海德姆无法理解这一切,不知道无法看病与吃药的缘由,他只感觉到浑身发冷和剧烈的咳嗽。

此时,门响了。母亲站起来,打开门。邻居用激动又充满兴奋的语气告诉她,社区里来了一位免费看病的医生,如果有需要,他们可以去看看。母亲更加激动,紧紧地攥着邻居的双手,然后一把将她抱住。海德姆对此没有丝毫反应,病症已经弱化了他的感觉,他只会下意识地紧紧地裹着被子。几分钟后,海德姆穿得厚厚的,被母亲裹着被子放在车上,推着来到了街道的尽头。这里已经排起了长长的队伍,在队伍的前方放着一张小小的桌子,一个中年人正在给人们诊断。两个小时之后,海德姆见到了医生,应该说,这是他第一次见到他心目中真正的"医生"。短暂的诊疗之后,海德姆拿到了免费的药物。十几天之后,他的病痊愈了。

长大后的海德姆对于差点夺去自己生命的病症记忆犹新,更让他印象深刻的是无法诊断和治疗的绝望与恐惧。同样的人,同样的病,同样生活的地方,为什么有的人能够享受良好的医疗,有的人却连医生都见不到?到底是哪里出现了问题?海德姆不知道。他认为,或许是医生的数量太少了。他在心里埋下了这样一粒种子,他要成为一名医生,拯救更多的和自己一样的穷人。

1933年,海德姆在日内瓦医科大学取得了医学博士学位,年仅23岁。他觉得,他已经找到了长久以来关于内心疑问的答案。可是,现实给了他重重一击。他是医生,他会看病,他有着高超的医术,他不遗余力地奔波于贫穷的生活区域,给予那些没钱看病的工人最大的帮助。可是,他越来越感觉力不从心,因为单纯地依靠他和与他志同道合的朋友,解决不了疾病所带来的根本问题。他可以为病人诊断,可以为病人开具处方,可以为病人复查,但是无法为每一个病人提供药物,无法为他们解决生活上的难题。海德姆再次陷入了痛苦，再次感觉到了无助。

有一次，海德姆接受邻居的委托，去一户家庭帮助诊断和治疗。他穿过了几个街区，离开了城市，坐着马车花费几个小时的时间来到了一个偏远的村庄。走过蜿蜒曲折的道路，海德姆在村庄的边缘找到了这户人家。这是孤零零的一户人家，院墙因为年久失修已经失去了它原本的框架。海德姆艰难地走过泥泞的田地，敲响了摇摇欲坠的木门。门内应了一声，过了一会儿，门开了。就在门被打开的一瞬间，海德姆惊呆了，因为他没有看见人，严格地讲，他看到的是一个难以名状的"个体"。这个"个体"趴在海德姆的脚下，他仅仅能够从他的形状上分辨出来他是"人"，因为他的气息和动作都已经超出了一个"人"的概念。海德姆赶忙把地上的人抱起来，安顿在桌子上。他发现，病人失去了下肢，脖子上戴着一个奇特的铃铛，整个脸庞被布料紧紧地包裹着，而屋内除了床铺和桌子，几乎空无一物。海德姆没有多问，按部就班地检查了病人的身体。病人得的是比较严重的肺病，与屋内长久没有打扫而潮湿发霉有很大关系。海德姆给他留下了自己身上仅有的药物，然后问道："您的双腿和面部是受伤了吗？"病人用一双红色的眼睛看着他，没有说话。海德姆说："我没有别的意思，医生必须了解病人的身体情况，以确保药物不会带来其他副作用。"病人的头低下了，海德姆坐在他的身边，一直等待着他的回答。过了很久，病人的嘴巴里蹦出了两个含混不清的字："麻风。"

"麻风？"海德姆愣了一下，但是并没有过于惊讶。他在长期的医学学习中无数次听闻"麻风"二字，只不过这是他第一次见到麻风病人而已。海德姆再次问道："您没有家人照料吗？"病人摇了摇头。"没有其他机构帮助治疗吗？"病人再次摇了摇头。海德姆不再追问了。他知道，病人所面临的艰难与困苦不是病魔，而是和自己童年时候一样的被人抛弃以及因此而带来的孤独无助和绝望。

海德姆只能留下药物，而后离开。他没有任何办法，也没有任何能力解决病人的问题。而这个问题早已经超出了简单的医学领域的范畴。

日益增长的内心的困惑及其带来的无助和绝望，让海德姆厌倦了这片生活了多年的欧洲大陆，这里让他感到迷茫，感到痛苦，感到难以名状的难过。他想要逃离，去往一个地方，一个能给他"答案"的地方。

此时，他的大学同学向他建议："你想去中国吗？我们从来没去过，想去看看。"

"中国？"海德姆心里一震。他对中国没有概念，不知道那里是否能给他答案，但是他知道自己生活的地方已经不能给他答案，他总要出去看一看。

1933年，海德姆和两个美国同学，带着简单的行李横渡万里，经过近三个月的海上颠簸，途经苏伊士、科伦坡、香港等数个港口，最终踏上了中国的土地，来到上海这个被称为"冒险家的乐园"的地方。海德姆和朋友在上海当地的医院找到了工作，但是神秘的古老国度并没有带给他想象中的兴奋，不是因为薪酬过低，而是在上海的亲身见闻与他在欧洲的经历有很多相似的地方，他内心的迷茫与痛苦依然存在。

20世纪30年代的中国灾难深重，到处都是饥荒和瘟疫，绝大多数的中国人都处于饥寒交迫的困境之中，经济最为发达的"上海滩"也不例外。

海德姆的妻子在日后所撰写的回忆录中这样写道：

> 三十年代，能到医院就诊的那些穷人，平时连温饱都很难解决，所以他们中的很多人，都是直到病得不可救药了，才东借西凑地带点儿钱来医院看看病。可由于他们中很多人入院太迟，延误了治疗。尽管这三个美国医学博士，都有很高的医术，却也无回天之力。
>
> 有一天晚上，正赶上我丈夫值班，有几个人抬着一个工人模样的患者，急匆匆地冲进诊室，说病人肚子疼了两天了，吃了点止疼药也不见好，体温越来越高。马检查后确诊是阑尾炎，

由于溃烂，腹腔到处是脓水，幸亏他及时地给病人做了手术。

　　从手术室出来，他的心情很沉重，无奈地就对克士和雷文森说："今天这个病人送来得太晚了，就是因为没有钱治病给耽误了。这个社会真叫人受不了，一个简单的阑尾炎也可能死人。如果有钱，早入院半天，也不至于有生命危险呀！"

——节选自苏菲《我的丈夫马海德》<br>（作家出版社，2015年版）

　　那时，甚至有很多人向海德姆推荐海洛因，说剥开后可以作为药剂处方开给病人，能获取颇高的经济利益。

　　海德姆深刻地感受到，此时的中国社会有着和西方社会一样的弊病。他向朋友说道："一年来，我深深地感受到了社会弊病，要比人的疾病严重得多。你看那些政府当官的，靠搜刮人民财富，个个脑满肠肥，花天酒地；工厂老板剥削工人劳动大发横财，吃喝嫖赌，纸醉金迷。只有穷苦百姓拼命地卖苦力，还养不起一家老小。我们是医生，只能给他们治疗身体的疾病，对这种社会弊病我们无能为力。"

　　一年之后，海德姆的朋友回到了美国，而他决定留下来，因为故乡的一切他早已知晓，而在中国，他还没有走出过上海。他的直觉使他相信，在这片古老广阔的土地上，一定有他几十年来所追寻的"答案"。

　　有一次，一个同样在上海生活的美国朋友邀请他参加一个集会，他由此认识了另一个朋友路易·艾黎。艾黎是公共租界的工厂巡视员，他去巡视时经常带上海德姆，并且请他写一篇他们访问过的镀铬厂的医疗卫生情况。海德姆痛苦地写着他的所见所闻，但是内心的煎熬和折磨令他难以继续下去。最终，他放弃了书写，并将这个情况告诉了艾黎。艾黎告诉他，也许有一个地方可以解开他内心的疑惑。

　　夜晚，海德姆跟着艾黎来到了一位朋友家中，发现屋内坐着的都不是中国人。艾黎一一给他介绍，海德姆这才明白，这是一个由外国人组成的学习小组。在学习小组里，德国理论家汉斯·希伯讲述了德国和其他欧洲国家政党的思想斗争。后来，汉斯为中国共产党领导的八路军工作时，被日本人杀害了。学习小组里的活跃分子还有美国共产党人曼尼·格兰尼奇，他和他的妻子格雷丝1936年2月创办了《中国呼声》，该刊物号召停止内战和建立抗日民族统一战线。接连参加了几次学习之后，海德姆读了很多书。

后来，艾黎带给他一本书，告诉他："海德姆，我想这个能给你带来答案。"海德姆激动地一把抓过那本书，见书的封面上写着几个大字——共产党宣言。

后来海德姆回忆道："《宣言》如同雷电一样击中了我。我过去的经历都浮现出来。我想起了美国、贝鲁特、欧洲。我想到当时我在中国看到的一切。这些事都印证了《宣言》的分析。我认为这篇论文是对世界社会经济问题的宏大深刻的研究，是如何处理这些问题的指路明灯。"

海德姆觉得自己要找的"答案"越来越明确了，但是他还不确定自己该干什么。1935年8月，他写了一封信给在纽约行医的朋友："我仍在张望观看，我不想回美国，我要留在中国。我家里人知道我要留在这里，就不给我写信，现在我可以自由地我行我素了。我不能同意他们要我回去开诊所的想法，我厌恶私人开业。生活不仅是个人和他的家庭，全世界都在受苦受难，你自己面临的问题是次要的了……"

此时的海德姆依然处于迷茫与徘徊的境地，几个月来与艾黎的接触以及通过学习小组学习的知识，让他找到了一个大的方向，但是这个方向是模糊的、虚幻的，是停留在想象层面上的，并没有实践的支撑。海德姆的痛苦依然在持续，他渴望看到更多、亲身经历更多，更渴望有人能帮助他答疑释惑，拯救他几十年来充满疑惑和痛苦的生命。

终于，机会来了，在这个满怀理想与梦想的年轻人处于悬崖边缘的时刻。

一天傍晚，艾黎敲响了海德姆的房门，邀请他共同参加一个宴会。海德姆起初是拒绝的，因为他对于应酬很是厌倦，或者说心头的烦闷占去了他过多的精力，以致他无暇顾及其他。但是，艾黎充满信心地告诉他，今晚将会有一个他心中完美的答案。海德姆同意了。

当晚的宴会人数不多。在宴会上，艾黎向海德姆介绍了端庄且充满魅力的宴会女主人。海德姆与宴会女主人相谈甚欢，酒过三巡，他向女主人诉说起了自己内心的痛苦。女主人笑着告诉他："我已经了解了你的经历和你的想法，艾黎已经告诉我了。我想有一个地方，你可以去看一看。我也坚信，那里有你苦苦寻找的答案。"海德姆心头一震，睁大眼睛看着女主人，眼神中充满了渴望。女主人说道："但是，走向那个地方要经历千山万水的阻隔，要经历苦难重重的艰辛，甚至可能有生命危险。你还愿意去吗？"海德姆一下子站了起来，激动地回答道："只要能找到我心中的答案，什么地方我都愿意去。那个地方在哪里？我明天就出发！"女主人笑了："那个地方你自己去不了，不要着急，我会以我的名义给你写一封介绍信，然后安排你出发。"海德姆已经无法忍受等待了，他急迫地想尽快出发，可是不管他再如何问询，女主人都不再回答他。

海德姆不得不经历难以忍耐的煎熬。

几天之后，艾黎找到了他，带给他一张车票和一封信件，告诉他："海德姆，一切已经安排好了，你现在可以出发了。你要切记，随身带着这封信。明天你就上火车，到达北平后，会有一个美国记者和你坐在并排的位置，你们将一起前往。"海德姆兴奋地接过车票和信件，发现车票是从上海出发的，目的地是西安。而后，海德姆打开了信件。艾黎在一边笑着看着他，深情地说道："你知道吗，海德姆，其实我很羡慕你。你即将见到自己的信仰了。"

兴奋的海德姆没有回答艾黎。他打开信件，见里面不过是一张薄薄的信纸，信上的内容也极其简单，只有寥寥数十字，而信件的落款则是三个字：

宋庆龄。

## 2. 毕生的信仰

海德姆由宋庆龄介绍，踏上了他寻找答案的列车。他不知道的是，此时的中国有无数满怀希望的年轻人与他一样，通过各种方式，踏上了去往西北的路程。他们抛家舍业，目标只有一个，走向毕生的信仰。

经过长时间的运行，列车即将到达北平。海德姆在火车上是极为警觉的，他出发前艾黎已经对他进行过无数次叮嘱。他始终保持着审视的目光，这是他来到中国的土地上才学会的，因为这里有数不清楚的各种政治势力，普通人哪怕卷入一个小小的事件，都有可能丢掉性命。他必须警醒，为了自己的生命，也为了在上海的很多朋友的生命。

火车缓缓驶入北平车站。车门打开，一位金发碧眼的外国人走了上来。他个子瘦高，脖子上挂着一架相机，肩上挎着一个鼓鼓的旅行背包。他没有任何犹豫，径直向这节软席车厢走来。

两个人目光对视，微微一笑。海德姆简单地向他打着招呼："你好，我是乔治·海德姆。"那个人也简单地回应道："你好，我是埃德加·斯诺。"说完，两个人拥抱了一下。

此刻的他们并不知道，这两个朴素的名字，将在几十年后的中国，被无数人铭记于心。

火车到达西安后，斯诺和海德姆找到一个旅馆住了下来。白天，他们只是外出游玩和摄影，和普通的游客没有什么区别。一到太阳落山的时候，两个人便如同商量好了一般，都待在旅馆里，哪里也不去。

一天晚上，他们听见外面有嘈杂的叫卖声。两个人对视了一下，强忍住内心的好奇，没有起身。叫卖的声音越来越近了，接着，他们的屋门被敲响了。海德姆打开了屋门，见外面站着一个小贩。斯诺用中文与他对话，发现小贩是贩卖文物的。小贩包里的文物很是吸引人，斯诺试探性地问道："我们可以买一些吗？"小贩说道："当然可以，先生。"

斯诺又问道:"但是我们只有美元,可以吗?"小贩很坚决地回答:"我不收美元的。"斯诺嘟囔道:"可是我们没有你要的货币呀!"小贩笑着说:"没关系的,先生,我们可以用英镑交易。"斯诺的眼睛突然明亮起来,一字一句地问道:"你确信可以用英镑交易?"小贩坚定地点了点头说:"对于外国客人,我们只通过英镑交易。"斯诺又连续追问了几遍,得到的答案是一样的。斯诺仿佛得到了什么承诺一样,十分高兴。几天来,海德姆第一次在他的脸上看到了如释重负般的微笑。

小贩也看到了这种微笑,转身看看外面的走廊和天色,说道:"两位先生可以准备一下英镑,明天晚上这个时候我还会过来。"说完,小贩转身离开了。

斯诺赶紧锁上了屋门,对海德姆说道:"我确认了,他们只用英镑交易。我这里有,你呢?"海德姆也笑了。两个人在口袋里摸索,同时掏出各自仅有一半的英镑,然后放在了桌子上。一瞬间,两个人几天来的疑虑、顾忌和焦急消失得无影无踪。

因为,两张各有一半的英镑丝毫不差地结合在了一起。而他们的目的只有一个,越过西安,经过无人地带,到达那个神秘的、火红的、充满热情和吸引力的陕甘宁边区!

他们在西安等待了将近一周的时间。一天深夜,海德姆和斯诺坐上驻扎在西安的后勤部队的军用卡车,出了西安的古老城门,颠簸数日后来到洛川,然后换成马车抵达延安,之后又步行上百里,踏过荒无人烟的漫长的"无人区",抵达边区边境,最后再由当地贫农会主席带领,步行两天时间,最终到达安塞。

在安塞土崖上蜂巢似的窑洞里,海德姆和斯诺第一次见到了中国共产党的领导人之一——周恩来。

周恩来收下了他们的介绍信,并亲自给他们安排了为期三个月的实地采访,涉及陕甘宁边区的方方面面。

在陕甘宁边区的三个月的时间里,海德姆见到了一个充满活力的中国。在无数次彻夜长谈中，他渐渐找到了自己要找的答案。

坐在灯光黯淡的窑洞里，周围是万籁俱寂的黑暗的群山，听毛泽东安详地分析中国的过去和现在，颇令人有神秘感。毛气势宏大地纵论天下，在这不起眼的环境里并无不适合之感，因为毛的全部哲学都扎根于基层而且要从那里发育。他用中国历史上的民间故事和轶事来说明他的观点，时而幽默，但总是非常有力。

乔治有几个星期，在斯诺采访中国领导人的各次访问中都在场。对于他这是最好的大学，因为他能较快地理解中国革命。此前，他只知道一个粗浅的概况。

斯诺和乔治住在一孔从松软的黄土层挖出来的窑洞里，吃很简单的食物——大白菜、土豆、汤、大蒜、辣椒和小米粥。因为他们是"特殊的客人"，偶尔有白面馒头代替玉米面做的窝头。

他们由年轻的翻译黄华陪同，走过了陕西、甘肃和宁夏。黄华是斯诺在燕京大学的学生，在未来的岁月中，他将是中国驻联合国的大使，而后又是中国的外交部部长。斯诺在采访时，乔治根据毛的指令去考察红军和当地老百姓的医疗、卫生情况。

……

在一间农民小屋里，和这些破衣烂衫的幸存者一起坐在炭火旁，乔治听到了史诗般的长途跋涉。红军被人数超过多少倍的机械化的、装备精良的国民党军队追赶着，曲折迂回地通过穷山恶水、沼泽地带走了8000英里。他们伤亡达百分之九十，30万人马只有3万人到达。但是这些形似"稻草人"的骨瘦如柴、破衣烂衫的人谈起行军，简单朴实，且很幽默，好像他们刚刚完成了在公园的嬉耍。

……

  他被到处都遇到的英勇的中国人所吸引住了，而且是不可抗拒地被吸引住了。这些人受到顽固的反动政府的攻击，被赶到中国遥远的干旱的山区和沙漠的那一角，受到凶恶的外国侵略者的威胁、穷困、匮乏，但他们保持了生气勃勃的乐观情绪。他们建设的社会是致力于帮助普通人，领导并教育他们用实际的、切实可行的方法自救。

——节选自沙博理《马海德传》<br>（中国青年出版社，1997年版）

  三个月之后，海德姆和斯诺准备按照来时的路线返回西安。在那里，他们将有一次分别。按照计划，一个将要回到北平，一个将要回到上海。在安塞，他们要和一直陪伴他们的共产党人告别，而下面的路程他们必须经过层层伪装，再次越过"无人区"和国统区，直到平安地抵达西安。

  斯诺背着他的相机和胶卷走在前面，海德姆跟在后面。走着走着，斯诺隐隐感觉到身后的步伐越来越缓慢了，身后的人也越来越犹豫了。斯诺停下来，转身看看已经落在他身后数十米的海德姆，大声喊道："喂，快跟上来，天黑前我们要穿越无人区。"海德姆走了上来，在斯诺面前停下了，然后说道："你先走吧，我想再回去。"

  斯诺惊讶地看着海德姆，满脸的疑惑。他在海德姆的脸上看不到任何解释，只看到一个坚定的、毋庸置疑的眼神，在陕北萧瑟的寒风中异常温暖，在中国西北红色的太阳下异常火热。

  海德姆继续说道："我要回去。几十年了，我想，我在这里找到了答案，这里给了我答案。一个医生技术再高明也救不了所有的病人，救不了整个社会，但是，他们可以。"海德姆指了指身后。

  斯诺点了点头。在三个月的时间里，他们见证了一个可爱的、温暖的、充满活力和希望的中国共产党，也见证了这里自由的、满足的、友好的，比其他任何地方都充满喜悦的中国人民。是啊，海德姆找到了答案，这是他最有力的解释，也是他最强烈的理由。所有人都会爱上这里，也许，斯诺自己也爱上了这里。

斯诺紧紧地抱住了海德姆,用干涸的嘴唇吻上了海德姆同样干涸的脸颊。然后,他转过身,独自踏上通往国统区的坎坷道路。

海德姆仿佛想起了什么,大喊了一声。斯诺又回过头来,不解地盯着他。海德姆急切地说道:"假如你回去要写什么东西,请不要提起我的名字和经历。"顿了顿,他继续说道,"因为我的朋友在上海,那样他们会有生命危险。"

斯诺点了点头,给海德姆一个真诚的承诺,自此,再未回头。

到达西安的斯诺,在西安事变前夕匆忙赶回了北平。然后,他安稳地坐下来,经过深思熟虑之后,开始用手里的钢笔详细地记录这三个月来他的所见所闻。

斯诺不会知道,他即将写下的是中国共产党历史上最伟大、最重要的纪实文学之一。它轰动了西方,引发了世界对中国共产党的关注。斯诺坚守分别时的诺言,对海德姆只字不提,所以在很长的时间内,人们都不清楚斯诺的红色之旅还有一位美国医学博士同行。1938年10月,斯诺的写作结束了,作品分别在英国和中国出版。在中国出版的版本因为国民政府的阻挠,取名《西行漫记》;而在英国出版的版本让大家更为熟知,取名《红星照耀中国》。

因为一个请求,因为一个承诺,这部伟大的作品里没有出现海德姆的名字和故事,这成为千古憾事。斯诺在他今后所有的作品中都遵循了当时在陕北的承诺,只字未提与他同行的那名医生。

海德姆告别斯诺之后,转身回到了陕甘宁边区。回到陕北,海德姆想给自己起一个中国名字。陕北多是回族同胞,其中"马"姓的人名居多,于是,他的中国名字就叫作马海德。

马海德于1936年10月折返回边区,距离他从上海出发仅仅过去三个多月。在上海,他曾经与朋友分享过自己内心的想法:"我在不知不觉中,逐步加深了对中国被压迫人民革命事业的无限同情,以及对中国工农红军的无比崇敬和向往。认识到要改变中国的社会状况,单靠行医是不行的。""我开始意识到,我可能一天可以医好一个病人,但那个社会制度却能让成千上万的人在同一天死去。所以我开始特别想了解红色中国。我很想去陕北红色根据地,想去看看红军……想更多地了解苏维埃,了解共产主义。"

如果说马海德从上海出发时,驱使他跨越千山万水的动力是寻找内心答案的话,那么三个月后,他选择留在陕北的理由则是他找到了内心的答案。

三个月的经历让年轻的马海德找到了心中的答案。曾经的马海德对于他生活的社会与自己本身都充满了失望和疑惑,尤其是在上海的一年多的时间,彻底击碎了一个年轻人生活的梦想和未来的抱负。他深刻地认识到,医学不能拯救所有。

那么,谁可以?

在与中国共产党的领导人无数次彻夜长谈中,他坚信,他找到了可以解决问题、可以拯救众人的希望,这个希望就是年轻的中国共产党。虽然当时那个政党还十分羸弱,被层层封锁在中国的西北地区,但是那个群体的光芒却始终没有消失,红色的印记自从1921年点燃以来,历经百般波折,从未褪去原本的鲜艳。它在西北,它在东北,它在江南,它在东部沿海,它在中国人的内心深处开始慢慢发芽,凝聚起一股令世人震惊的光荣力量。仅仅三个月的时间,马海德就从内心深处坚信,这股力量终将会引导这个国家和人民走上文明和富强的伟大征程。

70年后的今天,历史和现实深刻地证明了马海德最初的信念。但是在70年前那个秋风浩荡的西北地区,马海德不会想到历史向他证明得如此迅速。他也不会想到,陕北高原火红阳光之下的转身,注定他终生留在中国,为他爱上的这片土地和这片土地上的人奉献一生。

1937年2月,马海德申请加入中国共产党。他立即被接收为预备党员,而最后批准,则至少要等待一年。在延安1938年2月的一天,天快亮时,他被叫醒了，两位党员同志带领他来到山边的一个窑洞里。天气寒冷刺骨，沟里雾气腾腾。在窑洞的地上，马海德看到了一具被砍掉头的尸体，头就在旁边。这是解放区一个村子负责的同志的尸体。地主恶霸及其私人"民团"前天打了回来，砍了这位同志的脑袋。他们把他的尸体陈列在场上，以警告支持共产党的群众。同一天，红军又把村子夺了回来，并把战友的尸体运到延安，准备埋葬。

一位党员同志转过脸来对马海德说："你已申请加入共产党。如果你被敌人抓住，或许这就是你的下场。你还想要入党吗？"马海德面色苍白，说不出话来，只是点了点头。他被深深地震惊了。

马海德后来回忆说："他们要我记住斗争是非常残酷，非常艰苦的。我必须说这很有效。任何党员要是被敌人抓住，必死无疑。你参加党，就是把性命置于危险中。你必须全心全意地献身。我永远不会忘记这一点。"

马海德回到了他的住处。两星期后，他被正式接收为中国共产党党员，成了第一个加入中国共产党的外国人。在延安，他认识了中国女子周素珍。随后，两个人结为夫妻，组建了家庭，生育了孩子。1949年，新中国成立，马海德又成为第一个加入中华人民共和国国籍的外国人，并被中央人民政府政务院任命为中央人民政府卫生部的顾问。

马海德成了一名中国人，而中国共产党则成了他毕生的信仰。他将自己的一生贡献给了中国现代医疗事业，参与了中国基本消除恶性传染性疾病（例如梅毒、淋病、血吸虫病等等）的过程。但是，在他所有参与防治的疾病中，有一种病是他最为关心、令他投入终生的，这种病就是那个远古的恶魔——麻风！

## 3. 曙光，1954

马海德的妻子周素珍婚后改名苏菲，百岁老人现居北京。1988年，马海德逝世，苏菲女士开始整理关于丈夫的点点滴滴，撰写成书。在她的作品《我的丈夫马海德》中，我们看到了两个人忠贞不渝的革命感情，看到了马海德对于麻风防治工作的竭尽全力，更看到了新中国自上而下麻风防治事业的缩影。

在国民政府时期，中国医疗卫生事业的建设极为滞后，几乎没有系统的医疗卫生体系，大量的医疗卫生资源被用来服务战争，大量的医生被用作军医，针对民众的公共卫生服务近乎没有。国民政府无暇顾及患有疾病的百姓，对多数恶性疾病也放任不管。如果疾病带有一定的传染性，那么政府、地方军阀就会采取物理隔离的方式，掐断病毒和细菌的再次传播。这种物理隔离只是隔离，并不包括治疗，实际上就是将病人以暴力手段驱逐到偏远的地方关闭起来，任由他们自生自灭。

当时，陕北医疗卫生事业的发展比较单一。初到陕北的马海德，对于边区医疗的艰难很是惊讶。他发现，在这里连基本的生活保障都因国民党的封锁而变得极为不利，更别说看病治病了。当时，陕北缺药，缺乏能治病救人的药品；陕北缺人，缺乏受过良好专业教育的医生。在整个陕北，学历最高的医生就是马海德了。

建立现代医疗卫生系统，保障中国近代革命事业的发展，迫在眉睫。但是，一切又如此艰难困苦。

1937年，中共中央决定组建陕甘宁边区医院，马海德被任命为主要负责人之一。

苏菲回忆，当时的陕北医疗条件极为艰苦，那里不但没有正式的医院，也没有一间像样的诊所，甚至连比较像样的医疗设备都没有，而受过正规训练的医生还不足十人。从医科大学毕业的医生，只有马海德、傅连暲、姜齐贤等几个人，其中获得医学博士学位的只有马海德一个人。解放区的大量医务人员都是靠红军自己培养起来的。这些医务人员最初基本上都是医生身边的勤务员，但他们常常干护士、急救人员和药剂师的工作，哪里需要就去哪里。干几年之后，有关部门就会安排他们去红军卫生学校学习。九个月后，他们学习归来，就成了一名医生。当时延安的病人和伤员，都是由这些只受过九个月医学训练的医生进行治疗的。除医疗专业人才极度缺乏外，由于国民政府长期对红色根据地严厉封锁，也使得根据地缺少开展医疗卫生事业最基本的医药供给。中国共产党就在如此困难的条件下，开始了新中国医疗的构想，这最初的构想为中国医疗卫生事业播下了日后生根发芽的种子。

在反复几次研究磋商之后，中共中央正式提出了关于改善八路军和边区医疗卫生条件，健全军队医疗网络的全盘构想。在中共中央的支持以及有关部门的大力配合之下，卫生部干部和马海德以及医护人员共同努力，采取"因陋就简，自己动手，勤俭办医疗事业"的方针，先后在延安办起了卫生部直属医疗所和陕甘宁边区医院。虽然陕甘宁边区医院在建院之初只有一排窑洞和极其有限的设备，但是医疗机构的成功建立，为在今后更快、更好地发展八路军和红色根据地的医疗卫生事业打下了坚实的基础。而在陕北建立医院的实践，也给以后全国防治麻风工作带来了丰富的经验。

1949年，中华人民共和国成立，马海德一家搬进了北京，他依然是卫生部的顾问。

此时，从世界范围内来看，麻风病的防治工作已从"不可防、不可查、不可控、不可治愈"逐步发展到"可查、可治愈"的阶段。1873年，麻风杆菌被发现后，医生可以通过采集病人的血液和皮肤组织样本来检测麻风杆菌的数量，从而基本确诊麻风病。限于当时的医学科学水平，这种诊断对多菌性麻风病会出现偏差，对少菌性麻风病基本无效，这个难题一直困惑着医学界。直到100多年后的21世纪，这个难题才由中国山东团队彻底攻克。到了20世纪40年代，美国科学家研制出了砜类药物，广泛应用于麻风和一些结核病的治疗。后来，医务人员开始尝试使用口服氨苯砜进行麻风杆菌的杀菌治疗，取得了显著效果。此后，氨苯砜作为治疗麻风的主要药物，在世界各国推广。同时，世界卫生组织将其确定为免费药物，在发放过程中不收任何费用。这样一来，麻风病的治愈率大大提高。虽然口服氨苯砜会引发致死率极高的氨苯砜综合征，一度被麻风患者称为"杀人药"，但不可否认的是，这种药物在很长一段时期内，解决了绝大部分麻风患者的治疗问题。虽然当时单一药物氨苯砜的治疗效果，与今天所使用的三种药物联合治疗还有较大的差距，但是它的出现使麻风病步入可治愈的历史新阶段。

如果用一句话概括1949年世界范围内的麻风防治工作，那就是可确诊、可治疗。

但是，麻风病的防治，远远不是诊断和治疗如此简单。

治疗不及时的麻风会损害人的肢体末梢神经，从而导致人体失去触觉、变得麻木，严重者会引起骨质吸收破坏，进而导致皮肉滑落，造成肢体残疾。同时，失去神经的皮肤一旦溃疡，几乎难以愈合，最终也会引起各种皮肤感染或其他并发症，从而导致死亡。

20世纪30年代，我国麻风病人在100万人以上。据不完全统计，新中国建立时，全国的麻风病人超过了52万人。这52万麻风患者，绝大多数是在1949年之前感染的，他们没有得到任何积极有效的药物治疗，因此大部分患有肢体残疾，难以维持正常的生活。如何医治和照料这个数量庞大的群体，成为一个关键问题。与此同时，每一年的麻风发病率依然保持着较高的数值，以可查询的历史最高发病率的1958年为例，全国范围内依然保持着5.56/100000的数值。那么，以1953年全国人口普查的近6亿人为基数，全国每年新增麻风病人数就高达3.3万人。

新中国成立之初，百废待兴，麻风狂虐，危害着人民群众的健康。麻风防治工作已经刻不容缓了。

回顾1949年，我国麻风防治工作所面临的主要问题，包含以下几个方面：

第一，对于已发病的麻风病人如何医治的问题。在当时的科学水平之下，麻风的传染方式还没有被完全掌握，它的传播烈度和传播范围都是无比巨大的，单纯的散居式的医治似乎无法控制这种传播。此时的医生还是认为，麻风是可以通过日常生活接触进行传播的，因此，让麻风病人散居各自的村庄，然后派医上门的方案达不到防治的效果。同时，这种方式需要消耗大量的人力和财力，一穷二白的新中国无法应对。而且，基层麻风防治医生的力量薄弱，全国专业学习麻风防治的人几乎没有，各级医学院、卫生学校也没有任何一家开设麻风防治的专业课程。20世纪60年代，马海德赴西南诸省调研时发现，那里的基层麻医穿着包裹全身的白色防护服，戴着医用手套和巨大的防毒面罩，穿着胶皮靴，把防治鼠疫时的装备原封不动地挪到了麻风防治上，这令马海德十分震惊。这种如临大敌的阵势，反映了基层医生对麻风的误解，也变相地助长了社会对麻风的恐惧。实际上，由于麻风给人类造成的影响根深蒂固，谈麻色变千年不衰，基层麻风防治知识的普及直到今天还没有达到令人满意的效果。如今，我们在去往麻风村的过程中，还会听到很多人劝说："小心哪，别染上了大麻风！"

第二，对于新感染的麻风病人如何发现的问题。麻风杆菌突破人类的免疫机制，造成人的身体异样并引起外部恶化，是一个长期的过程，短的一两年，长的可能有五六年，甚至更久。那么，应该如何尽早发现麻风病人，从而避免其身体残疾的产生呢？麻风有着区域性的发病机制，例如，我国的广西、广东沿海地区，都是麻风的重灾区。但是令人感到奇怪的是，麻风病人却没有聚居性，基本是散状分布的。一个近千人口的村庄，可能仅有一到两个麻风病人；一个家庭可能几十年来也只有一个麻风病人，很难以简单的方式和手段来发现他们。同时，麻风病人在初期是很难察觉到自己染病的，正如书中一开始所讲的故事那样，麻风的初期表现就是简单的皮肤病，连基层医生都无法甄别，更何况麻风病人自己呢。等到出现了比较明显的身体变化，木已成舟，已经无法改变了。所以对于麻风，早发现、早治疗才是关键。

第三，对于已经造成残疾的麻风病人如何治疗和照料的问题。残疾且失去触觉的麻风病人,日常生活极为困难,生理活动受到了限制。比如麻风病人本身对于冷热没有感觉,一杯热水在使用的过程中就可能造成身体的烫伤,而烫伤的伤口又因为缺乏末梢神经无法愈合,就会导致感染,引发其他疾病;再比如麻风病人会出现大量的表面溃疡,依然无法自愈,需要专业的护理人员对其进行治疗,否则也会因为溃烂感染而死亡。因此,照料已经残疾的麻风病人,需要大量专业医护人员长时间的坚持,而且需要有固定的场所。麻风病人散居于各个村庄,一旦发生情况,即便是在现在的交通条件下,医生也不可能第一时间赶到现场。1949 年,我国没有一家由政府建设、管理的麻风病人集中治疗场所,仅有的几个都是由国外教会组织创建的。以山东省为例,1918 年,美国麻风救济会在滕州建立了第一所麻风院;到 1949 年,教会分别在济南、青岛、兖州和青州建立了四所麻风救济院,用于收容、救治已经造成身体残疾的麻风病人。但是,这些麻风院设施落后、设备简陋,且缺乏专业的医护人员,几所麻风院的病人仅有 273 人,相比山东省几万人的庞大麻风病群体,273 人就显得微乎其微了。教会建造的麻风院根本谈不上对病人的治疗,仅能简单地提供生存场所,依靠信教群众的捐赠勉强维持最基本的生活需求。换句话讲,由教会建立的麻风救济院仅仅是展示宗教信条的一种形式,和公共医疗卫生没有一丝一毫的关系,他们为病人提供的只是一个集体"等待死亡"的场所而已。救济院的志愿者在这里是为了通过照料麻风病人,换取"升入天堂"的资格,他们与麻风病人没有相互负责的医患关系。

那么,面对 52 万旧有麻风病人和每年不断新增的麻风病人,刚刚成立的新中国,应该从哪里下手?

很显然,这是一个国家的责任,也是一个政党的责任,要担负起这样的责任,需要整个国家行动起来。

1953 年,经过全党、全国人民的共同努力,新中国的经济状况开始好转,一份有关建立"中国皮肤病研究所"的报告被送往党中央。

这份建议由卫生部提出，马海德作为撰写的同志之一在报告中这样写道：该研究所的主要工作是对性病、麻风病、头癣的防治和研究。该研究所的目标是，争取在我国逐步消灭上述几种危害人类健康的皮肤疾病。

虽然性病和麻风病在传播途径、发病机制以及治疗方式等方面，与传统的皮肤病有着较大的差异，但是它们的最初症状都出现在外部的皮肤上，因此性病与麻风病都在皮肤病这门学科的范畴内。

这份报告是长期深思熟虑的结果，是符合新中国国情的提案。陕甘宁边区的革命斗争经验，使所有医学工作者深刻地认识到，要解决中国数以万计的麻风病人的救治问题，必须组建一个强大的组织机构，单纯依靠专业的医生或者松散的社会团体，不可能遏制麻风的蔓延，对庞大的患者群体，也无法达到预期的治疗效果。与其说麻风是一种传染性疾病，不如说是一个牵扯整个新中国的社会问题，它牵扯公共卫生服务、医学科学发展，以及民政的各个方面。防治麻风已经远远超过了疾病治疗的范畴。麻风的防治是整个社会发展的缩影，在一定意义上体现了一个国家走向现代化的程度，因此，必须由一个自上而下行之有效的政府组织和一个坚持到底的政府行为来整体协调和统筹。

1954年，由卫生部负责，正式建立了中央皮肤病性病研究所（现中国医学科学院皮肤病研究所），作为我国治疗皮肤病、性病、麻风，集医、教、研、防于一体的唯一的国家级专业机构。它的工作范围是承担国家性病、麻风病防治任务，建立遍布全国的疫情监测网络，参与制定全国性病、麻风病防治规划、措施、标准和实施方案，开展对全国性病、麻风病预防与控制的技术指导和人员培训。

也就是说，中国麻风防治的最高机构，最初是以一家科研机构的名义建立的，研究所筹备的过程中有着这样的表述："皮研所是我们新中国自己建立的，我们要尽可能把它建成一个具有国内先进水平的科研机构。"但是，这所科研机构的职责远远不是单一性能的科学研究那么简单，它承担了整个国家麻风和性病的防治任务，既要治疗又要防控，从职责和使命上来看，这是一个国家自上而下的伟大行动！

随后，全国各个省份迅速组建了自己的皮肤病研究所，这样的组织机构一直延伸到全国县级行政区，依托这种自上而下的国家机构，新中国的麻风防治工作铺天盖地展开了。

1955年，麻风发病人数较多的山东省，率先建立山东省麻风病研究所，作为麻风病防治的专业机构。1958年，山东省又建立了山东省性病防治所，作为性病防治的专业机构。1960年，两家机构合并，正式命名为山东省皮肤病性病防治研究所。虽然在漫长的历史发展过程中这些机构有过更名，但是，麻风防治的历史使命一直未变，麻风防治工作者的担当也一直未变。

至此，中国有了专门负责麻风病防治的国家机构。1958年，在专家积极推进的"大剂量青霉素十日治疗法"的集中治疗之下，中国实现了基本消灭性病的目标。从1958年开始，中国医学科学院皮肤病性病研究所带领全国各地的皮肤病防治研究所，将工作重点转移到了麻风病的防治上来。

1954年，对于中国麻风防治和在苦难中挣扎的麻风病人来说，有着极为特殊的意义，因为从这一年开始，全国逐步建立了专门防治麻风病的国家机构，麻风防治作为公共卫生事业的一部分，被全国各级党委、政府重视起来了。年轻的中国共产党为了确保人民的健康，带领人民从困难中一步一步走出来，调集了大量的人力、物力、财力，迅速投入涉及近6亿人民（包括52万麻风病人）的麻风防治工作中。

对于这个几千年来令人恐惧、令人唾弃的远古恶魔，曾经的封建王朝、军阀政府和国民政府都毫无作为，他们抛弃了数以万计的麻风病人，将这些受疾病折磨的病人残忍地推入水深火热的深渊。几千年来，苦难的麻风患者被视为异类加以扼杀，只有中国共产党像对待正常人一样对待他们，只有新中国能够治疗和照顾这些饱经苦难的病人。

随后，国家在全国范围内建立了近两千个麻风村，用于收治麻风病人，收养那些生活难以为继的麻风致残者。这些麻风村全部由国家各级财政出资，政府同时划拨土地、耕畜等各种资源，用于托底保障麻风病人的生活。为治疗病人，国家号召医务工作者到防麻治麻第一线，到麻风村去，为麻风患者服务。当时的医生远远不够，于是，成千上万刚刚从大学毕业的医学生，从不同的方向汇聚到麻风村，他们在党的号召下，向千年恶魔宣战了。

有了场所，有了医生，有了政策，有了经费，全国的麻风病人就看到了光明。20世纪60年代，仅仅在山东省，就建立了省、市（地）、县（区）麻风防治专业机构79处、麻风村71处，全省从事麻风防治工作的专职医护超过1200人。

在党中央的号召下，一场声势浩大的麻风防治运动在新中国全面展开。年轻的中国医学院校的学生们义无反顾地奔赴全国各处麻风防治机构，他们只有一个目标：消灭麻风，为人类创造一个没有麻风的世界。他们像极了30年前从全国各地投身陕甘宁边区的那些年轻人，为了一个信仰，为了一个理想，为了太平富足的世界，开始了生命中跨越千重万嶂、踏遍千山万水的征程……

## 4. 一个共产党员的使命

1974年，马海德被查出前列腺癌。他向所有的亲朋好友隐瞒了自己的病情。从1976年到1984年，马海德陆续做了八次较大的手术，平均每年一次的手术，让他饱受疾病的折磨。

八年来，这个国家麻风防治工作的功勋、新中国第一代麻风防治工作的带头人、中国皮肤病学科的领军人物，自己却没能逃脱病魔。他病倒了。住院八年来，他瘦了整整30斤。他从当初那个健壮、精神、充满力量的金发小伙子变成了一个消瘦、虚弱的老人，但是，他依然没有放下根治麻风的梦想。在采访中，我们感受颇深，无论是在浙江省德清县上柏村的马海德纪念馆,还是在山东省济南市的马海德纪念馆,都会看到马海德与当地麻风病人手拉手嘘寒问暖的照片和音像资料。照片上,马海德的手是红润的,麻风病人的手是残缺的并带着未愈的痂瘢,两只手握在一起,是那么自然、亲切。

在现有的关于马海德的资料中,我们发现他的足迹遍及山东、贵州、云南、广西、广东、福建等各个麻风重灾区;采访时,我们在各个省份皮肤病性病防治研究所里,也发现了他不断地调研、考察和诊治病人的历史资料。

海南黎族村寨。

这个村寨正在流行恶性疟疾,马海德一面叮嘱医疗队的同志一定要按时服用预防疟疾的药,一面带领大家在炎炎烈日下对各村进行检查。在这个过程中,马海德徒步进入深山中的一个麻风村。按照以往的老规矩,他要对所有麻风病人逐一检查。由于仔细认真,他很快发现了几个"叠瓦癣"患者也被错当作麻风患者送到这里了。马海德当即安排随行医生用仪器对他们进行复查。确定这几个人不是麻风病人后,细心周到的马海德立即让有关部门给他们摘掉了麻风的"帽子",并派专人送他们回故乡。临行前,马海德要求地方干部把他们护送到村后,要召集村民会议,对所有村民说清楚,他们是被误诊的,要为他们恢复名誉。这几个人在临行前千恩万谢,多年后采访他们时,他们还感激涕零地说:"是那个大鼻子救了我们,要不我们可就真的染上麻风了。"

广东潮州。

马海德第五次来到这里时,已经50多岁了。韩江江畔的沙滩,在烈日的灼烤下变得温度极高。据当地人说,如果赤脚走在上面,脚底板都会被烫起燎泡。就算穿着鞋走,一旦有沙子进到鞋里,人也会感到痛痒难忍。但马海德还是赤着脚带头走过沙滩,来到韩江对岸的江东公社。地方干部看见马海德的衣服被汗水湿透了,双脚也被沙子烫红了,过意不去地说道:"马大夫,您先休息休息吧。"马海德则说:"我是来工作的，那么多麻风病人都等着咱们呢，大伙儿还是快干活吧。"

马海德被癌症盯上后，依旧没有停止工作。1988年3月，他刚刚从医院治疗出来，就飞到加拿大参加会议，当时他的生命只剩下六个多月了。三个月后，他又坚持飞往美国落实一笔对华的援助资金，因为国际红十字会的那些人跟马海德交情颇深，他不到场，援助就不会落地。刚从美国回来，他又马不停蹄地在北戴河主持召开三省麻风防治会议。在这次会议上，他终于支撑不住，晕倒了……

从北戴河回到北京，儿子周幼马抱起父亲下车时，哭得像个孩子，因为这时的父亲轻飘飘的，只剩下一把骨头了。

尽管马海德的身体一天不如一天，但他仍坚持到云南大理去开会，到麻风村去看望病人。在这个座谈会上，当马海德听到麻风患者在痊愈后积极参加生产，有的人当上了专业户，还有的人成了万元户时，他的眼圈红了，说："能亲眼看到过去的麻风病人今天当上了专业户和万元户，我就放心了。"9月，中华人民共和国卫生部授予马海德"新中国卫生事业的先驱"的光荣称号。为表彰马海德半个世纪以来为中国人民做出的卓越贡献，一幅写着"无私无畏的国际共产主义战士，全心全意为人民服务的光辉典范"评语的奖状，由时任卫生部部长的陈敏章亲自捧到马海德的病床前。

当去荷兰海牙出席第十三届国际麻风大会的中国代表们出发前一起来医院看望马海德时，他叮嘱大家到会上要努力交朋友，多争取发达国家的支持，认真学习人家的会议组织工作，将来由中国承办国际麻风大会。

9月26日，我丈夫马海德在病床上度过了他七十八岁的生日。就在这天，他忽然醒了，睁开眼睛费了很大力气问我："去海牙的人回来了吗？"我的泪到底还是流了下来："他们回来了。"马听完我的回答，又安详地闭上了眼睛。

——节选自苏菲《我的丈夫马海德》

（作家出版社，2015年版）

马海德的一生奉献给了他的信仰和他的中国。以马海德为代表的第一代中国麻风防治工作者，在极端艰难的条件下，阻止了麻风在中国的泛滥，制止了麻风的广泛传播，挽救了数以万计的麻风病人的生命，更挽救了无数可能感染麻风的中国人。

在与这个千古恶魔的斗争中，以中国共产党人为代表的中国麻风防治工作者奉献了他们的一生。他们以常人难以忍耐的承受力，来到田间地头，深入每一个乡村，与每一个麻风病人相伴。今天，第一代麻风防治工作者绝大多数已经逝世，依然活着的前辈也已经无法进行详细的回忆和言语的表述，但他们的学生、他们的后人，依然继续活跃着。他们为中国的公共卫生事业所做出的贡献是巨大的，他们所做的每一件事情都涉及你我的生活，涉及每一个中国人的身心健康。

第一，他们创建了中国麻风防治的管理体系。从20世纪50年代开始，我国逐步建立了遍及全国的麻风防治机构和麻风村，它们是几十年来我国麻风防治的主要力量，一直延续至今。70年后的今天，这些机构在全国各个省份依然存在，虽然随着麻风发病人数的急剧减少，其业务也有了变化，但是这些机构的医生依然掌握着世界领先的麻风防治技术，掌控着整个国家的麻风病的变化情况，他们可以应对任何麻风的爆发性事件。从乡村医生到专家学者再到党员干部，数万人投入麻风防治的战线中，他们出身不同、学历不同、年龄不同，但是，绝大多数人都没有离开麻风防治的战线。一言相许，便终生为伍。

第二，他们初步改变了社会对于麻风的恐惧和歧视。第一代麻风防治工作者提出了麻风"可防、可治、不可怕"的口号，他们始终坚持用自己的行动，来改变中国社会对于麻风的错误认识。他们在检查和治疗病人的过程中，从未穿任何有防护性措施的服装，就是穿简单的日常衣物，甚至连口罩都不戴。他们随意接触麻风病人身体的各个地方，包括已经出现溃疡和腐烂的伤口及残肢。当时，很多人面对麻风病人时要穿鼠疫防护服，但以马海德为代表的第一代麻风防治工作者，以实际行动向世人传达着一个信号——在与麻风病人的日常接触中，传染的可能性极低。今天，我们去往各个麻风村，依然会看到可爱的医生舍弃任何防护措施来救治麻风病人，这是第一代麻风防治工作者给他们留下的精神象征。他们与前辈们一样，想要告诉这个世界上的每一个人，麻风不可怕，麻风病人可以救治，他们和正常人一样，理应受到一样的尊重和对待。

第三，他们让世界加强了对中国麻风防治事业的关注。百废待兴的新中国对于麻风防治的支出捉襟见肘，正因为有马海德这样特殊面孔的中国人，世界才看到了中国麻风防治的努力与付出。马海德在自己的一生中，不断地奔波于世界各地，向世界宣传中国麻风防治的成就。在他的周旋和努力之下，世界给予中国麻风防治工作以大力支持。例如，20世纪70年代就在中国开始了联合化疗的免费试点，且给予了不少物资援助等等。曾经连县级政府都难得有一辆的吉普车，马海德就从国外一下要来了几十辆，分送给偏远山区，为医生出诊提供便利。由此开始，中国的麻风防治事业和医疗卫生事业，也一步步地走向了世界。

而中国共产党员马海德同志，多年后也在世界麻风大会上慷慨激昂地说道："我可以负责任地告诉大家，中国是一个知恩图报的国家。今天，世界援助了中国，请相信，不久的将来，中国一定会也一定能帮助世界！"

第八次手术后，马海德住进了北京协和医院。在病榻上，他细读全国各地麻风病人和医生寄来的信。那时，他的头脑还非常清楚，每天要口述回复十几封信。病情稍有好转，他就让家人把打字机搬到病房里，亲自给病人和医生回信。

1988年9月，马海德的生命只剩下最后30多天了。当他看到广东的麻风病人在信中告诉他，山沟里的麻风病人生活艰苦、没有菜吃的时候，他难过得哭了，让苏菲马上帮他回信，并拿出自己的钱帮助这些麻风病人。而这封信也成了他口述的最后一封信，之后他便陷入昏迷，高烧不退。

偶尔清醒时，他心里想的还是麻风病人。一天，他在美国的侄子寄来支票，这是他几个月前去美国争取来的麻风防治经费。他用颤颤巍巍的手拉着苏菲说："妹子，这是给麻风病人治病的钱，一定要管理好哇！"

1988年10月3日，马海德在对麻风病人和麻风防治事业的无限牵挂中逝世。

从美国到上海，从上海到延安，从延安到北京，从北京到中国各省无数个乡村，马海德在中国度过了55个春秋，这名特殊的共产党员在中国寻找到了他想要的答案，实现了自己的梦想。

苏菲在回忆录中写道：

> 1988年10月3日，作为全国政协第五届委员、第六届、第七届常委、中华人民共和国卫生部顾问、中国麻风病防治协会会长、中国麻风病防治协会研究中心主任、优秀的中国共产党员、卓越的国际共产主义战士，我的丈夫马海德在他的第二故乡——中国，含笑结束了他那壮丽而无悔的一生。
>
> 在马去世之后，我第三次回到了延安。这次我们回延安是为了遵照马的遗嘱，将他的一部分骨灰撒在延河里。
>
> ——节选自苏菲《我的丈夫马海德》
> （作家出版社，2015年版）

他是一名优秀的中国共产党员，与许多中国的年轻人一样，在那个迷茫的年代，在陕北找到了自己的理想，找到了组织，并找到了自己为之奋斗的目标。这是他的信仰，这是他的初心，这是他的坚守，他为之付出了一生。他是一名卓越的医学工作者，帮助众多的麻风病人解除了痛苦，找回了尊严。他深深地爱着他的祖国，爱着这里的人民，爱着这里的每一寸土地。他在所有的场合都会笑着告诉别人："我是一名中国人。"曾经在中国，凡是有麻风病人的地方，就有马海德的身影。他到每一个地方，都给那里的病人带去了希望和未来。病人感谢他时，他说："你别感谢我，你应该感谢咱们的共产党。"

是啊，中国共产党。在马海德的心中，中国共产党就是他的力量、他的梦想、他的奋斗、他一生的精神来源。

1972年，马海德和斯诺在瑞士日内瓦见面。此时，年仅67岁的斯诺已经病重卧床不起了。马海德按照相关指示，带领中国医疗队赶赴瑞士为他治病。斯诺想要回到中国治病，也许他心里明白，这将是他一生中最后的光阴，但是他的病情已经不允许他进行长途跋涉了。在生命的最后时刻，他意味深长地对马海德说："乔治，我羡慕你选择的道路。我，热爱中国！"

马海德握住斯诺干瘦的手，热泪盈眶。对死亡，斯诺没有表现出丝毫的惧怕，只是有些遗憾自己现在才明白，原来他与马海德一样，中国共产党就是他心中的答案。

癌症彻底击倒了斯诺。按照斯诺的遗嘱，他的一部分骨灰葬在了中国。马海德和斯诺的遗嘱有着出人意料的一致，他们都将部分骨灰撒在了那个信仰与梦想开始的地方——延安。

1988年，苏菲带着马海德的部分骨灰，跨过黄河，越过太行山，走过千沟万壑的黄土高原，到达延安。这是当时那个年轻人信仰筑建的地方，自此，从未熄灭。

当然，中国麻风病的防治仅仅依靠马海德一个人是不够的。在马海德的身后，自1949年起，无数的中国年轻人奔赴与病魔抗争的前线。他们当中大多数人从来没有接触过麻风，从来没有见识过"恐怖"的麻风患者，但是他们没有退缩，没有放弃。他们走在那条与疾病抗争的道路上，纵有千难万险，仍然义无反顾、屹立不倒。他们跟多年前无数奔赴陕北的年轻人一样，充满信仰的力量……

……中国已有成千上万的青年为了民主社会主义思想捐躯牺牲，这种思想或者这种思想的背后动力，都是不容摧毁的。中国社会革命运动可能遭受挫折，可能暂时退却，可能有一个时候看来好像奄奄一息，可能为了适应当前的需要和目标而在策略上作重大的修改，可能甚至有一个时期隐没无闻，被迫转入地下，但它不仅一定会继续成长，而且在一起一伏之中，最后终于会获得胜利……而且这种胜利一旦实现，将是极其有力的，它所释放出来的分解代谢的能量将是无法抗拒的……

——节选自〔美〕埃德加·斯诺著，董乐山译《红星照耀中国》

（新华出版社，1984年版）

# 三、我们将奔赴前方

仅1958年,山东省治愈的麻风患者就有260名。他们恢复了健康,重新走上了工作岗位。……全国公社化以后,许多麻风流行地区,都建立了小型麻风村,收容麻风患者,集体治疗。这是多快好省地消灭麻风病的有效办法。——尤家骏《麻风病学简编》

我问燕子你为啥来,燕子说,这里的春天更美丽。——电影《护士日记》的插曲《小燕子》

只要生命还可珍贵,医生这个职业就永远倍受崇拜。——〔美〕爱默生

但是从那时起,每逢春节,我就想起那盏小橘灯。十二年过去了,那小姑娘的爸爸一定早回来了。她妈妈也一定好了吧?因为我们"大家"都"好"了!——冰心《小橘灯》

## 1. 奠基者

1958年,山东省昌潍医士学校(现潍坊医学院)。这座自19世纪末就存在的现代医学院校,是当时整个昌潍地区最大的医学专业学校,

每年都有几百名来自全国各地的年轻人在这里完成他们的学业，随后由国家分配，奔赴各个医疗院所，从事救死扶伤的卫生事业。这一年，21岁的郑大有和他的同学一起面临毕业。

毕业前夕，学校下了一个通知，说是省里著名的医学博士、教授要来做报告，鼓励同学们都去听。郑大有和他的同学赶紧跑到了礼堂。

偌大的礼堂里座无虚席，做报告的人是医学博士、山东医学院教授尤家骏，报告的内容是皮肤病学科中关于麻风的一些知识。

麻风？郑大有有些陌生。在他学习的课本里好像仅有一个章节讲了这种病，老师也没有过多地讲解，只是让大家回去自学，他也就只是翻了翻，没做太多的深入研究。

"啥是麻风？"郑大有捣了一下身边的同学，问道。他的同学想了想，也不是太了解："不知道，应该就是皮肤病吧。"郑大有又问："那你们村里有麻风病人吗？"他的同学回答："听我娘说过，有，只是我没见过。"郑大有就不再问了，虽然当时麻风依然在祖国大地上肆虐，但是离大学生们的生活似乎有些遥远。

尤教授的报告，让同学们注意到皮肤病科里还有这样一个怪病——麻风。尤教授讲了麻风的发展史、麻风对人类造成的危害和山东省麻风病的现状，说党和国家已开始行动，组建全国性的麻风防治组织体系，准备举全国之力消灭这个可恨、可怕的传染性疾病。

在报告的最后，尤教授告诉大家，山东省是全国的麻风重灾区，已掌握的麻风病人有5万人之多，急需救治。山东省已组建麻风病研究所，麻风防治工作的大幕已经拉开，急需医生，大家有兴趣的可以报名，被批准者去省里培训治疗和护理麻风病人的技术，然后学校会给大家统一分配工作。

听到这里，郑大有有些高兴了，心想能去省里学习，还能尽快分配工作，这是好事啊。他的同学在一边问他："俺听村里的老人说，麻风挺吓人的，你确定要去当一个治疗麻风的医生？你不怕？"郑大有站起来，拍拍屁股，说道："吓人？哪个病不吓人？不吓人的病还叫个病？咱们就是学医的，就是对付病的，怕个啥？"说完，郑大有欢快地跑到了最前面。其实，郑大有对麻风还是有所忌惮的，大麻风嘛，厉害着呢！可是，他是学生会的文艺部部长，又有些不同于其他年轻人的直觉，这一次，他不想拒绝。

郑大有冲到台前，向尤教授大声喊道："尤教授，我要报名。"被很多学生围住的尤教授抬起头来看看他，脸上露出满意的微笑："同学，欢迎你。"

站在一边的老师一把把郑大有拉过来，有点责怪地说道："你这么着急干吗？报告结束了才报名呢。"郑大有不好意思地笑了笑。老师继续说道："郑大有，你真的确定要报名？"郑大有坚定地点了点头。老师说道："你先写一份决心书吧。"

"决心书？"郑大有有些纳闷了。老师看着这个充满稚气的年轻人，极度温柔地说道："大有，我和你一样，没接触过麻风。但是我比你更清楚，麻风防治工作不好做，你今天的选择将决定你的一生，而这种生活是一般人难以承受的。"

郑大有似懂非懂地看着老师，以一种坚定的语气回答道："我不懂您说的，但是我是一名医生，就得干医生的活。"

回到宿舍，郑大有拿出纸和笔，用力地写下一句话："我志愿做一名麻风防治工作者，为消灭麻风奉献一生！"

正如老师所说的，郑大有写下了这份决心书，就决定了他一生的去向。

1958年的济南，尽管没有今日的繁华，但是"四面荷花三面柳，一城春色半城湖"的惬意却让郑大有记忆犹新。

当郑大有和学校的另外29名同学一起走出德国人建造的济南火车站时，山东省麻风病研究所的大马车已经在经一路上恭候多时了。高大的马儿抛出长长的尾巴，算是跟这些年轻的学子打招呼了。同学们挤上马车后，马儿拉着他们向西奔去。跑了20多里路后，郑大有看到了低矮的民房和田间的小径，他明白郊区到了。但马儿还没有停下来的意思，又过了一条河，爬上了山坡，继续向前跑去。这座山，叫腊山。马车过了山口，溜下山坡，一路沉默的赶车汉子终于发出一个长长的"吁"字，马儿停在了柏树掩映下的二层石楼前。

目的地到了。

好荒凉的山野呀！

郑大有和同学抱起行囊下了车，看见用石头垒起的大门柱子上挂着一个牌子，上面用黑色的油漆刷着几个大字——山东省麻风病研究所。他们当然不知道，在这之前和之后的数十年里，从这里走出了数千名医生，他们奔赴全国各地，成为各省市麻风防治的中坚力量。这个不起眼的偏远的院落，就是中国麻风防治的"黄埔军校"，而这个"黄埔军校"的校长就是尤家骏。

郑大有和同学进行了几个月的系统培训，大致掌握了麻风的一些基础知识，重点是如何在皮肤病患者里甄别麻风患者及怎样治疗麻风。那时候，整个国家甚至整个世界都没有关于麻风防治的详细教材，郑大有他们用的是尤家骏自己编写的讲义。郑大有每次听完尤教授的报告，就回到宿舍比对讲义。他发现尤教授讲的和讲义上写的一字不差，对尤教授的敬重立马又多了几分。尤家骏教授告诉他们，流行型麻风病的表皮特征是四个字：肿、恶、混、脱（病灶处肿胀，外形险恶，边缘混乱，汗毛脱落）；结核型麻风病的表皮特征也是四个字：高、鳞、清、圈（病灶处高出表皮，有鳞状的厚痂，边缘清楚，呈圈状）。这个八字秘诀是尤教授诊疗麻风病的经验积累和总结，也是他教给学生甄别麻风病的法宝。短期的培训让郑大有他们受益匪浅，然后他们又跟着尤家骏教授到了上海实习，前前后后总计五个月的时间。之后，包括郑大有在内的50名学生，作为山东省首批专业麻医被分往山东省各个区县。郑大有来到诸城，进了诸城县皮肤病防治研究所。

郑大有和同学不知道，他们是第一批由山东省自己培训和教育出来的麻风防治医生；他们也不曾想到，自此开始，他们将用毕生精力和全部勇气，跟麻风进行一场马拉松式的博弈。这场漫长的战争，居然耗费了他们一生的时光，而这一生是极为孤独的一生，也是极为寂寞的一生。

正如前文所言，麻风作为一个古老的恶魔，给世人造成了谈麻色变的心理恐慌。郑大有他们的孤独和寂寞，不是起因于医患关系，而是源于世人对麻风的恐慌情绪。谈麻色变，不仅祸及不幸的麻风患者，也会殃及无辜的麻医。这是从未接触过麻风的郑大有他们从没想过的事情。

郑大有在接受麻风培训之前的几年专业学习中，跟所有的同学一样，从未接触过麻风，没有专业的教师为他们讲授麻风专业课，更没有业务书籍供他们阅读。在全国所有的高等医学专业学校的教材中，仅有一个章节是有关麻风病的论述。老师一般会告诉学生，这节不学了，自己回去看看就行了。他们哪里知道，在大多数乡村，不死的麻风杆菌依然有着极高的传染率，麻风的幽灵依然在肆无忌惮地游荡着。

郑大有刚到单位的第二天，就带着药品和显微镜与同事一起出发了。千年魔鬼麻风在诸城这块沃土上空前活跃，这里是山东半岛名副其实的麻风重灾区。此时的诸城县登记在册的麻风病人有1000多个，大多数已经造成了身体上的残疾。为了让这些不幸的人们有个好的归宿，诸城县仅麻风村就建设了大大小小14个。

郑大有和同事一起入村，是为了给麻风病人送药物，同时也为他们进行例行的血液检查。那时候自行车是最先进的交通工具，刚毕业的学生是买不起的，即使有钱，也得凭票供应。单位里唯一的交通工具就是一辆驴车，驴子性情倔强却行动迟缓，两个人常常跟在驴子后面，走累了才交替坐坐驴车，享受一下乘车的幸福感。他们用了一周的时间，行程300里，走访了3个乡镇，看望了几十个麻风病人。

到达第一个村庄时，他们不敢在村里逗留过久，因为当时的村庄还是比较封闭的，任何一个外人进入村庄都会引起村民的围观，他们不想给病人添麻烦。他们时刻记着尤家骏教授的话：村人谈麻色变，我们必须保护麻风病人的隐私，尽量不要在公众场合曝光患者的病情。

他们像地下工作者一样，把驴车放在村头的树林里，跟乡医悄悄来到麻风病人的家，然后尽可能隐蔽地将几个麻风病人叫到村头的树林里，最后发现还差一个病人。郑大有看了看手头的登记表，问道："罗世成去哪里了？"有人说，他可能在西湖里放牛。郑大有就跑去寻找，果然看到了一个人在放牛。郑大有走上前去，看见了罗世成。罗世成已经没有了双手，只能将放牛的鞭子插在腰间。郑大有将他带到了树林里。这里没有任何可以放置药品和工具的地方，郑大有看了看乡医，乡医指了指树林深处，说道："咱们去那里。"郑大有抬头一看，里面是一个个小小的土堆，每个土堆前面都有一个长方形的石桌，有的上面摆放着一些供品，有的上面落了一层纸灰，但是所有的土堆周围都有共同的被火灼烧过的痕迹。

那是一片坟地。

郑大有疑惑地看看乡医。乡医对此已经司空见惯了，没有跟他解释，就将他和病人带到了坟地里。坟墓前面的小石桌子就成了郑大有的工作台。他就这样在阴森森的坟墓前给麻风病人检查病情，采集血液样本，发放药物。

几十年过去了，郑大有无比清晰地记住了第一次工作的地点：那里是亡灵的聚集地，除了清明上坟，几乎没有人去那里。在那样的地方看病，源于医生的无奈和病人的悲哀，这也是麻风防治工作者不受待见的最好证明。

郑大有第一次近距离地接触麻风病人，确实有些害怕。他按压着病人的头，在病人的眉毛和颧骨处采集血液，变形的面容加上周围的环境，使年轻小伙子的心里直打怵。值得庆幸的是，所有的麻风病人都积极配合。这让郑大有感到无比宽慰，因为麻风防治工作者被患者及其家人追打的场面，在几乎所有的有麻风病人的村庄都上演过。他们没有选择。尤家骏教授说过，选择了麻风防治，就选择了孤独；忍受，是对付孤独最好的办法。因为麻风防治工作者的选择是国家的需要,是人民群众的需要,更是患者的需要。

做完了工作,病人们回到了村子里,郑大有和同事也准备收拾东西离开。乡医问他:"郑医生,你知道为什么选择这里吗?"郑大有摇了摇头。乡医说:"麻风病人是很可怜的,村子里的人歧视、排斥他们。这里是隐秘的,对于他们和我们来说都是隐秘的。保住了他们的隐私,就等于保住了他们的脸面哪!"

郑大有点了点头,随后和同事一起离开了那里。回望身后,小路渐渐地隐入树林的深处,村落在视线里渐渐地消失了,刚才那片给他提供工作环境的坟地也没了踪影。郑大有知道,下一个村庄,另一片相似的墓地,另一群同样的病人在等着他们。他们加快步伐,想在夜幕降临前赶到下一个村庄,那样或许还能有个遮风挡雨的牛棚,或者看场护院的小屋,可以美美地睡上一觉。他们实在是太疲劳了。

此时的郑大有已经明白了,从现在开始,他将经历十几年甚至更久的这样的生活。他有理由也有能力离开这样的生活,但是年轻的小伙子没有丝毫犹豫,他要跟随他的老师尤家骏教授,跟随中国第一代麻风防治工作者走下去。

夕阳在树林的尽头洒下斑驳的光,一座山横亘在他们面前。他知道,要想到达下一个村子,就必须翻过这座山。郑大有感到饥饿,那几个玉米地瓜面掺了菜的饭团子实在不顶事啊!他只好紧紧腰带,迈开大步,走上通往下一个村庄的道路。郑大有这一走就是40年,直到他退休。

翻过山川,人们就能听到他们的故事。

与郑大有一样,在那个年代的中国,成千上万的年轻学生经过简单的培训,毅然决然地走向了麻风防治的岗位,开始了长达一生的与麻风博弈的历程。在之后的每一个清晨和每一个深夜,他们都将与麻风病人相伴,并与这个给人们带来无限恐惧的病魔做斗争。他们当中绝大多数人都坚持了下来，没有退缩。2019年，我们采访他们时，多数人已经去世了。我们来晚了。那些健在的人，已经成为满头白发的老者，他们在几十年令人尊敬的、单一的重复劳动中幻化成一个个坚毅的身影。没有人给过他们镀金的承诺，没有人给过他们美好的憧憬，这些为麻风病人服务了一生，跟麻风打了一辈子交道的医生，总是坦然地给我们讲述过去的事情。对于这些中国第二代麻风防治工作者来说，如果有人曾经面对面地给过他们保持这种坦然和活力的信心，给过他们处理一切危机的指导，给过他们一往无前的勇气，那么，这样的人只有一个。

他，就是尤家骏。

1932年，34岁的中国人尤家骏从济南出发，前往欧洲的奥地利维也纳大学皮肤病院留学。在这里，他将进行集中学习，主攻皮肤病。

而在一年之后，美国人海德姆来到了上海。那时候，海德姆与尤家骏还没有任何交集。他们一个来到中国，一个离开中国；一个带着医学博士的头衔奔赴寻找答案的东方土地，一个带着求知若渴的态度去往异国他乡。但两个素昧平生的年轻人却有着同样的想法，那就是利用现代医疗手段，拯救那些处在水深火热中的麻风病人。

如果说海德姆在上海的短短几年时间里，亲身的经历和见闻让他深刻地感受到，当时的中国仅仅依靠现代医学手段无法实现自己的梦想，于是奔赴陕北寻找答案；那么对于尤家骏来说，30多年的生活感受，早已经让他对当时的社会和政府看得清清楚楚了，他同样在寻找答案。

尤家骏出生于一个贫苦家庭，祖父及父亲均当过佃户，为周姓大户看守墓地。后来祖父闯关东伐木多年，用血汗钱置下薄田数亩、草房三座，才脱离了佃户的处境。父亲尤开纪，农闲时当货郎，走村串户卖针线以贴补家用，但无力供孩子入学读书。

贫苦且封闭的生活，让小小的尤家骏终日在村里与牛羊为伴。他看到了广大人民苦难艰辛的生活，也看到了穷苦百姓染上疾病后的无限痛苦。当时，农村除了走街串巷的郎中依靠师徒之间代代相传获取的经验，利用草药制成"土方子"来给病人进行简单的治疗外，没有任何系统的医疗卫生体系。人们得病了，只能依仗自身的免疫系统和身体的抵抗力，跟病魔进行一场鏖战。人胜利了，病就好了；病胜利了，人就死了。而当时食不果腹、衣不蔽体的穷苦人民又怎么谈得上抵抗力？一旦任何疾病稍微变得严重，人们的免疫力就会被击溃，然后逐步走向痛苦的深渊。不到万不得已，穷苦百姓是不会花钱看病的，即便是找到医生，也买不起有效果的药物。举一个简单的例子。在20世纪30年代的山东省沂蒙山区，几乎每个村落都有一个乱葬岗，就是埋葬小孩尸体的地方。这些孩子大都是出天花死亡的，但当时已经有了可以接种的疫苗，一针就可以救命。可是，一针疫苗的价格相当于2500斤麦子。2500斤麦子啊！普通人家连地瓜都吃不饱，哪来的麦子啊，何况是2500斤麦子！

在上海闹市里的海德姆，同样看到了普通民众面对疾病的无奈。他们都在思考。海德姆想要去往中国的西北寻找答案，尤家骏仅仅想要去往城市看一看，他不认为整个中国都是这个样子的。但是尤家骏是农民的儿子，他没有海德姆那样的条件和广泛的渠道，他似乎应当与身边一起长大的伙伴一样，生于贫困，死于战乱。但是尤家骏不甘心，年轻的他在寻找机会。

幸好，历史给了他一个机会，给了这个中国未来麻风防治奠基人一个大大的机会，也给了中国成功防治麻风一个大大的机会。尤家骏紧紧地抓住了这个机会，在生命的旅程中从未放弃过。

"时间之河川流不息，每一代青年人都有自己的际遇和机缘，都要在自己所处的时代条件下，谋划人生创造历史。"毫无疑问，以马海德、尤家骏为首的中国第一代麻风防治工作者，就是这样开创了新中国防麻治麻的辉煌历史。

## 2. 回归，从哈瓦那到泉城

早年期间，尤家骏的叔父在读私塾时因人品上乘、学习优秀受到老师器重而免交学费，后来凭借优异的成绩考中了秀才。20世纪初，他的叔父来到济南，在私立商埠小学教书，后来又当上了校长。有了一定实力和社会资源的叔父，把尤家骏从即墨的农村带了出来，带到了省会济南。在济南，尤家骏开始了自己的学业。

1915年，17岁的尤家骏小学毕业，考入位于济南的山东省立第一师范学校。从这个学校毕业后，他就可以拥有政府认可的小学老师的资质。但是，小学教员月薪很低，不足以养家糊口，而且即便是找这样的工作，也需要一定的社会关系。尤家骏忍受不了这样的制度，决定继续攻读学业，并选择了医学。

此时的尤家骏不会知道，他的这次选择改变了他的一生，也给整个山东省乃至中国的麻风防治事业，打下了一个坚实的理论和实践基础。

1918年，尤家骏考入齐鲁大学医科专业。1919年，五四运动爆发，一腔热血的年轻学生走上街头，为民族和国家奔走疾呼。那时尤家骏正担任学生会的秘书，五四运动虽然短暂，却在他心中深深地打下了烙印。他深刻地感受到，无论是军阀政府还是国民党，都救不了生灵涂炭的中国，而当下自己能做的也只是继续自己的学业。

1922年，尤家骏迎来了人生中的艰难时刻。叔父因肺结核病逝，他失去了生活和读书的经济来源，只好靠亲友帮助才读完了大学。

尤家骏入学时，全班86人，但众多的学子因贫困和个人原因，没有坚持下来，最后毕业时全班只剩下24人。尤家骏坚持了下来，他就想看看，当自己有着超高的医学水平的时候，能给这个社会做些什么？

尤家骏深得当时的院长兼皮肤花柳科主任、美国专家海贝殖的赏识。1926年毕业后，尤家骏留在济南齐鲁医院皮肤科工作，后历任齐鲁大学医学院皮肤科讲师、副教授、教授，系主任。

1932年8月，才华出众又吃苦耐劳的尤家骏，被保送到奥地利维也纳大学皮肤病院专修皮肤病，为期一年。欧洲的求学生涯不好过，当时积贫积弱的中国在国际社会上没有地位，中国的留学生也受到了嘲弄和歧视。在欧洲的一年时间里，尤家骏受到了无数的嘲笑、冷眼、讽刺，甚至是辱骂。但尤家骏没有退缩，这反而激发了他的决心和毅力。异乡的遭际让尤家骏明白了一个道理：保护个人权益、维护个人尊严的力量，只有国家。

在奥地利维也纳大学，尤家骏开始走近麻风，接触麻风病人，了解、研究这个古老的疾病。一年之后，尤家骏以优异的成绩完成了学业。他将一年以来学到的所有知识和掌握的技术，做成详细的笔记和图画，和其他珍贵的资料一起带回国内。他深知，在他贫穷和封闭的祖国，有无数他的同行没有机会学到这些先进的医学知识，尤其是麻风的防治知识。他有责任帮助他的同事掌握麻风的知识，有义务救助许许多多受到麻风残害的同胞。

回国之后，尤家骏接任由教会创办的济南麻风疗养院院长。自此，他的主要工作转向了麻风病的防治，并一生与之为伍。

1937年，济南沦陷，日寇的铁骑肆意践踏着这座华北重镇。尤家骏和同事的许多工作都停滞了。在和日本人的明争暗斗中，尤家骏和同事仍然坚持开展皮肤科的门诊业务，并暗中保护了大量英、美籍医生被抓捕后留下的医疗器械，这些器械日后为山东医疗事业的发展发挥了不可替代的作用。

1947年8月，尤家骏到美国纽约哥伦比亚大学中心医学院专修皮肤科，对皮肤霉菌学和皮肤组织病理学做了重点研究。在那个拥有较高科技水平的学府里，尤家骏一头扎进了医学科学的海洋，并带回一些稀有霉菌菌种和重要资料。回国后，他率先开展了皮肤病组织病理诊断业务，并在山东省成为这一学科的创始人。

1948 年 4 月，他赴古巴首都哈瓦那，参加了第五届国际麻风大会。

尤家骏报到时，发现中国代表一栏填有一个美国医生的名字。他愤怒地找到对方，说："你参加会议是完全可行的，但你不能代表中国，中国的代表是我！"对方上下打量着他，问："你是谁？"尤家骏说："我是来自中国的麻风专家，我叫尤家骏。只有我才有资格代表中国，你要想参加这个大会，只能做我的副手！"对方想不到一个积贫积弱的中国居然有如此硬气的专业医生，只好同意了。

这是第一次有中国人参加的国际麻风大会。尤家骏知道，虽然参会的只有他一个人，但是他代表着一个国家，他要代表中国发声。

在大会上，尤家骏语惊四座，以丰富的实践经验和翔实的数据说明麻风病并非不治之症，驳斥了某些外国传教士，特别是英国某传教士的危言耸听、谎报疫情、夸大麻风传染性、引发社会恐慌的行为。

尤家骏有理有据的驳论，引起了整个大会参会人员的强烈反响，掌声经久不息。

会议结束后，尤家骏准备回国。此时，美国朋友对他说道："尤，你先不要急着回去，可以在这里再待上一段时间。"尤家骏疑惑地看着他。美国朋友解释道："我听说你们那里正在内战，共产党人已经打了很多胜仗，占领大半个中国了，你在这里避一避风头也好哇！"尤家骏没有听他的劝告，继续收拾行装："那里是我的祖国，是我的家乡，我的同事和朋友需要我，很多病人需要我，我必须得回去。"美国朋友继续劝道："可是我听说共产党很可怕，你不怕吗？"尤家骏笑了笑，说道："我不是共产党员，我还没有很深入地接触过中国共产党人。但是我知道，他们是一群温和的人，是一群有血有肉的中国人，这就够了。我见过无数在痛苦中挣扎的人，他们都是信任中国共产党的。我也相信，人民的选择是正确的。朋友，请你不要为我担心，中国人的事情请让中国人自己解决吧。"尤家骏的这番话是发自内心的。1946 年的时候，在行业里已经小有名气的尤家骏，多次受到国民政府的邀请，让他到中央医院工作。尤家骏原本以为那是一个更好的平台，在那里他可以发挥更大的作用，为中国医疗卫生事业的发展多干些事情。但是，让他失望和愤怒的是，国民政府让他去南京的目的只有一个，就是给那些政府高官治疗性病，他们从未考虑过任何有关普通百姓疾病的问题。愤怒的尤家骏冒着生命危险辞掉了南京的任命，因为他已经对这个政府产生了绝望。尽管他还不了解共产党，但是他坚信，击败国民党的中国共产党，一定是受到人民拥护和支持的。

其实，美国人诋毁中国共产党只是一个手段，他们的目的是把尤家骏留在美国，为美国的医学服务。见尤家骏不动摇，他们又以学术研究为名，承诺提供一流的实验室和充足的资金，帮助尤家骏实现梦想。对一个一心研究医学的人而言，美国人的话很有诱惑力。但尤家骏思考良久，想到自己报考医科大学时的初心——学好医术，为国人看病，还是摇了摇头。美国人又开出更多让人心动的条件，他们承诺的年薪，尤家骏在中国可能一辈子都挣不到。

但尤家骏只是坚定地告诉对方，他是一名中国人！

1948年9月，尤家骏按计划准时回到济南的家中。第二天，他就听到解放军围攻济南的炮声。他的家离老城坤顺门很近，攻城前解放军想在他家里安装通信电话，派了一位将领登门拜访，跟他家商量这件事情。在与共产党人的第一次接触中，他终于明白身边无数人支持共产党的缘由了。面对那位温和微笑的将领，他痛快地答应了，并马上搬离，将整个家院都奉献给了解放军。

白天，他在后方医院里治疗从前线抬回来的伤员，晚上就在医院内过夜。与共产党人一个多月的亲密接触，让他坚定了自己的信念。他仿佛找到了未来的方向，看到了未来的曙光。

尤家骏与马海德一样，在拥有超高的医学水平之后，却对人生产生了迷茫，也是在和共产党人短暂接触之后，才重拾了关于生活和未来的信心，并义无反顾地将毕生精力投入其中。

在北京的马海德,建立了中国麻风防治的医疗体系,协助完成了防治麻风的国家行动的顶层设计;在济南的尤家骏,不仅为国家麻风防治培养了顶尖的人才,还直接或间接地组建了近万人的中国麻风防治基层医疗队伍,并提供了宝贵的第一手资料。这两个从未谋面的医生打造了中国麻风防治的坚实的组织体系和技术基础。

从南到北,从西到东,在广袤的中国土地上,年轻的医生们经过简短的专业培训,走向了他们从未接触过的与病魔的艰难抗争……

## 3. 他们,从未离开

在中国麻风防治的初期,虽然解决了体制与管理上的问题,但依然面临一个巨大的短板,那就是顶层和基层皮防站几乎没有专业医生。

刚刚建立的新中国百废待兴,在医疗卫生事业方面缺乏先进的技术、必要的设备和有效的药品,但是更加缺乏的是受过专业训练的从业医生。国民政府时期的高等医学院校数量很少,拥有高等学历的医师多数都来自欧美国家。新中国建立后,虽然竭力推进医学教育,努力培养专业的医生和护士,但这毕竟是一个漫长的过程。仅有的专业医院使用的还是新中国成立前留下的设备;各地的医疗卫生院校也是沿用了新中国成立前的旧制,缺乏专业的老师;到了农村,仍旧依靠乡医手里的"一把草药、一根银针"来缓解群众的病情。而对于麻风防治工作来说,情况更为严重,用简单的一句话概括就是:几乎没有任何受过专业训练的医生。

麻风作为全球最普遍、最猖獗的皮肤病,却出人意料地在全世界的医学教科书中都鲜有涉及,一般只有简单的不到一千字的一小节的介绍。医学院校的老师不会讲麻风,学生就只能用自学的方式,从简短的一千字的文章中去了解那个古老的疾病。实际上,直到今天,在全世界的医学教科书中,也没有过多地涉及麻风病的内容。老师都会"充满自信"地告诉学生:"麻风已经很少了,大家回去看一看就行。"他们应该不知道，在今天，全世界每年依然有几十万的新发麻风病人。

在70年前，西方少数条件较好的国家，还能通过讲座或报告的形式针对麻风进行必要的讲解；而在医疗卫生教育处于起步阶段的中国，要找个懂麻风的专家，几乎是不可能的事情。但是，整个国家近百万已患病和新发的麻风病人，需要大量的专业医生和护士为其诊疗和护理，加之麻风病人基本上散居于各个偏远山区，因此医生的实际需要量更大。没有专业的人才，再好的设计也无法落地。

大量的医生从哪里来？

显然，刚刚从医学院校毕业的学生，不能直接分配到各个麻风病区，因为他们没有专业的知识。麻风在发病初期，外在表现并不明显，对此一无所知的毕业生，根本无法快速和准确地发现麻风病人。同时，麻风在那个年代还被认为有着强烈的传染性，加之麻风病人致残后的恐怖特征确实令人生畏，毕业生必须拥有充分的思想准备和过人的心理承受力，才能胜任这一工作。

在这种情况下，全国各地开始举办麻风专业培训班，从医学院校毕业的学生开始接受正规的麻风防治知识的培训。他们第一次知道了麻风该如何鉴别、如何治疗，以及如何保障麻风病人的权益。随后，这些初出茅庐的毕业生分别进驻各个级别的麻风防治机构。从省到市，从市到县，从县到各个乡镇、各个农村，这批医生几乎覆盖了中国麻风高发的区域。然后，他们在各自的区域又开始对乡镇医生、赤脚医生等最基层的医务工作者进行培训，教给他们诊断和治疗麻风的方法。这么一来，在中国大地上，就真正形成了一支庞大、年轻、充满活力的，受过专业训练的，能够应对麻风防治的医疗团队，他们的工作涉及麻风的发现、治疗、收容、后续跟踪、社会宣传、科学普及等方方面面。这个由几万人组成的医疗团队，成为近40年中国麻风防治的主要力量，完成了党和国家下达的在中国基本消灭麻风病的历史使命。

山东省作为全国麻风防治工作的大省，不仅要完成全省的麻风防治任务，而且因为有了尤家骏这样的顶尖麻风人才，卫生部把为全国培训麻医的任务，也交给了山东省麻风病研究所。于是，坐落在济南西郊、腊山之阳的山东省麻风病研究所，就成了新中国麻风防治工作者的"黄埔军校"。在持续了十多年的医生培训和麻风知识的普及过程中，人们始终都能见到尤家骏忙碌的身影，听到他铿锵的声音。作为首任山东省麻风病研究所所长的尤家骏，被业界称为中国麻医"黄埔军校"的校长，而且这个校长的身份是终身的。这是对尤家骏的褒奖，也是民间对他在中国麻风防治史上杰出贡献的高度认可。

1950年11月，山东省人民政府卫生厅抽调30名医护人员组成省麻风调查队下乡调查，为防麻治麻的顶层设计提供依据。那时候下乡大都步行，条件艰苦，按说像尤家骏这样的大专家是不会被抽调的，况且他已经52岁了。但得到消息后，他自告奋勇，理由是自己是懂麻风的专家，只有亲自到一线去才能掌握实情，写好报告。于是，上级同意调查队由他领队，并带领医护人员深入各地农村实习历练。他们先后走过七个县，进过近百个乡村，历时三个多月，完成了新中国成立以来山东省最重大的麻风实地调查。尤家骏作为业务技术指导，撰写专题报告，为新中国建立麻风防治机构、加强防治工作提供了第一手资料。

1951年、1954年和1955年，尤家骏受卫生部的委托，连续四次在济南举办全国性的麻风防治高级进修班，为国家培养了大批人才。1952年，他亲赴甘肃省，主持卫生部举办的西北五省麻风防治高级进修班，前前后后培养了100多名医生。尤家骏知道，这些人是中国麻风防治的火种，中国麻风防治的大任将落在他们的肩上。尤家骏对他们言传身教，不仅从专业知识、学术理论和技术实践上给予耐心的指导，还从思想品德上给予教育，让他们成为新中国麻风防治事业上德艺双馨的医生代表。事实证明，尤家骏有先见之明，经过他培训指导的这些医生，回到自己的省份后，又沿用尤家骏的方法开始对家乡的医生进行培训。几十年过去了，尤家骏的这些弟子无一例外都成了各自省份麻风防治领域的领军人物。

他们用尤家骏教给他们的理论和技术，指导着当地的麻风防治工作。

而对于山东省来说，新中国成立前麻风病人多，新中国成立后新发病人也很多，麻风防治工作任重道远。这个重任毫无悬念地落在了尤家骏的肩头。为了给山东省各市（地）、县（区）培养更多的专业医生，尤家骏分别在1955年、1956年和1957年，连续三年开办针对山东省内的培训班。这次由尤家骏自己做主，从各地医学院校选拔学生，组成新的麻医团队，进行系统的培训，每一期都在50个人左右。这些经过培训的学生被分配到各个市（地）、县（区）的皮防站，挑起了地方麻风防治的大梁。为了让更多品学兼优的学生成为专业麻风防治工作者，尤家骏的目光又盯上了自己的学生。于是，在山东医学院读书的赵天恩进入了尤家骏的视野。

在尤家骏的指导下，经过十年的努力和探索，我国建立起了庞大的麻风防治团队。但是，在有限的历史资料里，却很难更多地发掘尤家骏的故事。我们只知道，尤家骏博士为国家的麻风防治工作奉献了终生。

1969年2月13日，尤家骏在病痛中去世，终年71岁。弥留之际，他惦记的仍旧是未竟的麻风防治事业。

尤家骏虽然去世了，但是他对山东省皮肤病的防治和对中国麻风病的防治所做出的突出贡献，并没有被人们遗忘。他建设了现代医学意义上的皮肤病学科，培育了一大批专业且信念坚定的皮肤病医生和专家，组建了一支涉及全国的、经得起历史检验的麻风病防治团队，帮助中国无数麻风病人战胜病魔，重新燃起对生活的希望。

在尤家骏和他的学生的共同努力下，从1949年到1969年20多年的时间里，麻风病人在新中国得到了有效的治疗，麻风在新中国得到了有效的控制。单单在山东省，每一年都有数百名麻风病人痊愈回家，开始崭新的生活。1949年新中国成立之后，山东省每年新发麻风病人高达3万人；1955年至1959年，山东省新发麻风病人27119人，年均低于7000人；而1960年至1964年，山东省新发麻风病人9799人，年均低于2000人。这是尤家骏的贡献，也是山东省数千名投身于麻风防治的医疗卫生工作者的贡献。

麻风在新中国成立后短时间内得到了有效的控制，发病人数逐年下降，治愈率逐年上升。虽然我们离基本消灭麻风的目标还有较大的距离，科研水平、医疗手段以及社会对于麻风的认识也依然没有本质上的改观，但是国家行动已经大见成效，人们已经看到了希望。有希望就有未来，有未来就有令人昂扬向上的不竭动力。

1957年，冰心先生在她的儿童文学代表作《小橘灯》文末这样写道：

我提着这灵巧的小橘灯，慢慢地在黑暗潮湿的山路上走着。这朦胧的橘红的光，实在照不了多远，但这小姑娘的镇定、勇敢、乐观的精神鼓舞了我，我似乎觉得眼前有无限光明！

我的朋友已经回来了，看见我提着小橘灯，便问我从哪里来。我说："从……从王春林家来。"她惊异地说："王春林，那个木匠，你怎么认得他？去年山下医学院里，有几个学生，被当作共产党抓走了，以后王春林也失踪了，据说他常替那些学生送信……"

当夜，我就离开那山村，再也没有听见那小姑娘和她母亲的消息。

但是从那时起，每逢春节，我就想起那盏小橘灯。十二年过去了，那小姑娘的爸爸一定早回来了。她妈妈也一定好了吧？因为我们"大家"都"好"了！

——节选自王炳根选编《冰心文选·冰心儿童文学选》
（福建教育出版社，2015年版）

是啊，因为我们大家都好了。在中国共产党的带领下，中国医疗卫生工作者们克服一穷二白的艰难困苦，用了十几年的时间，终于控制住了几千年来在华夏大地上肆虐的恶魔。无数人为之花费了精力，贡献了青春，甚至奉献了生命。但是，那些痊愈的麻风患者，那些能够活下来的身体残疾的麻风病人，以及今天安然地生活的我们，都不会忘记他们，永远不会。马海德、尤家骏，他们的名字依然响彻云霄，他们的事迹依然值得所有人脱帽致敬。

1998年，山东省皮肤病性病防治研究所为尤家骏教授塑造了一座石雕像，安放在院子里。尤家骏雕像神色安详、目光坚定，一如当年他穿着毛呢大衣，站在几十名年轻学生面前传授麻风防治知识一样，令人肃穆。无数人从他的雕像面前经过，然后停下来，仔细地端详这名中国皮肤病学科的奠基人。如今，他的学生大多已经去世，健在的也已满头白发。我们在历史资料中很难搜集到他们所有人的姓名，根据少数还健在的人的回忆，记录了一小部分：孙昭水、马桂臻、杜立彬、张基瑞、刘永坤、郑大有、孙业经、刘家磊、粟传沁、刘月霞、潘淑敏、王宜训、唐学忠、苟延传、周文一、潘玉林、王振香、牛倍玉……

他们，是第二代中国麻风防治工作者的代表。

他们，都是尤家骏的学生。

这是一个个跨越历史的姓名，这是一个个承载着使命的姓名。他们不知道自己的伟大，我们也难以再听到他们的故事。但是，共和国会记下他们的丰功伟绩。在故事的开始，他们是一个个意气风发的追风少年，是一个个风华正茂的学生，在第一代麻风防治工作者的带领下，他们经过短暂的培训，奔赴前方，一脚就踏进麻风防治的前线。在故事的中间，他们是一个个令人尊敬的专家与学者，是一个个饱经风霜的勇敢战士，更是一个个遭受歧视的孤独勇者，因为在最值得书写和纪念的年华中，他们却不得不隐匿于深山远乡。而在故事的结尾，他们大多已逝去，我们有无数的理由伫立在他们的墓前，向他们致敬。

他们迈着饱含沧桑却依旧坚实的脚步，就这样一步步地走来，而且从未离开。他们已经不单单是一个行业的光荣，而是整个中国的楷模和旗帜，他们的精神将永远被传颂。

中 篇

# 未竟事业
——赌上一生的医生

# 一、踏遍千山万水

无论至于何处，遇男或女，贵人及奴婢，我之唯一目的，为病家谋幸福，并检点吾身，不做各种害人及恶劣行为。——〔古希腊〕希波克拉底

凡大医治病，必当安神定志，无欲无求，先发大慈恻隐之心，誓愿普救含灵之苦。——〔唐〕孙思邈《备急千金要方·大医精诚》

勿为有损之事，勿取服或故用有害之药，尽力提高护理之标准，慎守病人及家务之秘密，竭诚协助医师之诊治，务谋病者之福利。——〔英〕南丁格尔

人之所系，莫过生死；性命之托，重于泰山。——宁光《山东第一医科大学赋》

生命有痛，有你真好。——纪录片《急诊室故事》

## 1. 孤独，22 年

1968 年，山东费县。

37 岁的黄义在太阳底下足足奔波了 70 多里路，而这才刚刚完成了三个村庄的普查任务。这一次出门，他要跑 20 多个村庄。今天没有自行

车,他只能靠自己的双腿。他感觉非常疲倦,双腿像是被山里的荆棘缠住了一样异常沉重。眼看天已经擦黑了,他需要找到一个相对安适的地方,好好睡上一觉。

看到前面有一家招待所,他长舒了一口气,提着行李走了进去。正当他在招待所的登记处工工整整地填写自己的姓名和地址的时候,服务员一眼瞥见了他填写的工作单位,马上大声质问起来:"麻风?"黄义被这声严厉的质问惊住了,小心翼翼地点了点头。服务员二话不说,从黄义手中一把将登记表抢过来,狠狠地撕掉,然后斩钉截铁地说道:"我们这里没有床位了!"黄义纳闷地问道:"刚才你还说,你们这里还有二十几个床位呀?"服务员还是斩钉截铁地说:"我们这里没有给麻风住的床位。"黄义赶紧解释道:"我不是病人,我是皮防站的医生。"他把自己的工作证拿出来,不断地重复道:"姑娘你看,我是一名医生。"服务员根本不看他的证件,只是继续喊道:"我不管你医生不医生的,麻风医生和麻风病人都不能住,传染!传染你不知道吗?"黄义还想辩解,服务员转身喊来了五六个人。他们远远地站在柜台后面,大声责备他:"你不能住在这里!你难道不怕传染给别人吗?你怎么这么不负责任?"

面对他们的步步紧逼,黄义退出了招待所的大门。只听砰的一声,大门被死死地关上了,接着一个声音传出来,一下击中了黄义的心:"都给我记住了,不能让大麻风进来!"

黄义的内心是痛苦的,是悲伤的,是无助的,但是他愤怒不起来,一整天的奔波已经令他没有任何力气去愤怒了。他只能默默地扛着自己的行李继续赶路。此时,天已经黑了,没有路灯,没有车辆,更没有人影。他不知道该去往何方,不知道有谁可以收留他。他想大声呼喊,大声哭泣,因为无数难以名状的伤痛如同沉重的山石一样,结结实实地压在他的心头,无论他使出多大力气都没有办法将它们移动哪怕一厘米的距离。

也许,自己的同行可以接纳自己。虽然这里距离最近的卫生院也有十几里的路程,但是那里至少能给自己提供一个睡觉的地方。他背着行囊向前走去。夜色无边，黄义是那样孤独，那样无助，心里五味杂陈。此时夜已深，周围寂静得令人害怕，他的身体也已经疲惫到了极点。在漆黑的夜里，黄义一个人走在空空荡荡的路上，这是他一生中无数次经历过的场景，在他的记忆深处，始终无法抹去。

终于，他抵达了一个乡镇卫生院。他原以为自己的同行会接纳他，可万万没有想到，在这里，他遇见了同样的充满歧视和恐惧的目光。他又一次想到了离开，可是现在他又能去哪里呢？最终，疲惫至极的他选择了妥协。不走了，就在卫生院住下，只要有个遮风挡雨的地方就足够了。

第二天，黄义到食堂吃饭。他每次下乡总是准备一些玉米窝头，有时也带上几个白面馒头，能赶上乡镇卫生院食堂开饭就是天大的幸福了。轮到他打饭的时候，他递上饭票，看到香喷喷的饭菜到了自己的饭盒里。正当他转身的时候，突然跑过来一个人，在厨师耳朵边上说了些什么。厨师马上走过来，一巴掌打翻了他的饭盒，热乎乎的饭菜瞬间掉落一地。"你出去吃，这里不允许大麻风吃饭。""麻风？"周围的人开始躁动起来，然后哗的一下子都躲得远远的。空旷，立时覆盖了黄义的双眼。

黄义没有说话。他蹲下来，用手把掉在地上的饭菜重新装回自己的饭盒，拖着已经毫无知觉的身体一步一步地走向门外。走着走着，他突然感觉自己的喉咙里噎着一个东西，死死地顶着他的上颚。他开始不断地吞咽口水，想要把那个硬东西咽下去。好像成功了，又好像失败了……他端着饭盒，找到一个地方蹲下来想要吃饭，却发现自己的筷子没有了，也许刚才不知道被打到什么地方去了。算了吧，还得赶路呢，不再回去找了。他在自己的裤腿上擦了一下手，用手抓起馒头塞进嘴里。突然，刚才嗓子里的那个硬物再一次出现了，他再也无法忍受，一口将馒头吐出来，毫无顾忌地放声哭了起来。他抱着饭盒蹲在地上，就像一个小孩子那样，大声地哭着……

黄义是委屈的，但是他无能为力。我们也无法想象，一名麻医面对社会和同行的歧视是多么委屈和无助。

黄义一边哭着，一边吃完了饭。他实在是太饿了，不敢浪费这些饭菜；他必须吃饭，因为接下来还要赶往另一个村庄，这一去又是40里。

黄义简单收拾了一下，擦去了泪水，开始了下一个行程。

在他的身前，热烈的阳光灼烧着他，似乎要耗尽他体内的最后一点血液；在他的身后，阳光下的身影伴随着他，他走得越远，那个身影就显得越高大。

而黄义这一走，就是整整22年。

1931年出生的黄义早已忘记了自己的故乡，忘记了自己父母的样子，因为他从小是在孤儿院长大的。如果说起他的家，只有一个叫"皮防站"的地方令他毕生铭记，因为他人生超过四分之一的时间都在那里停留，足足22年。

黄义在孤儿院长大后参了军，并在部队读了医校，1963年，32岁的他离开部队，而后转到山东省卫生防疫站防疫大队。此时，鲁南地区恶性传染病十分猖獗，尤其是麻风。基层缺乏专业的医生，黄义便来到了费县，先后参与黑热病等多种流行疾病的防治。几年后，他接到下乡的命令，简单地收拾了行装就踏上了征程。

出了费县老城往北，徒步50里，越过数座山丘，在一片山坳里，黄义卸下了行装，抬头远望，看见了不远处的目的地——一个小小的村庄。

之所以称得上村庄，是因为这里最多的时候住着400人，每个人都拥有自己的土地、庄稼和饲养的牲畜，甚至村里还有类似村委会的组织机构。但是，这里又远远称不上是一个村庄，因为这里多少年来没有婚嫁，居民也没有这里的户口。它没有传统村落的布局，只有几排被四面围墙包围起来的瓦房。更重要的是，每一年，这里都只有进来的人，极少有出去的人。

黄义看了看村庄的环境，确信自己没有来过这里。在费县的几年时间里，虽然他走过了沂蒙山区无数的土地，但是对这里，他是陌生的。在接到命令的时候，他才知道，在遥远的山沟里还有这么一个地方，还有这么一个村庄。

黄义重新扛起行装走到村口，站在了一扇大大的铁门面前。这扇铁门几乎常年都是敞开的，它似乎除了在象征意义上是一扇"门"，别无他用。实际上，它没有任何现实中"门"的防护意义。原因很简单，没有人愿意来到这里，知道这个地方的人都远远地躲着它走。它令人抗拒、令人恐怖、令人排斥，它和住在这里的所有人一样，是孤独的。

铁门的左侧挂着一个木制的牌匾，上面写着几个黑色的字——费县麻风村。

站在铁门前的黄义深深地吸了一口气，他心里早就做好了准备，也许他是唯一痛痛快快来到这里的医生，更是唯一愿意留在这里的医生。

黄义看到门前坐着一排老人，他们大部分都已经手脚残疾了，个别比较严重的老人头上戴着一个大大的帽子，脸上扣着一个大大的茶色眼镜，完全将自己包裹了起来。但是，在那茶色眼镜下，皮肤的松垮和下颌的下坠颇为明显，黄义能够百分之百地确定，那是一张已经变了形的脸。

看到黄义，老人们热情地打起招呼。任何一个陌生人都能让他们提起精神，因为这里已经很久没来过陌生面孔了。

"你找谁呀？"

黄义回道："我找你们。"

"你找我们干什么？"

黄义回答："我是新来的医生。"

听到"医生"两个字，老人们沸腾了，纷纷站起来引导着黄义往村子深处走去。

"大夫，你是从哪里来的？"

"大夫，你在这里待多久？"

"大夫，你能给我看看感冒吗？"

面对这一通问话，黄义很是疑惑，但他只能跟着这些老人茫然地向前走。大部分老人都拄着拐杖，还有的老人只能坐在推车上被人拉着。

黄义不明白，他们为什么对自己如此热情；黄义也不明白，他们为什么对自己是走是留的问题如此追问不休。

找到了院长，黄义才理解了刚才那些老人喋喋不休的追问，因为这里根本就没有专业的医生。

此时的费县麻风村里，算上他仅有五个工作人员：一个院长，一个文书，一个会计，一个后勤，一个医生。黄义不知道是这里一直以来没有医生，还是曾经的医生离开了。总之，现在这个住着几百个麻风患者的村庄，只剩下自己一个医生了。他如果再走了，那就一个医生都没有了。

在之后的日子里，很多专业的医生来到这里又离开了，只有黄义坚持了下来。这个坚持，跨越了22年的光阴。而与黄义一同坚持下来的，还有他的妻子和孩子。黄义在距离麻风村500米的地方，安置了自己的小家。直到1985年当选费县政协副主席，黄义才离开那个地方。

22年，人生中最好的22年，黄义将它献给了麻风村，献给了这个村庄里的403个麻风病人。他长时间与他们相伴，与病魔抗争。他是孤独的，他的所有生活几乎都是关于这个小小的村庄和整个费县的麻风病人的。他的孩子从记事开始，就记得他极少回家。他总是骑着自行车，去往每一个还有麻风病人的村庄，一去就是一二十天的时间。没有同事，没有伙伴。不管是烈日高照的白天，还是布满星辰的夜晚，寂寞的路上只有他的自行车轮与黄色土地摩擦的声音。没有人与他说话，没有人与他聊天，也没有人给予他鼓励。他在日复一日、年复一年的不断徘徊和不停行走中，发现了一个又一个麻风患者，治愈了一个又一个麻风病人。

他用22年的孤独，创造了隐于山林和田野间的长嘶呐喊；他用无声的行动，演绎了在无数村民口中流传的动人的故事。

他没有任何通信设备，在一去一二十天的光阴里，没有人知道他到了哪一个乡镇，也没有人知道他进了哪一个村庄。但是人们可以去往每一个村庄，向村庄里的每一个人问询："这几天，你可曾见过黄大夫的身影？"

村民们会热情地说:"他刚刚离开。"

问:"你是否知道咱们的黄大夫又去了哪一个村庄?"

村民们会很遗憾地摇摇头:"不知道,因为他一直在路上。"

一直在路上,成了黄义不变的姿态。

为了麻风病人,他失去了很多。他失去了家庭的温暖,算不上一个称职的丈夫。妻子和他的五个孩子跟着他在麻风村旁住了足足22年,但在这22年中,他没有照看过任何一个孩子,也没有照料过爱人。一个月的时间里,他只有两天的夜晚能够待在家里陪伴家人,尽一个父亲和丈夫的责任,这是他最大的奢求。他给家庭带来了难以名状的苦难。他的孩子从小就没有玩伴。在学校里,他的孩子总是孤独地远远地走着,小伙伴们还会交头接耳地议论,说他家住在麻风村,他爹天天跟麻风病人打交道,麻风传染人哪,咱们要离他远远的。

黄义说,中国的麻风防治工作者差不多都是这样,从事着给自己带来孤独、给家人带来无助的职业。

此时,我们想起在浙江省德清县上柏麻风村采访时一个老患者的话:麻风病人没有家。其实,一个真正的麻风防治工作者也是没有家的,比如黄义。

2018年,庆祝改革开放40周年感动费县人物颁奖大会上这样描述黄义:他不惧世俗观念,不怕传染危险,发扬大爱无疆的精神,亲手建设了费县麻风病院区,亲自担任负责人,带领医务人员,义无反顾地投入到特殊人民群众群体的救治事业当中,先后为578名患者治愈了麻风病。在医疗条件十分简陋的情况下,克服种种困难,为治疗后留有残疾的麻风病人进行矫正,先后进行植眉术36例、足下垂4例、爪形手2例、眼睑外翻2例、倒睫2例、眼下垂8例、足底溃疡恶性截肢5例。

是啊,不惧世俗,大爱无疆。他给这里的麻风患者们带来了生的希望,给他们带来了活下去的勇气。费县人没有忘记他,那些与病魔抗争的麻风患者更没有忘记他。黄义,永远是他们心中那个亲切、高大、伟岸而充满光辉的黄医生，永远是不会对病人发火、一脸微笑的黄大夫。

一天，已经调到县政协任副主席的黄义，从县里开会回家时被门卫拦住了。门卫向他汇报说："黄主席，刚才有个人鬼鬼祟祟的，想要找您。"

黄义笑了："光天化日之下，什么鬼鬼祟祟呀？人呢？"门卫不好意思地回答："不知道哇，他也不说是谁，也不说干什么，我就没让他进，说您开会去了。"黄义答应了一声，嘱咐道："以后无论谁来咱们这儿，你得问清楚了，万一有什么急事呢，不就给人家耽误了嘛。"说完，黄义往家里走去。

门卫转身跑到屋子里，提出来一个编织袋子，说道："黄主席，那个人还给您拿来了一些东西。"黄义接过袋子一看：里面装满了土豆，上面还留着很多新鲜的泥土，显然是刚从地里刨出来的。黄义马上明白了，问道："人呢，走了多久了？"门卫回答："刚走没多久，看着出门往北边去了。"黄义二话没说，小跑着追了出去。没跑多远，他就看见前面有一个消瘦的身影，一身农民的打扮，走得很慢，走走停停，仿佛很犹豫。看着这个身影，黄义觉得有点熟悉。他脱口而出："王清记！"

那个人回过头来，看见黄义，高兴地笑了："黄大夫，黄大夫。"黄义走上前去，责备他道："你来了怎么不到家里去？"王清记不好意思地说道："怕给您添麻烦。我是病人，去您家不太好，就是村子里的人想您了，刨了点我们自己种的土豆，托我来看看您。土豆干净，您吃的时候再刮刮皮……"不等王清记说完，黄义一把抱住了他，说道："明天，明天我就回去看你们。"

王清记是黄义从山村里发现并收治的麻风病人。经过他的精心治疗和万般呵护，王清记终于痊愈了。可是，他已经有家难回了，就一直住在麻风村。

今天，整个临沂市只剩下费县一个麻风村了，里面还住着40个人。即使是这40个人当中，大部分也是周边市县撤销麻风村以后转过来的，真正的"老村民"也只有20人了。从403人到20人，从32岁到88岁，黄义付出的太多太多了。这些付出，国家记住了，人民记住了；这些付出，死去的麻风病人记住了，活着的更记住了。

他是伟大的，也是孤独的；他被无数人尊崇，也被很多人"放逐"。他用 22 年的光阴赢回尊重，在不懈的坚守中获得掌声。他是一名父亲、一名丈夫，而更多的，是一名令人动容的麻风医生。

## 2.10 万里的路哟

1956 年，山东平度。平度是一个有着 3000 多平方公里的面积，行政区划囊括 45 个乡镇，涵盖 130 多万人的大县，同时，它也是整个山东省麻风病人最多的县之一。1956 年 8 月 8 日，按照上级统一部署，平度县成立了皮肤病防治站，专门用于麻风防治。随后，平度县在三个地方建立了麻风村，后期三村合并，建立洪山麻风村，成为胶东半岛面积最大和患者最多的麻风村，最少的时候长期收治的麻风病人也在 200 人以上。

1975 年，28 岁的北京人薛文征，按照知青招工的条件，被安排到了洪山麻风村，第一天报到就让他陷入了尴尬。

刚刚来到麻风村时，薛文征还没有经过专业培训，也没有接触过麻风病人。他坐在办公室里，自己翻看资料和书籍。这个时候，村子里的老医生许铭礼推门进来，说道："文征，没事的话跟我去趟病房。"正愁没事干的薛文征满口答应，赶紧仔细地戴上口罩，穿上防护服，还戴上了橡胶手套，全副武装地来到了门口。许铭礼看到他的样子，笑了起来："你穿得这么厚实干吗？大夏天的，这天儿得有三十多度，你不怕中暑吗？"薛文征说："中暑也比染上麻风强啊，我听说麻风传染可是挺厉害哩。"许铭礼笑着问道："那你看我，为什么啥都不穿？"薛文征这才看见许铭礼的穿着，只有一件白色的短袖大褂，没戴手套，也没戴口罩。假如不是到病房里去，他觉得许铭礼连这件白色大褂都不会穿。

薛文征犹豫了一下，想把口罩摘下来。许铭礼冲他摇了摇头："算了吧，你就这样穿着吧，省得一会儿到了病房你受不了。"

受不了？薛文征纳闷了，怎么说自己也是快30岁的人了，上山下乡这么多年，在农村什么苦没吃过？什么罪没受过？能有啥受不了的？薛文征还想继续追问，许铭礼没有理会他，径自走了出去。薛文征赶紧跟上去。

夏天的胶东半岛虽然不像内陆一样炎热，但是也不怎么舒服，空气中弥漫着潮湿的、腐烂的味道，再加上炙热的太阳，人像是站在桑拿屋里一样，特别是一身厚厚的防护装备，让薛文征尤感闷热。没走几步，他就感到额头上的汗水顺着鼻子尖和耳朵根流进了衣服里。他感到有些眩晕，随后，恍恍惚惚地跟着许铭礼进了一间病房。

病房里只有一个病人，独自坐在床边，面部表情有些不自然。看得出来，他的面部肌肉大部分已经失去了知觉，无法收紧和放松。薛文征大概知道，这是麻风病延误治疗后的表现，接着，他的手和脚都会有些明显的变化。薛文征顺着病人的脸往下看，见他露出的手臂上的皮肤没有过于明显的病变，看来他体内的麻风杆菌已经被药物高效地杀灭了。但是他的双手和双脚都被纱布严严实实地包裹着，四肢也呈现出球状。看样子，他的手脚和肢体的骨骼已经被吸收了，麻风给他造成了终身残疾，无法治愈了。

看到许铭礼走进来，病人的脸上露出了难以察觉的微笑，因为他的面部肌肉已经无法勾勒出一个正常人脸部微笑的形状了。但是薛文征能够感受到这种微笑，因为他的肢体动作和眼神，正在向外界传达一种发自内心的愉悦。

许铭礼把手中的医用工具放在桌子上，问病人："老王，今天怎么样？溃疡好点了吗？""老王"两排发黄的牙齿上下动着，发出一些含混不清的声音："手上的好了，但是好像左脚上的这几天起来了一些。我昨晚睡觉的时候掰着脚看了一下，但是我看不到脚掌，不知道大小，好像有水似的，黏黏糊糊的……"不等老王说完，许铭礼就搬了个凳子坐下来，薛文征赶紧跟上去。许铭礼戴上橡胶手套，把老王的左脚放在自己腿上，然后开始拆那些缠绕在他脚上的纱布。厚厚的纱布外层看起来还很干净，除了有点灰土，一眼就能判断出应该是昨天新换上的。但是，随着外层的纱布一层层被解开，里面的纱布一层比一层潮湿，颜色也渐渐变成了污浊的淡黄色。这种颜色，薛文征在上学的时候有过印象。对了，就是人体皮肤因为感染化脓而流出来的脓水的颜色。脓水的痕迹越来越明显，纱布被沾染的痕迹也越来越明显。接着，脓水的淡黄色慢慢地消失了，代替它的是令人毛骨悚然的红色。浅浅的红色一点一点地印在白色纱布上，由疏到密，一个个红色的斑点就像是跳动在纱布上的面目狰狞的恶魔。

这种红色薛文征再熟悉不过了，那是血液，人体的血液，这种红色令人胆战心惊！

被解开的厚厚的纱布被许铭礼扔到了医用垃圾桶内，它坠下时发出一声沉闷的声响，因为被脓水和鲜血滋染的纱布已经有了足够的分量。而在纱布重重地掉在垃圾桶里的那一刻，薛文征看见了令他久久难以忘却的景象：老王的左脚失去了所有的脚趾，脚面的肌肉和皮肤慵懒地鼓起，形成了一个不规则的球状。许铭礼很自然地将老王的左脚捧起来，捧到自己眼前，仔细地端详着。薛文征也看到了那些脓水和血液的来源。在老王的左脚脚掌上，是一个大约占据半个脚掌的新鲜溃疡，溃疡的颜色鲜艳，白色的腐烂处和红色的肉芽相互交错，不时地渗出一些令人厌恶的脓水，一股难闻的气味毫无阻隔地扑面而来。

年轻的薛文征感觉浑身发冷，鸡皮疙瘩快速地鼓起来，毛发也硬挺地站立着。他感到自己的思维和行动在变得缓慢，变得麻木。这时，许铭礼冲他喊道："文征，你帮我拿一下桌子上的小刀。"薛文征机械地走过去，身子有些发抖地将桌子上的小刀递给了许铭礼。他看见许铭礼极为自然地开始用小刀刮老王左脚上的溃疡创口，一边刮着，一边和老王聊着天。薛文征已经听不清楚他们的聊天内容了，只看到腐烂的肌肉组织被一层一层地割掉，松散地掉落在地上的容器里。他感觉胃不太舒服，仿佛有一股强烈的气体自胃的深处涌向浅处，并不断地翻滚着。紧接着，他感到屋子里的空气中有一种难以形容的味道，幽灵般地环绕在他的四周。他好奇地拉下厚厚的口罩，露出鼻子。此时，一股剧烈的肉体腐烂的味道伴随着浓重的酸臭味，通过他没有任何物理保护的鼻腔，一下子钻进了他的五脏六腑，热烈地灼烧着他的知觉和感觉。

薛文征再也忍不住了，一下子冲了出去，将胃里所有的东西毫无保留地吐在了地上。

留在屋子里的许铭礼没有跟出来，甚至连头都没抬，而是冲外面喊道："文征，我说啥来着，叫你戴着口罩你不听。去我屋里喝点水吧，我那里还有些好茶叶。"

薛文征蹲在地上没有动弹。在胶东半岛灼热的阳光和潮湿的空气的夹攻下，他身上那件精心准备的厚厚的服装早已经湿透了。

此时薛文征仅仅 28 岁。这是这位年轻的小伙子第一次近距离地接触身体残疾且有大面积溃疡的麻风病人。今年 70 多岁的他回想起当初见到麻风病人的反应，有些看不起 40 多年前的自己。但是从外人的角度来看，他是值得敬佩的，因为任何一个人在那种情况下的反应都会有些过度。许铭礼是伟大的，他对那个难看、难闻的病灶早已习以为常，仿佛什么也没发生似的，在跟病人的交流中轻松自如地完成了活儿；呕吐的薛文征也是伟大的，因为他没有退缩。他蹲在地上歇了一会儿，然后站起来脱掉厚厚的防护服，简单地用凉水漱了漱口又回去了，再次进入病房的薛文征对满屋子的气息好像不再排斥了。

1968 年，薛文征积极响应党的上山下乡的号召，离开京城来到内蒙古，然后因为爱人的关系来到了山东青岛。1975 年正值知青招工，薛文征和全省其他 40 名知青一起考上了基层医生。他来到了平度县皮肤病防治站，开始了他直面麻风的漫长生涯。

在与麻风病人的朝夕相伴中，他看到了麻风病人的痛苦，也感受到了无数麻风病人一生所遭受的孤独。他只有一个想法：麻风病人应该被正确对待！应该给这些不幸的人以温暖！

在山东省的皮肤病医疗机构没有开设门诊之前，对于麻风的防治工作主要分为两个方面：一个是医疗工作，主要任务就是驻扎在麻风村里，为病人进行日常的治疗和护理；另一个是社防工作，需要深入到各个乡村，发现新发病人，同时对已经治愈回家的病人进行定期回访，防止其病情复发。当然，这两项工作在很多时候因为人手不足是相互重合的。不久，薛文征就开始了社防工作，从1975年一直干到1985年，一下子就是十年的时间。

在十年的时间里，薛文征踏遍了千山万水。他跟从未谋面的黄义一样，身体是劳累的，心是孤独的。在大部分村庄里，麻风病人是遭受歧视的，搞社防的麻医身份也极为特殊。他们来到村里，就直截了当地告诉村干部哪个家庭里有麻风病人。因此，他们和麻风病人一样，都是受到排斥的，同时他们还多了一份来自病人的误解。

有一次，薛文征遇到了一个棘手的问题。一个村庄里有一位40多岁的女病人，病情发现较早，治疗比较及时，没有造成身体残疾，当时她身体内也没有麻风杆菌了，不再具有传染性，因此被批准回家生活。但是，医生必须按时登门检查，因为麻风有一定的复发性，虽然这种复发的比例非常低，但是也要尽可能地避免复发后造成的危害。可是，薛文征几次去往她家，都被拒之门外。薛文征就在这样的误解中尴尬地站在她家门前。这是第几次了？薛文征已经记不清楚了。不过这一次，薛文征不打算离开。作为一名负责任的麻医，他必须弄清楚她的情况。他在门外等了很久，门最终开了。薛文征站起来，笑着问道："大姐，我可以进门吗？"没想到，大姐再一次斩钉截铁地回绝了他。薛文征没有放弃，说道："大姐，你已经被治好了，没事了，我就是过来回访的，没有别的事。"大姐面色忧愁地看着他，犹豫了好久，说道："薛医生啊，我知道你是好心,我也知道你来的目的。可是全村的人都知道我得过麻风病,你一个麻风村的医生,在我家门口一站,他们会认为我的麻风病又犯了。你走吧,我刚过了几天安生日子,请你不要再来打扰我了。"薛文征从她怆然泪下的样子里,读懂了她的难言之隐。一个人得了麻风,在村子里就没有立足之地了,而自己的到来对于大姐来说,无异于瘟神降临,仿佛在向全村的人宣告,医生又来了,她的麻风病又犯了! 柔软的舌头杀起人来比坚硬的钢刀更可怕。这样一来,她刚刚有了一点起色的生活,又将瞬间被打乱。

薛文征站在门口左右为难。他想要赶紧离开,以免被人看到造成误会。但他又不能离开,万一她的病复发,那么她将再次遭受一轮痛苦。而且,一旦发现不及时,将给她带来终身残疾。那样的话,一个好端端的人就彻底废了。

僵持了许久,大姐突然说道:"你能留下来在我家吃顿饭吗?"薛文征带着疑惑回绝了:"大姐,我们都是有规定的,只能吃自己带的干粮或者去卫生所吃饭……"大姐打断了他:"我不是那个意思。我让你留下来吃饭,是想让村里人认为我家远房亲戚来串门了,这样他们就认为我的病彻彻底底地好了,就不会再躲着我,而是会来我家串门,和我说话了……"

她的声音越来越小。她其实很明白,一个医生跑那么远的路上门为她看病,她理应感激人家,怎么好意思再麻烦人家呢? 薛文征从她渐渐低下来的声音里听到了无奈,听到了期盼。他没有犹豫,一口应承下来。他看见她的眼睛瞬间明亮起来。薛文征笑着,在村民疑惑的目光里,径直走进了这个村民纷纷躲避的小院。

薛文征放下箱包,洗了洗手,和她一家一起坐在院子里吃起了家常饭。院门是开着的,不时有乡里乡亲路过门口停下来向里面看去,然后好奇地问道:"来亲戚了呀?"

此时,薛文征看见她的脸上闪现出一片灿烂的光芒,难得的笑容分外亲切。她大声地回道:"是啊,表弟过来看看俺。进来一起吃饭吧?"

薛文征则十分配合,一边大口地吃着,一边高兴地迎合着:"表姐做的饭好吃多啦。"门外的人紧皱的眉头舒展开来。

吃过饭,薛文征拿出工具,为她做了一次全面的检查。

一切正常。

薛文征收拾好工具离开了大姐家。大姐一直将他送到村口,临别时,她说:"薛大夫,对不起。"薛文征笑着回道:"没啥,我们在咱们村里经常和病人一起吃饭。"大姐笑了。薛文征转身离开,大姐在他身后大声说:"薛大夫,谢谢你。"

薛文征一笑:"大姐,你烙的油饼真的很香。过些日子,你再给我烙一个吧。"她没有回答。

薛文征看见了她脸上的泪花。

薛文征走了,坚定地往前走着。他的嘴角不自觉地上扬,露出了一个发自内心的微笑。他明白他这个简单的举动给大姐带来了什么。不要小看那顿饭,那是给全村人的一个无声的宣言,那是一个促使她好好活下去的鼓励,那顿饭点燃了她已经熄灭的希望。

已经走了很远很远了,薛文征回过头,见大姐还在村口向他挥手。薛文征心头一热,落下一串泪滴。

薛文征,你不必自责,你承受得起这声"谢谢"。

在做麻风社访工作整整十年的时间里,薛文征的脚步踏遍了整个平度。从南到北,从西向东,足足3000平方公里;从一个村庄到另一个村庄,足有上千个村落;从一个患者到另一个患者,共有1050名病人。在这些年里,他骑着那辆破旧的自行车,一去就是一个星期,一去一回就是几百里路。而更多的时候,他只能靠双腿走路,饿了就吃一点自己带的干粮,能在乡镇卫生院赶上饭点那是天大的幸福;累了就在路边的屋檐下休息,晚上只能睡在卫生院里的病床上。他数不清磨破了多少双鞋,记不得熬过了多少个独自孤行的深夜。在那些深夜里,他偶尔会回忆起白天受到的嘲笑、歧视、不公和谩骂。但是十年时间里，这一切都在慢慢地沉淀。然后，他把它们锁起来，不再打开，因为已经有些成果可以抚慰他的心灵了。他知道，自己所做的一切，都是为了让麻风病人及时得到国家的救治，得到社会的善待，像正常人一样生活。所幸的是，这一切都基本实现了。对一个医生来说，能得到民众的理解，看到病人的微笑，那是一件令人心花怒放的事情，此时，所有的苦难都会烟消云散。

粗略估算一下，在十年里，薛文征靠双脚踏着一辆自行车，每天平均要走两三个村庄，行程大约在50里，即便是一年我们只给他计算200天的行程，一年就是1万里的路程，以他十年的马不停蹄，就是整整10万里的路。

10万里的路哟，越过几度寒暑；10万里的路哟，从故乡到异乡；10万里的路哟，从少年到白头。多年漂泊，风餐露宿，一切都随时间在变化，唯一不变的是那颗初心。

## 3．无处容身

1964年，25岁的潘玉林从山东省皮肤病性病防治研究所出发，和同事一起去安丘县出差。潘玉林提前在卫生厅开好了介绍信，这样一路上就能"畅通无阻"了。

到了安丘县城，已经是傍晚了。几个人来到县里的招待所，准备住下。潘玉林拿出证件和介绍信，开始登记。女服务员拿起他们的证件看了一下，脸色发生了明显的变化。潘玉林看到女服务员的眼神里有一些诧异，他心里明白，肯定是证件上工作单位一栏里"麻风"两个字让她感到了不安。但是潘玉林并没有过于担心，因为自己手里有卫生厅的介绍信，料她也不敢把他们赶出去。

登记完，女服务员给了他们钥匙。潘玉林接过来，等了一会儿，见女服务员没有任何反应，就纳闷地问道："同志，我们是四个人，怎么也得给我们两个房间哪！你这就一把钥匙，一个房间，两张床，我们怎么住啊？"女服务员看了他一眼，没好气地说道："太晚了，没有房间了，只有后面的大通铺。"虽然潘玉林刚刚25岁，但是他已经走过全省若干县城了，有了长年在外出差的经历，算是见多识广了。他明白女服务员口中的"大通铺"究竟是个啥。那里也就是一个能遮风挡雨的地方，根本就睡不了一个安稳觉。自己出差睡在哪里都好说，可是这一次和他一起出差的人，有一个是他们所里的主任，已经40多岁了，潘玉林实在不忍心让主任跟着自己一起受苦。他向女服务员解释道："我们是省里下来调研的，还有介绍信呢！你看，能不能再给我们协调一下？"没想到，女服务员马上就翻脸了，大声嚷嚷道："你这人怎么不讲理？说了没有房间就是没有房间，谁来了也不行，就大通铺，爱住不住！"潘玉林还想说什么，这时听到吵闹声的同事们都围了上来。了解了情况后，同事们劝住了潘玉林，几个人只能按照女服务员的安排去住大通铺了。

他们出了招待所的大门，顺着招待所的院墙向北走，不一会儿，就看到了招待所院墙上的一个大缺口，看样子是被人砸开的，没有大门，也没有任何标识。他们从缺口走进去，看见一个大大的破旧的棚子，里面停着几辆自行车，有一边拴着几头矮小的毛驴，正在欢快地吃着饲料。懒洋洋的毛驴们毫不在意有人到来，把头深深地扎在饲料槽里，整个空气中弥漫着一股粪便的恶臭味，让人忍不住地想要干呕。一位同事笑着说道："咱们不会住在这里吧？那咱们得把驴赶走，要不然睡不开咱们四个呀。"有经验的潘玉林指了指驴棚后面一个大大的红砖瓦房，说道："咱们去那里住，这叫'车马店'，屋子住人，棚子拴牲口，我以前出差经常住这种地方。"

在潘玉林的带领下，几个人绕到了红砖瓦房的正面。瓦房裸露的石砖、破旧的木门、掉光漆的窗框以及不透明的玻璃，仿佛在不好意思地讲述自己摇摇欲坠的现状。潘玉林拿出钥匙正要开门，一位同事却一把把门推开了，笑着说道："就这门用不着钥匙，你赶紧收起来吧，丢了还得赔钱。"

踏进屋门,一股潮湿的、腐烂的味道扑面而来,估计这里已经很久没有清理了,更谈不上通风。屋子里从东墙到西墙,木制的小床摆得满满的。木床小得可怜,稍微壮硕一点的人都不敢翻身,很容易掉到地上。木床之间的空隙极为狭窄,容不下两个人面对面地坐着,而木床上除了一张破损的稻草扎成的垫子,别无他物,且垫子因为长年累月的损坏,稻草掉得满地都是。

条件实在是有些简陋了,不过几个人并不在意。长年出差,大家对于住的地方也不怎么讲究。大家各自选了一张相对干净的床铺,把行李往床底下一放,就坐下来休息。潘玉林却突然说道:"先别坐,赶紧起来,赶紧起来。"被他这么一喊,大家又都站了起来,疑惑地看着他。潘玉林使劲拍了拍自己床上的稻草垫子,卖关子地问道:"你们都看看自己的床上,这里面可有不少小动物呢。"同事们都学着潘玉林的样子使劲拍打自己的床铺。这么一拍打不要紧,小虫子们受到了惊吓倾巢出动,先是高高地跳起,然后又纷纷落在地面上。一位同事问道:"玉林,这都是个啥?"潘玉林笑了:"跳蚤啊!咋了,你不认识跳蚤?"同事也跟着笑了:"见是见过,就是没见过这么大的,还这么多,这得有几十只了吧?"潘玉林说:"几十只?这环境,又潮湿又脏,也没人来打扫,跳蚤能少?这种地方以前是给赶马车的人住的,啥人都有,再加上没有洗澡的地方,跳蚤就多。记住,有跳蚤就有虱子,它们可是一对吸血鬼呀!"

"那咱们晚上怎么睡觉啊?"

潘玉林得意地回答:"脱光了睡呀,把衣服挂在墙上,虱子、跳蚤上不去。"

"那晚上岂不是得让跳蚤把咱们吃了?"

"渴了凉水甜如蜜,困了石板滑如席。有地方睡觉就行了,管他呢。"

此时,大家的睡意荡然无存。他们决定去食堂吃点饭。重新走回招待所的大院，穿过一排排单独的房间，大家感觉有些不对劲。几乎所有的房间都上了锁，看不见有人出入。傍晚这个时候正是饭点，按照女服务员的说法，整个招待所都住满了，应该人来人往，可是为什么一个人影都看不见？

唯一的解释只有一个，那就是女服务员骗了他们。所有人都知道，他们是防治麻风的医生。

欺骗引起了大家的愤怒，潘玉林也感到异常愤怒。在无数次的公务外出的生涯中，他住过"车马店"，住过路边店，甚至住过条件更加恶劣的地方，他都可以接受，因为他明白自己的"特殊"身份。一个和麻风打交道的医生，被那些谈麻色变的人排斥在外，他是理解的，只要别人给他说明白，他都会坦然接受。但是，他接受不了明目张胆的欺骗。这种欺骗是一种莫大的侮辱，是一种赤裸裸的排斥，他忍受不了肆无忌惮的、毫无掩饰的歧视。

事情弄大了，也就盖不住了。省里来的麻风专家被扔到了"车马店"，招待所所长给他们的解释是：大家都让大麻风吓怕了。那天夜里，潘玉林他们最终躲开了跳蚤的围攻，住上了正式的客房。躺在干净整洁的客房里，潘玉林的心情久久不能平静。年轻的潘玉林无数次感受到这种来自社会的歧视，他的内心是不安的。在他防治麻风的生涯里，他"享受"过无数次类似的待遇，早已习以为常了。不过，那种歧视造成的阴影却根深蒂固，到现在几十年了都挥之不去。

潘玉林医校毕业之后被分配到泉城济南。作为一个在省城工作的正式职工，他应当有着比其他同学更高的社会地位，起码心理上有这种优越感。但偏偏就是"麻风"二字，给他的生活带来了诸多麻烦，多舛的婚姻也让他陷入尴尬的境地。20岁的时候，叔叔给他介绍了一个姑娘，是乡镇医院的护士。姑娘和她父母一听对方是省里的医生，满口答应下来。登记后，潘玉林高兴地将姑娘接到了济南。等姑娘来到他的单位，看见"麻风"两个字时，一切都变了。姑娘愤怒地砸碎了宿舍里的东西，将潘玉林锁在了门外。第二天一早，姑娘离开了济南，头也不回。望着姑娘离去的背影，潘玉林默默地站在西郊空旷的大地上，一声叹息。

姑娘给了他最后的通牒，要么调换工作，要么离婚。潘玉林把信装进口袋，骑上自行车跟同伴们走了。而这一次，他的目的地是济阳县的麻风村。

从那时起的十年时间里，潘玉林再也没有谈过恋爱，因为他无法编造自己的职业。麻医的职业，让他走入单身汉的行列。如果能够调离这里，他就可以立即脱单。但是，潘玉林从没动过调离的念头。如今，当我们采访他时，谈起当时的感受，老人轻描淡写地说："说实话，我也有过调换工作的念头。可是，大家都离开了，全省5万多麻风病人怎么办？咬咬牙、跺跺脚、干吧，大不了这辈子不结婚了。麻风村里的那些病人不都是光棍一辈子吗？"潘玉林和所有的老医生一样，说起麻风，可以滔滔不绝；但谈及自己的事情，往往寥寥数语。这些为共和国的麻风防治事业默默奉献了一生的老人，都是埋头奉献不问所得的人。

直到十年后，潘玉林认识了一位老麻医的女儿，对麻风共同的认识，让他们走到了一起。30岁那年，他才终于组建了自己的家庭。

不仅仅是潘玉林，那时候，几乎所有麻医的爱情都是迟到的。男的，女人不敢嫁；女的，男人不敢娶，他们的婚姻就这样耽搁下来。

人是有情感的动物，无形的压力让潘玉林倍感痛苦，但是他没有放弃。他比别人承受了更多的歧视，比别人承受了更多的生活压力，也比别人见到了更多的麻风患者的苦难。

1975年，莒南县麻风村。在涉及全省的调查过程中，潘玉林发现了一名不一样的患者。虽然患者身上表现出了麻风初期的皮肤变化，但是其触觉还很灵敏。经过采血检验，潘玉林在他的血液样本里没有发现麻风杆菌。可以确定，他没有患麻风病，属于误诊。在当时的技术条件下，这样的误诊并不少见。潘玉林在检测报告上签了名，嘱咐当地的医生把他送回村里，然后就离开了。

几天后，潘玉林再次回到麻风村。他老远就看见，那个被误诊的病人站在门口，不愿离去，也不愿前行，就那么孤单地站着，不知道该往哪里走。潘玉林走过去，问道："你咋回来了？"那个人看见潘玉林，突然放声大哭起来："村子不要我了，他们不要我了！"潘玉林惊住了。原来，这名被误诊的病人回到村子后，被村子里的人赶了出来。村子里的人认为他会传染麻风，不再收留他，而他辗转去了好多亲戚朋友家，都没有被收留。他失去了所有的亲戚和朋友，没有住所，没有生活来源，也没有任何人和他说话。无奈之下，他只能回到麻风村。可是，按照规定，没有确诊麻风病的人是不能留在麻风村的。他只能站在大门口，进退维谷。

潘玉林二话不说，推出自行车说："上车！"

潘玉林带着他跑了几十里路，直接找到了当地的公社主任。在潘玉林的协调下，那个人最终留在了村庄里。潘玉林已经忘记了他的姓名，也不知道他以后的生活究竟如何。也许他后来的生活并不如意，但是，至少在潘玉林的帮助下，他回到了自己的家。

麻风病人没有"家"，一旦患上了麻风，很多人都失去了普通意义上的"家庭"，即便是已经得到良好的治疗，也很难恢复正常人的生活。这其中只有一个原因，那就是整个社会对于麻风的陌生与恐惧。潘玉林比绝大多数人更能感受到这种无知带来的恐惧、抗拒带来的陌生和歧视带来的伤害。这件事引发了潘玉林的思考：假如能够凭借自己的专业知识，帮助人们消除对麻风的误解，帮助麻风病人重新过上正常人的生活，那么自己曾经受过的一切苦难都不再重要。

于是，潘玉林默默地下了决心。他是一个一旦有了想法就会付诸行动的人。他开始了对麻风知识的储备。

20 世纪 70 年代，莱芜钢铁厂五厂一个月内确诊了两个麻风病人。消息传开，整个工厂乱作一团，工人们不再正常上班，而是冲进了指挥部。人与人之间不再信任，不再接近，仿佛身边每一个人都可能患有麻风。情况紧急，指挥部向省里的麻风专家求援了。接到命令，潘玉林和同事们连夜赶到莱芜钢铁厂，花了一个多星期的时间，给所有人检查了身体，包括所有的工人和他们的家属——上至七八十岁的老人，下至四五岁的孩子。情况是乐观的，没有一个人感染麻风。随后，潘玉林又给大家普及了麻风的知识。作为一名麻医，他的"麻风可防、可治、不可怕"的现身说法，平息了工人的恐慌情绪，使莱芜钢铁厂在短时间内恢复了生产秩序，指挥部的领导对他十分感谢。

20世纪80年代，黄河入海口处发现了一块新的油田，开采工作很快准备就绪了。这块新发现的油田附近有一个小小的麻风村，出于安全考虑，在多部门的商讨下，麻风村整体搬迁，并入其他麻风村。在麻风村的原址附近，油田给工人们建造了新宿舍。可是，工人们却固执地认为，麻风病人虽然搬走了，但是这里留下了"麻风病毒"，依然有传染性。于是，所有工人都搬离了新宿舍。他们也不再按时上班，对于感染麻风充满了恐惧。油田的领导着急了，找到省里，省里又把这个任务交给了潘玉林的单位。

潘玉林和同事们再次出发。

在这里，他们享受到了最高待遇。三天的时间里，潘玉林他们几乎没有休息，深入到工人中间，给他们讲述麻风的知识，并按照需求给大家检查身体，为的是尽快平息工人们内心的恐慌，让他们搬回宿舍。潘玉林他们吃住都在职工宿舍里，其生理和心理压力都达到了顶峰。三天后，当他们看到工人们重新搬进新的宿舍，开始按部就班地工作时，潘玉林长舒了一口气，倒在了床上。

处理了两次"恐麻"事件，潘玉林彻底理解了那个离他而去的背影，理解了同事们迟迟不到的、艰涩的爱情。潘玉林意识到：人传染上了麻风不可怕，也好治；可是，人类传染上麻风恐惧症，最可怕，最难治。一个人得了麻风，毁掉的是一个肉体；一个社会得了麻风恐惧症，毁掉的是人间的亲情和温暖，带来的是信任的危机和道德底线的突破。王全得一家人的不幸，军阀集体枪杀麻风病人的惨剧，就是人类传染上麻风恐惧症结出的一枚枚恶果。如果任由其发展，后果定会让人不寒而栗。因此，一个麻风防治工作者的责任就不单单是救治病人了，其心思既要沉在麻风村里，又要放诸社会。麻风防治工作者的任务是，既要解除病人的痛苦，又要消除社会的恐慌。这，才是初心和使命；这，才是责任和担当。

## 4. 活下去并热爱生命

1961年，潍坊诸城麻风村，24岁的郑大有已经在这里度过两年时光。作为一个驻麻风村的专职医生，平日里他也到各个乡镇走访，寻找、发现、救助新的麻风病人。

一个炎热的午后，郑大有坐在办公室里，所有的窗户和门都被他打开了，但是丝毫没有什么作用。户外一点风都没有，周围的空气都是闷热的。

突然，一名同事急匆匆地走进来。他满头大汗，将手里的诊疗记录本放在桌子上，草草地洗了一把脸，然后坐在办公桌旁，拿起一支笔不断地在纸上写着什么。许久之后，他放下了笔，缓缓地倚靠在椅子背上，眉头紧锁，一脸忧愁，仿佛一块巨大的石头压在他的胸口上，令他喘不过气来。

"大有。"同事轻轻地喊道。

郑大有抬起头来看着他。同事说："看来，刘青松的腿保不住了。"郑大有惊住了，脸上随即显现出和同事一样的惆怅。对于这个消息，他虽然有些心理准备，但它还是来得过于突然了。实际上，这个消息不管什么时候传来，对于郑大有来说都太早了。因为他的内心深处，无论何时都无法接受这个事实。

郑大有怀抱着一丝希望，试探性地问道："其他的办法都试过了吗？"问出这句话后，郑大有后悔了。他明白，自己的这句问话是那么多余。

当同事告诉他这个消息的时候，就表明所有的医疗和护理手段都用了多次了，而现实已经无法改变。同事轻轻地点了点头："是的，今天又严重了，蔓延的趋势很厉害，根本无法控制。"

郑大有不再多问，站起身来走了出去，他想去看看刘青松。从医生休息室到患者病房距离很近，也就是20多米的距离，郑大有走得很慢，来回地踱步。他的心里很犹豫，他不想见到刘青松现在的样子，但是作为一名医生，在他的患者即将失去右腿的那一刻，他必须去看看。

到了刘青松的病房前，郑大有推门进去，见他正躺在床上，头上挂着打吊针的瓶子。郑大有闻到了一股特别浓郁的腐烂的味道。他知道，这个味道是从刘青松的右腿上传来的。这股味道一天比一天大，表明刘青松的病情越来越严重。新伤口的溃烂和老伤口的腐烂混合着，不断地发酵出令人难以忍受的味道，在炎热、安静、没有风吹的夏日的午后愈加浓烈。

郑大有走到刘青松面前，抬头看了看输液的吊瓶。消炎药正在快速地进入他的身体。郑大有用手摸了摸他的额头，还在发烧，不用量，他就能知道温度。这是溃疡和腐烂引起的反应，现在这种情况已经不重要了。郑大有又掀开盖在他腿上的纱布，一条已经溃烂的血肉模糊的右腿，出现在郑大有的面前。郑大有用手将他的右腿抬起来，仔细地观察着。看着看着，郑大有的眉头渐渐皱起来，最终簇成一团褶子。

是的，他的感觉跟同事的结论是基本吻合的。伤口处腐烂加重，新的溃疡已经出现了向上侵蚀的痕迹，扩散也越来越大了，整条右腿小腿上，有一半的面积完全被溃疡覆盖，大部分已经被感染，完整的皮肤在这种溃疡的强烈攻势下毫无抵抗力。细菌吞噬着刚刚暴露出来的肌肉，然后又带动起已经消除炎症的老溃疡重新感染和病变。这已经是医生最不想看到的情景了。

麻风致残后，给患者带来溃疡是个普遍现象。在整个麻风村，这样的病人不在少数。但是，像刘青松这么严重的情况却很少见。麻风患者失去神经感觉的表皮组织十分脆弱，任何一点意外都会造成破伤。一旦出现破伤，就很难制止溃疡和感染。一般情况下，日常护理和药物治疗能够起到很好的作用。但是，任何药物都只是对绝大多数人起到治疗作用，呈现出预期的效果，对小部分人则没有效果，而对极少部分人还会产生截然相反的负面影响，这就是我们常说的药物反应。很显然，刘青松绝对不属于绝大多数人的行列。郑大有明白，以眼下他们所掌握的医疗技术和麻风村现有的条件来看，几乎是无法控制刘青松的病情了。如果不果断采取措施，他右腿上的溃疡就会持续地向身体的其他部位蔓延，而后带来数量大、类别多的并发症，最后将导致所有的药物失去作用，病人只能等待死亡。

郑大有将刘青松的右腿放下。他明显地感觉到，刘青松的右腿越来越轻飘了。无数次的刮治伤口，加上他自身不能愈合创口，不能新发肌肉，他右腿骨上覆盖着的肌肉和皮肤组织已经变得很少了。

郑大有拍了拍刘青松："老刘，感觉怎么样？"

刘青松翻了一下不怎么听使唤的眼皮，动了动没有太多感觉的嘴唇，很是虚弱地张了张嘴，没有回话。此时，院长和其他医生都赶了过来。院长看着郑大有，郑大有难过地摇了摇头。院长坐在刘青松的床前，看着床头上的诊断记录，他的内心也在挣扎。空气是静止的，此时，大家都希望这种安静可以一直持续下去，不要有任何动静去打断它。因为所有人都明白，接下来会发生什么，而所有人都不愿它发生。但是，有些话必须说，有些决定必须做。

许久，院长开口了："老刘，我们决定送你到县医院去，做截肢手术。"终于，这句话说出来了，打破了短暂的安静，彻底击碎了大家心中的幻想。

刘青松躺在床上，清楚地听到了这句话，完全明白了其中的含义。他张了张嘴，想要说什么，但是几日来药物在他身体内的侵蚀让他感到绵软无力。他愣住了，有些发红的眼睛死死地盯着灰色的房顶，仿佛整个人掉下了床铺，向着无底的深渊不断地下坠。

院长又说道:"老刘,没办法了,只有这样,才有希望让你活下来,才能够让你活下来……"

刘青松依然死死地盯着天花板,感觉天花板的颜色渐渐模糊起来。

院长说:"老刘,你才40多岁,还有很长的路要走,少一条腿怕什么!活着,才是最重要的……"

刘青松还是死死地盯着天花板。他已经看不清楚天花板的颜色了,红肿的眼睛里蓄满了泪水。

院长劝他说:"老刘啊,你算算,一条腿换一条命,值啊!"

刘青松不再看天花板了。他看着院长,愣了好一会儿,艰难地点了一下头。郑大有清楚地看到,刘青松的双眼像决了堤一样,泪水奔涌而出。年轻的郑大有冲上前去,死死地抱住了刘青松,哽咽地说道:"老刘,你别哭,我们会想尽一切法子让你活下去的。"

一个小时以后,院长到外面借了一头驴子,绑在了麻风村的地排车上。郑大有和同事们将刘青松抬到车上,几个人就出发了。两个小时后,他们到达了县医院。

郑大有找到县医院的大夫,说道:"我们村里有个病人需要做截肢手术,但是镇上的医院没有这个条件,只能到你们这里来了。"县医院的大夫很痛快,马上安排他们到手术准备室,然后召集了几个大夫一起过来给他做手术前的检查。

一进门,几个大夫就不自觉地捏住了鼻子,问道:"小郑,怎么这么大的味道,溃疡腐烂了吗?"郑大有点了点头,然后解开纱布,露出了刘青松的右腿。大夫们围上来一看,都皱紧了眉头:"这么严重,尽快截肢吧,越早越好,晚了就有生命危险了。"郑大有点了点头。这时候,有个大夫问道:"你们是哪个单位的?怎么收治这么重的病人?这应该直接转到县医院的。"郑大有很自然地回答:"我们是诸城麻风村的。"

"麻风?"突然间,几个大夫像是触电一般,把手里的东西一下扔到地上,争先恐后地跑到了门外,质问道,"他是麻风?"郑大有看到这种情况，只能点点头。一瞬间，大夫们都愤怒了，大声喊道："你们不知道麻风传染吗？你们想害死这里的人吗？你们这是犯罪！赶紧走，马上走！否则我们让门卫把你们都赶出去！快走！快走！"郑大有愣住了。他从来没见过一群大夫面对一个病人能发这么大的火，就赶忙走上前去想给他们解释。一个大夫制止了他："你不要过来，就站在那里，收拾你们的东西，赶紧走！"郑大有只能无助地站在原地，说道："没事，他已经治好了，不传染了……"

医生们根本不听他的解释："治好了？撒谎！治好了还需要截肢吗？你们赶紧走，什么都不要说了。"郑大有继续说道："他只是无法愈合伤口，才导致腐烂的。他需要做手术，我们那里没有设备呀……"大夫们根本就不看他，向外面大声呼喊道："门卫呢？门卫，过来！门卫！过来！"几个门卫聚拢过来，一听是麻风，也都站得远远的。

郑大有恳求道："我是给他治病的医生，我用我的人格担保，他的麻风已经治好了，他真的不会传染了，真的！"这时，门外的医生已经开始撤离了。

郑大有疾步走来，挡在前面："我们都是同行，救死扶伤是医生的职责。求求你们，给他做手术吧。晚了，他会死的，求求你们了……"

门外的医生说："那我们呢？我们染上麻风，也会死的。走吧，再不走，我们要叫公安了！"

郑大有愤怒了，也跟着喊道："你们不做，我就去找你们院长。国家有号召，政府有文件，全社会都在防治麻风，你们凭什么不给他做手术？"

"找院长？你就是找县长，也没人敢做！"

郑大有呆呆地站在原地。因为愤怒，他脸庞通红，浑身是汗，第一次感觉到坠入深海般的绝望和无助。面前是一群敌视他的同行，身后是急需做手术的刘青松，他无法说服这里的医生，但是他也无法带着刘青松离开，因为他急需做手术！

僵持了很久，门卫甚至拿来了竹竿，他们要用暴力驱赶郑大有。

郑大有给刘青松承诺过，他要让刘青松活下去。他说了这句话，有了这个承诺，就没有任何退路了。"别人不给他做手术，我自己给他做！刘青松必须活下去！谁也拦不住！"

郑大有狠狠地对门外的医生说道："我们可以走，但是你们要给我提供做截肢手术的所有器械和药物。我带他回去，我们自己做。否则，就是你们拿刀来，也赶不走我！"

一听郑大有要走，门外的医生仿佛瞬间都变得轻松了，气氛也缓和了。一个医生说道："没问题，所有的医疗器械只要你能带走的，我们都给你准备，准备崭新的，药物也给你备足。只要你们走，需要我们干什么都行。"

郑大有回道："好，说话算数！"说完，他和同事们收拾了东西，推着刘青松，走到了医院外面。他看到刘青松闭着眼睛，枕头上已经湿了一大片。郑大有拍拍刘青松，安慰他说："老刘，你别怕，我说过，一定让你活下去，好好地活下去！"

刘青松哽咽起来。

郑大有说："老刘，你是不放心我的技术吧？你放心，我在学校就干过，不复杂。真的，很简单。"郑大有撒了一个善意的谎言。这个时候，谎言比真话更容易温暖人心。

刘青松放声大哭。

不一会儿，两个门卫抱着两个大大的箱子出来了，里面装着手术刀等各种工具，都是崭新的，还没有开封。门卫远远地把箱子放到地上，说道："送给你们了，你们不用还了！"说完，两个人匆匆忙忙地跑了回去。

郑大有将箱子搬到驴车上，拉起刘青松离开了医院，向几十里外的麻风村走去。

回到麻风村，听了郑大有的经历，院长没有说什么，问道："你们能做吗？"郑大有回答："都是学医的，有啥不能做的？"院长一拍桌子，回答道："好，给老刘做手术！"

大家忙活起来。院长看着忙碌的医生们，说："老刘是咱们的病人，咱们负责到底了。我跟你们一起做。"

收拾完房间，将刘青松推到手术台上，天已经有些黑了。这时候大家才发现一个问题，没有无影灯啊。此时的农村，很多地方还没有通电，更别说手术用的无影灯了。怎么办？不可能再回县医院要了，可是刘青松的手术也不能再拖了。"点煤油灯！"院长又一次拍了桌子。大家都跑了出去，把所有能找到的灯都搬进了手术室。

手术开始了，一刀切下去，血液飞溅出来。这时候，大家有些害怕了，毕竟这是麻风病人的血，多少还是有点顾忌的。但郑大有没有退缩，血液溅到了他的手上、脸上和口罩上。他丝毫不在乎这飞溅的血液，固定住刘青松的双腿，继续给他止血。看到郑大有的样子，同事们也围了上来，继续手术。郑大有抬头看了看同事们，同事们也抬头看了看他，几个人对望着，眼神里充满了坚毅和自信。

几个小时过去了，手术顺利完成，刘青松在麻药的作用下沉沉地睡去。郑大有和同事们腰酸背痛，精疲力竭。他们走出来，带着一身的血迹，一个个坐在了地上。

郑大有摘下沾满血液的口罩，静静地倚靠在院墙上。没有人给他们道谢，没有人给他们鼓掌，更没有人给他们送上一束鲜花。但是，郑大有和同事们感到前所未有的高兴，就在这安静的、偏僻的、无人前来的、受人歧视的遥远的地方。

因为，病人"活"了。

刘青松的截肢手术进行得很成功，没有感染，溃疡、腐烂随着被截掉的腿一起消失了，没有复发。他活了下来。在郑大有和同事们的细心治疗和精心呵护下，少了一条腿的刘青松好好地活了下来。从40岁一直到70多岁，他的生命多延续了30多年。

"活"过来的刘青松说:"郑医生,我的命是你给的。"

郑大有笑笑说:"老刘,我说过,你们这些麻风病人得感谢共产党。你们命好,赶上了新中国,赶上了国家防麻治麻的大行动,要是在以前,没人救得了你。"

刘青松也笑笑说:"我是说,有共产党,还得有你这样的好医生,我们这些人才有希望啊!"

郑大有觉得自己只是践行了承诺,让刘青松活着,好好地活着。在整整61年的职业生涯中,郑大有为了把这种承诺传下去,从未离开过麻风村。

在诸城麻风村工作了15年之后,郑大有被调到潍坊市皮肤病防治研究所。1979年,他光荣地加入了中国共产党。退休后,他被返聘回所内,继续做皮肤病的门诊工作。61年来,他治疗过几千名麻风病人,使无数曾经绝望的麻风患者消除了绝望,获得了新生。为表彰他的功绩,马海德基金会把第八届马海德奖的殊荣授予了郑大有。

也许是从给刘青松截肢开始吧,郑大有养成了一个习惯:多学习,多实践。退休后的郑大有学会了开车、游泳和照相。2019年5月,我们采访郑大有时,他刚拉着老伴从壶口看瀑布回来。一辆轿车,两位年龄相加快170岁的老者,看完壶口瀑布,又去武汉看大桥。这是热爱生活、热爱生命的人才会有的行动。郑大有热爱生命,将自己的生命在有限的时间内发挥出最大的价值;他珍惜生命,认真地治疗每一个患者。他的一生始终在坚守着他的初心,那是1958年听完尤家骏教授的报告后,他在决心书里写下的一句话:为麻风防治事业奋斗终生。

我不去想,是否能够成功;我也不去想,是否能够赢得尊重。我不考虑,身后的寒风冷雨;我也不考虑,未来的坎坷泥泞。人之所系,莫过生命;生命之托,重于泰山。历经磨难,我要让他们活着;看见阳光,我要让他们活着,并为之付出一切。请活下去,然后激昂地,热爱生命!

## 5. 我和我的亲人

1995年，临近年关，济南市麻风村。80岁的张秀兰拿着一个小小的木头做的矮板凳，一步一步地向着村子的大门口挪过去。从病房到村子的大门口仅有100米的距离，张秀兰要挪动大半个小时。衰老，使她身体各个部件的反应不再灵敏，再加上麻风病的损害，她的身体比同龄老人的更差劲。平日里她很少离开病房，每日的活动距离就是从房间到食堂。她不愿意出门，她的内心是孤独的，她的性格是封闭的。她在70岁的时候染上了麻风，在亲戚朋友异样的目光中，跟着济南来的医生离开了自己已经住了50年的村庄。她一步三回头，在她的意识里，这就是生与死的离别，使人抗拒，令人绝望。昔日的村庄在她眼里一下子变得亲切起来，每走过一户人家，她总要停下来，小声地嘟囔着，像是跟接她的医生说，又向是跟自己说——这是孩子大姑的家，这是孩子叔叔的家，这是表侄的家……对于村子里的每一户人家的情况，她都了然于胸，这家人姓什么叫什么，家里有几口人，家人是做什么的，家境如何……毕竟，自从20岁嫁到这个村庄，她已经在这里生活了50年。50年哪，像她一样的老人们，很多都已经去世了，她还顽强地活在这个世界上。她对自己的身体充满了自信，始终坚信自己是健康的，70岁了依旧能下地拔草、上坡拾柴，一个菜园子让她收拾得像花园一样。同伴都羡慕地说她前生是一头牛，要不哪来的力气。她就笑了，人到了这个年龄就不再有什么奢望了，她最大的希望就是活着的时候能吃能喝能动，死的时候一觉睡过去，无疾而终。可是，命运跟她开了一个天大的玩笑——麻风这个恶魔一口咬住她，让她猝不及防。

从60岁开始，她就习惯在村子里串门。因为她为人和善且德高望重，每一户人家的大门都热情地向她敞开。而今天，她要离开了，要去往她从来没去过的远方接受治疗。在她走之前，她想仔细看看每一座院落，跟每一个邻居打个招呼。可是她发现,昔日里向她敞开的每一扇大门都关了,就像一张张紧闭的嘴巴。她明白,大家这是躲着她了。"麻风"这两个字如同瘟疫一般,瞬间击碎了她在几十年时间里建立起来的亲情和友情体系。她想要多看一眼自己的村庄和自己的家,因为她这一去,能否回来还是一个未知数。医生似乎很理解她的心情,没有督促她,而是跟着她一路走走停停。一直走到村口,她才极不情愿地上了来接她的车。

别了,熟悉的田野;别了,熟悉的村庄;别了,熟悉的乡邻。两滴浑浊的老泪,从她布满皱纹的面颊上慢慢地滑落。

在麻风村的几年时间里,张秀兰得到了一群陌生人的关照,过起了衣来伸手、饭来张口的生活。在麻医们的精心医治下,张秀兰的麻风病被彻底治愈了。按照国家对麻风病人集中居住、免费治疗、愈后回归的政策,她可以回村了。但是,她留了下来,她被迫留了下来。

张秀兰提着她的小板凳继续往大门口挪动,驻院的护士看见了,赶紧走过来,要从她手里接过小板凳。张秀兰笑着回绝了:"没事,我拿得动。"护士问道:"大娘,还出去坐着呀,你都在大门口坐了快一个星期了。"张秀兰不好意思地回答道:"去,去。在病房里憋得慌,门口人多,热闹。"护士笑了:"咱这荒郊野岭的,热闹啥?几天也没个人来呀,你可别去了。再说了,这快过年了,天气这么冷,你再冻出个啥毛病来,护士长又得批评我们。"

张秀兰笑着回道:"没事的,妮儿,我身体好着呢,刘护士长知道我的习惯,你赶紧回去吧。"小护士不再说什么,看着她挪到了大门口,就自己一个人回去了。

张秀兰选了一个视野开阔的地方,把小板凳放下,安安稳稳地坐下来。她把双手放在怀里,眼睛一直盯着眼前坎坷的土路。她的眼睛已经有些浑浊了,视力也变得很差,看不太清楚东西,不管是远的还是近的,都只能模模糊糊地看到一个轮廓。但是,她却一直盯着远方,盯着那个几乎看不见的远方。她像是一座雕塑,盯着她的希望,尽管那是一个已经不太现实的希望。

寒风从腊山口荡过来，掠过树林吹向她，拂动着她的刘海，她裹裹头巾，依旧坐在寒风里。

一整个上午，张秀兰的姿势没有丝毫改变。护士远远地看着这个老人，有些担心。毕竟，临近年关的北方是寒冷的，呼啸的山风也在为寒冷摇旗呐喊。她转身到了护士长的办公室，把这件事告诉了护士长。济南市麻风村的护士长刘振华听了后，似乎并不怎么惊讶。在麻风村工作了几十年，她已经见过很多次类似的情况了。刘振华问道："几天了？"

护士回道："怎么也得一个星期了，您说她也不嫌冷，这么个大冷天的，万一冻着，又得感冒。"

刘振华看着窗户外面的大门，说道："没办法，你拉不回来她。谁都拉不回来她。"

护士疑惑地问道："为啥？看个热闹还能有这么大的吸引力？"

刘振华的脸色变得不自然起来："她都80岁的人了，都快入土了，看什么热闹啊？快过年了，她是在等她的孩子啊。"

一下子，护士就明白了。护士仔细回想，前几年的时候，逢年过节还能看见她的孩子过来，这几年根本就见不到了，是工作忙还是其他原因？护士问道："护士长，是不是她的孩子把她给忘了呀，我都好几年没见到她的亲人了。"

刘振华感伤地说："孩子是娘身上掉下来的肉哇，怎么可能忘了？一个人怎么可能忘记生养自己的老娘呢？"

护士点了点头，继续说道："要不，我去给她村子里打个电话，让她的孩子来看看？这样下去老人可受不了呀。"

刘振华摇了摇头："我已经打过几十个电话了，想来的话，他们早就来了。唉——"

听到这一声叹息，护士很是气愤。刘振华没有再说什么，自己走了出来。

来到大门口，刘振华蹲在张秀兰的身边，笑着说道："大娘，您都坐一上午了呀。"

张秀兰一笑，答应着："这么快？"

刘振华说："回去吧，都快吃午饭了，这个点不来，今天就不可能来了，您就别等了。"

张秀兰不好意思地点了点头："年底了，孩子们都忙。不着急，快了，快了。"

刘振华站起来，看着道路的尽头。两个人心里都明白：该来的人是不会来了。刘振华说道："天冷了，您别等了，真想他们了，我找个车拉着您回去看看，也不远。"

张秀兰是不好意思麻烦这些人的。自从住进麻风村，这些人为她操心费力，洗衣喂饭，擦屎端尿，就是自己的孩子也做不到啊！

刘振华摸准了老人的心理，就立即行动起来。她叫来了司机，两个人把张秀兰送回了村子。车辆就停在了村口，张秀兰自己下了车，蹒跚着往村子里走去。刘振华和司机折回，他们约好了，吃完晚饭再回来接她。

回到麻风村，简单整理了一下手头的工作，没等吃晚饭，刘振华突然想起什么，急促地喊司机。司机笑了："我们约定的时间是晚饭后呀，这还早呢。"

"走吧，我们还是提前去吧。"

女人的心总是细的。与张秀兰告别时，刘振华有一种不安的情绪，一直担心她会出什么意外。到了村头，他们远远地就看到了在寒风里发抖的老人。张秀兰上了车，刘振华问道："见到孩子了吗？"张秀兰点了点头说："见了见了。"刘振华又问道："在家吃饭了吗？"张秀兰又赶忙点了点头说："吃了，吃了。"

刘振华不再问了，因为她已经从老人的脸上看到了结果：张秀兰在撒谎。在这个时间段，农村是不可能吃饭的，更重要的是张秀兰的脸色渐渐凝重起来。刘振华突然发现她手里紧紧攥着一个窝头，眼神里透露出的是令人心疼的绝望。

晚上，刘振华端着一碗热乎乎的鸡蛋面，来到张秀兰的房间。张秀兰是含着眼泪吃完这碗香甜可口的热乎饭的。放下碗筷，老人讲述了她回村后的遭遇……

在村头，张秀兰下了车，来到了家门口。家里的大门紧锁着，看样子家里人是外出了。张秀兰就坐在门口的石头上等着，街道上来往的人看她时，她就把头深深地埋下去，像一个做错了事的孩子，唯恐别人发现她。过了一会儿，儿子和儿媳妇急匆匆地赶回来了，他们肯定是从别人那里得到了消息。张秀兰看到了孩子，很是高兴。而儿子看见了她，一脸的冷漠："你怎么回来了？谁让你回来的？"张秀兰不知道怎么回答，就喃喃地说道："快过年了，我回来看看你们。"儿子开始不高兴了："你知不知道，你这么往门口一站，全村的人就都知道了，我们的日子这才安生了几年，这下还怎么过？"儿媳妇在一边用极其厌恶的眼神狠狠地盯着她。张秀兰把头埋起来，不敢说话，也不敢看人。儿子又说道："趁着大家都还没回村，我赶紧送你走吧，马上走。"张秀兰小声地说道："人家医生都跟我说好了，晚饭后就来接我回去。"听到这话，儿媳妇一把把儿子抓进了院子，砰的一声关上了门。"你听见了吗，她还要在家里吃饭！"院子里传出争吵声，越来越激烈。而张秀兰，只能独自一人坐在自家门外冰冷的石头上，不知所措。

周围的一切是多么熟悉呀！这座院墙，这扇大门，这个石头的门当，甚至门口的槐树，都曾经陪伴了她几十年的光阴。而现在，她却被关在寒冷的门外，熟悉的院落在她眼前是如此陌生，陌生到她感觉不到周围的一切与她有丝毫的联系。她第一次感觉到自己被这熟悉的一切抛弃了。自己的孩子，自己的亲人，整个村子都抛弃了自己。也许，她坐着的石头如果能够活动，也会抛弃她吧。

争吵的声音如一支支利箭，穿过透光漏气的柴门射出来，射中了她苍老的躯干。

之后，争吵声渐渐弱下来，院子里安静了。门开了，儿子走了出来，拿着一个窝头给了她，说："你吃完了就走吧，你要是为了子孙好，就别再回来了。"

在接过窝头的那一瞬间，张秀兰感觉自己就像是村里的乞丐一样。她曾多次打发乞丐，可是她清楚地记得，自己可不是这样跟乞丐说话的。她总是把食物放在他们的手里，然后说："饿了吧，慢慢吃，别噎着。"

她颤抖着嘴唇想说些什么，可是冰冷的院门关闭了。那砰的一声，如同锤子敲在了她的心上。张秀兰把窝头紧紧地攥在自己手里，扶着大门前她亲手栽种的槐树，慢慢地站起来。是儿子不孝，还是麻风作祟？80岁的老人已经分不清这些了。是怨恨亲人，还是诅咒麻风？80岁的老人已经无精力做这些了。她只记得她想念的孩子们、她的亲人们把她拒之门外了。

走吧，走吧。趁着村民还没回村。走吧，走吧。

80岁的她早已经哭干了眼泪。她没有其他的方式表达自己的情愫，唯有沉默，令人痛心的沉默。

她就这样沉默地离开了她精心打理了50年的家院，离开了熟悉的村庄，站在村头的寒风里，等待着与刘振华的约定。令她感到无比温暖的是，刘振华提前来了，站在冬日的寒风里向她招手……

刘振华听了张秀兰的诉说，没有再说话。她无法安慰这个风烛残年的老人，此时一切语言上的安慰和行动上的关怀都是多余的，因为她永远无法代替她的家人和孩子。

刘振华站起来，给张秀兰盖了盖被子，转身走了出去。转身的那一刻，她看见张秀兰的右手里依然紧紧地握着那个窝头。窝头已经被她枯萎的手掌握得变了形。也许，对一个被遗弃的母亲来说，儿子给的这个窝头，成了她现在唯一的寄托。

窗外，夜空中响起了噼里啪啦的爆竹声，仿佛在向世人诉说春节的欢快与温暖。而窗内，一个老人的无助与绝望，却随着这些爆竹声直击人心。

几个月后,春天来了。在麻风村熬过十个冬天的张秀兰,却在春天的阳光里走了,也许选择这样的时节离开,就不会再有寒冷。

刘振华给张秀兰的村子打去电话,她的孩子们告诉刘振华,你们看着处理吧,怎么办都行。

落叶不能归根,这是人生莫大的凄凉。

刘振华平静地放下电话,仿佛一切都在她的预料之中。这种情况她已经经历过无数回了。她叫上了所有的护士,给逝去的老人扎花圈、做寿衣,最后抬着老人的尸体,来到了麻风村外的一片空地上,挖了一个大坑,将她埋了下去。

在张秀兰的坟墓后面,是大大小小的几十个坟墓。这些都是麻风村的居民,他们患上麻风后被亲人抛弃了,死后也没有被祖林接纳,是刘振华这些人安葬了他们,在这里给他们找到了一个可以安息的地方。他们累了,该死的麻风让他们的身体疼痛,让他们的精神痛苦。活着时他们相依为命,死后他们抱团取暖。

看着一个个的坟墓,小护士问:"护士长,这是咱们掩埋的第几个了?"刘振华回答:"第三十一个。"小护士伤心地说:"真可怜,他们没有家了,没有人能想着他们了。"

刘振华转过头来,看着小护士的眼睛,坚毅地说道:"不,他们有家,他们有孩子。麻风村就是他们的家,我们都是他们的家人、他们的孩子。"说完,刘振华朝着所有的坟墓深深地鞠了一躬。

在弯下腰去的那一刹那,刘振华泪流满面。

是啊,"我们都是他们的家人"。

张秀兰20岁嫁到她的村庄,28岁失去了爱人。她忍受着孤独的长夜和生活的煎熬,独自一人将三个孩子拉扯大。70岁的时候,她被诊断出麻风,随后被包括自己的孩子在内所有亲朋好友抛弃了,直至死亡,最后被安葬在遥远的荒山上。她走的时候,身边没有一个亲人,只有一群白衣天使。

像张秀兰一样，很多麻风病人都被自己的家人和村民们抛弃了。在理论上，他们有亲人；可在现实中，他们没有了任何亲人，他们是孤独的。但是，有这么一群人，承担起他们家人的责任，在几十年的风霜中照顾他们，直到他们离开。

麻风村里所有的人都来了，他们对着张秀兰的新坟鞠躬。一阵风拂过墓地，这股春风格外温暖，所有松柏都在春风里摇曳，所有野花都在春风里盛开。

1977年，从山东省济南卫生学校毕业的刘振华被分配到济南市麻风村，这是所有同学都不愿意来的地方。在那个年代，麻风虽然在减少，但是整个社会对麻风病人的歧视并没有减少，麻风带给社会的恐惧也没有减少，特别是各个地区兴建的麻风村，成了矛盾的焦点。没有人愿意去那些地方，不得已路过时也都是绕着道走。对于刚刚从学校毕业的年轻小姑娘来说，去那里简直就是一个噩梦。听到刘振华要去麻风村工作的事情，很多同学都过来劝说她："即便是没有工作，回家务农，也不要去那里，去了就再也回不来了，弄不好还要惹上麻风，你这一辈子就彻底完了。"

"每月给我400元的工资，我也不去。"这是个别同学对她说的原话，而当时刚毕业的学生的工资也就每月30多元钱。听了这句话，刘振华不知道该怎么回答。她反问道："既然有分配指标，就得有人去。要是我不去，你们愿意去吗？"同学们都坚决地摇了摇头。刘振华叹了口气："唉，要是大家都不愿意去，那么这项工作谁干呢？早晚得有人干，那就我去吧。"

同学们不再劝说她。

其实，那时刘振华的心里也是颇为抗拒的。她知道去了那里意味着什么，意味着自己将长年累月地驻扎在深山老林里，永远回不来了。更要紧的是，她将要面对的是身体残疾的麻风病人，她从此的生活将与同龄女孩应该享有的任何鲜艳、风光、欢乐和美丽无关，且要在亲友眼里背负一个"麻风"的嫌疑而永远抬不起头来。

刘振华默默地回到家中，回到自己的房间，锁上门，悄悄地哭了一夜。第二天一早，刘振华看到了自己满脸的疲倦和浓重的黑眼圈。她仔细地洗了一把脸，整理了一下自己的衣装，去往腊山南坡的麻风村报到了。

正如她所预料的那样，这一去，一辈子就留在麻风村了。

采访时，我们谈及这个话题，刘振华这位世界护士职业最高荣誉南丁格尔奖章得主说："我也想着离开麻风村，可是，我走不出他们那无助的目光。"

人的情感世界是复杂多变的。人们不需要都去争当"高大全"，但需要一份同情心。面对弱者，面对无助的目光，只要人人都能给他们一点爱，这个世界就会好起来。就如腊山里这座孤零零的麻风村，因为有一群"走不出无助的目光"的医护人员，这个村落就洒满了温暖的阳光，那些不幸的人就有了幸福。

婚后，刘振华将家搬到了与济南市麻风村仅有一山之隔的地方，为的是能够更好地照顾麻风病人。实际上，刘振华的所有工作和生活都与麻风患者们息息相关。在她的意识里，没有上班和下班之分，也没有家庭和单位之别。

刘振华工作的时候，固定电话还不普及，家庭安装电话是一件极为奢侈的事情。所以，患者一旦生病，就只能等着第二天一早医护人员上班才能看病。这么一来，有时候就耽误了病情，甚至因为麻风患者的特殊身体状况，有些病情会发展得更加迅速，危及生命。因此，刘振华会经常住在麻风村里。一天晚上，因为家里有事，刘振华不得不回到家中。晚上，天空中下起了小雨，刘振华洗漱完毕准备上床休息。突然，家里的屋门嘭嘭地响起来。刘振华赶紧穿上衣服下了床，打开门一看，见门口站了一个人，浑身湿漉漉的。那个人匆匆地抹了一下脸上的雨水，刘振华才看清楚，是麻风村的"村长"。实际上，他也是一个麻风病人，只是他的病已经好了，由大家推选出来，料理一下村内的日常事务，他就被村里的人称为"村长"了。看见刘振华，"村长"很是着急，上气不接下气地说道："刘主任，刘主任，老杜又烧起来了，都迷糊了。"

刘振华赶忙问道："多少度？"

"村长"从怀里拿出体温计递给她："我来的时候刚量的。但是我们几个人的眼睛都坏了，看不太清楚，我就从山上骑自行车跑下来，您看看，是不是很高……"

不等"村长"说完，刘振华一把将体温计抓了过来，放在灯光下面。她看到体温计里的水银顶得很高，直直地顶上了40℃的刻度线。"村长"口中的老杜50多岁，麻风被治愈也已经十年多了。老杜的身体出现了残疾，一直比较虚弱，抵抗力非常差，遇到天气变化就会出现上呼吸道疾病，然后引发高烧。加上他的身体还有一些没有痊愈的溃疡，一旦发烧就比其他人厉害得多。此次发烧，想必是降雨带来的天气变化加重了他的身体疾病，虽然短时间内不会带来生命危险，但是如果刘振华不去，那么老杜将会遭受一整晚残忍的折磨。

刘振华没有多想，冲"村长"说道："咱们现在就上山。"

"村长"一听，马上转身跑出去了。

刘振华大声喊道："你跑什么？大半夜的下着雨，连个路灯都没有，咱们打车回去！""村长"一边跑一边喊："不用了，我有自行车，我先回去把这消息告诉老杜。"说完，"村长"一下子没了踪影。

刘振华顾不了那么多了，简单地收拾一下就出了大门。她拦下一辆黄色面的，连夜上山了。

走到山里，司机有些犹豫了，因为前面已经没有柏油马路，也没有路灯了。司机将车灯调了一下，只看到前面有一条窄窄的土路，土路两边长满了到人腰间的杂草，密密麻麻的，根本看不清尽头。走了十几米，车灯突然坏了，整个前方漆黑一片。司机停下了车，回过头来问道："同志，咱们怎么走？"刘振华正沉浸在关于老杜病情的思考中，没有听见司机的问话。司机又喊了一句,刘振华才收回思绪,看看窗外,说道:"还没到呢,继续往前走。"

司机说道:"我可不敢往前走了,这地方黑咕隆咚的,连个灯光都没有,太危险了。"

刘振华笑了:"我一个女同志都不怕危险,你一个大老爷们怕啥?"

司机想了一下,也跟着笑了,接着又发动了车辆,往前开了一段距离。司机越开越觉得不对劲,这条路是通往山里的,他不记得山里有什么人家呀,就问道:"你这是去哪里呀?再往里就是山套了,这周围没有人家呀。"

刘振华回道:"我回医院。"

司机又问:"这里有医院?啥医院?"

刘振华回答:"这里偏僻,出租车师傅大都没来过,说了你也不知道。"司机不再问了,又往前开了一段距离。

刘振华突然说:"师傅,左拐。"这个时候,司机一把把车刹住了,生气地说道:"左拐?左拐连条路都没有,左拐去哪里?"

刘振华解释说:"那里有条我们自己修的路,下着雨,看不清楚,能过车。"

司机说:"再走就是松树林了。"

刘振华说:"你说对了,我们医院就在松树林后面。"

司机说:"什么医院啊,这么神秘?"

刘振华说:"济南市麻风村。"

司机一脚刹车下去,面的尖叫一声停下了。不管刘振华怎么解释,司机就是不走了。刘振华有些后悔:不该说麻风村的,因为这么一来,肯定吓着师傅了。善良的刘振华理解对方。她不再强求,付了钱,下了车。雨越下越大,麻风村自己修建的小路几乎变成了一条河流。刘振华看了一下,蹲下来把鞋子脱掉,挽一下裤腿,打着伞快速地向村里走去。

幽暗的松树林在风雨中发出阵阵鸣叫,在这深夜里显得格外恐怖。

一个女同志孤身一人在这样的荒野、这样的天气中独行，得承受怎样的压力？拐过松树林，刘振华看见了麻风村的灯光。她加快了脚步。远处，"村长"早早地就打开了大门，提着马灯迎出来。刘振华直接走进了杜锋俊的屋里。她明显地感觉到，杜锋俊因为病情严重，整个身体都在颤抖。检查完，刘振华给他打上了吊针。她没有离开，一直守在杜锋俊的身边，直到他的烧退下来。

第二天一早，护士们都上班了。刘振华带着大家开始巡房，到了杜锋俊的病房里，见他已经起床了。杜锋俊看见刘振华开心地笑起来。刘振华说道："你别笑了，来，我看看你的足底溃疡怎么样了。"说完，她搬了一把凳子在杜锋俊面前坐下来，杜锋俊也乖巧地坐下，抬起左脚。刘振华将他的左脚放在自己的腿上，解开纱布，一脚的溃疡创口露了出来，血色的肉芽张牙舞爪。旁边的小护士们看到了，纷纷捏着鼻子往后退。刘振华仔细地看着杜锋俊的双脚，说道："肉芽还是不新鲜，又多了些白色的创口，还得继续治疗。"说完，她冲身后的小护士们说道："把消毒液和手术刀给我。"她仔细地清理着杜锋俊脚上的创口，小护士们在后面看着，一个个表情凝重。刘振华回头看到她们的表情，笑着问："都怎么了？"

小护士们回答："主任，有点恶心。"

刘振华回过头说："你们都是新同志，对这里的工作环境还不习惯，恶心很正常，一开始我也是这样。我教给你们一个绝招吧。"几个小护士围上来。刘振华笑着说："干得多了，习惯了，就不恶心了。"

小护士们睁大了眼睛，望着她说："这也叫绝招？"

刘振华说："这是唯一的绝招。我刚来的时候，跟你们一样。我告诉你们，这绝招绝对管用。"

给杜锋俊收拾好创口，刘振华站起来，准备去往下一个地方。站起来的一刹那，她看见杜锋俊的眼睛里闪烁着泪花。刘振华纳闷地问道："怎么了？哪里不舒服吗？"杜锋俊摇了摇头说："刘主任，谢谢你！我家里人都嫌弃我了,他们都几年不来了,只有你精心照顾我……"

刘振华摆了摆手,打断了他:"老杜啊,你不用感动,也不必感谢,这是我的工作,做护士的护理你们很正常嘛。"说完,她转身走向了下一个病房。

刘振华用一句简单的"这是我的工作"概括了她一生的奉献。但是,那些被她照顾的麻风病人都知道,她所做的一切早就超出了一个护士的工作范畴。病人冷了,她就把给丈夫买的三层保暖内衣拿出来送给病人;病房里没有暖气,她就把自己一个月的工资都拿出来,给每个病人买上了电热毯;病人们馋了,她就在自己家做好了饭给他们带回来。麻风村里没有通信设备,她就把丈夫刚买的诺基亚手机拿到了村里……

正如刘振华站在麻风村边上的墓地里所承诺的那样:我们就是病人的家人,是他们的孩子。几十年来,她为几百个麻风病人服务,带领大家为整整40个病人养老送终。

中国所有的麻风村都建在远离闹市、远离人群的偏僻之地。在荒郊野外的麻风村里,黄义、郑大有、薛文征、刘振华们就是病人们的保障、依靠和希望。"亲人们,别怕,在荒郊野外,我们就守护在你们身旁。家人们,别慌,有我们一口饭就饿不着你们,有我们一件衣就冻不着你们。"

清明节时,刘振华总会到张秀兰的坟茔前坐一会儿,然后给每一个坟茔摆一朵野花,告诉坟地里的几十个麻风病患者:"清明节到了,我来看看你们。"如今,刘振华已退休回家了,但每年清明她都会来到这里。她和她的亲人从未分开,无论是在病房还是在墓地,无论是在盛夏还是在寒冬,无论是在白天还是在黑夜,只愿亲人们,活着的安康,去世的安详。

## 6. 当幸福来敲门

麻风村,始终背负骂名;麻风村,又始终受到赞美。

麻风村，出现于医疗技术落后的年代，"隔离""收容"成为它被人们远离和鄙视的症结；麻风村，逐渐消失于公共卫生事业壮大进步的今天，"关怀""温暖"又成为它被人们赞扬的焦点。几十年来，它被人们唾弃，也被人们追捧，它的增多与锐减，代表了中国现代医疗卫生事业发展的历程，也代表了中国麻风防治的历程，更代表了麻风病人被抛弃又被接纳、直面死亡又重获新生的历程。

如今，随着病人的锐减，全国大量的麻风村开始消亡，仅存的麻风村开始合并。现有的麻风村一律享有国家的拨款，设施也与20世纪50年代的不可同日而语。几十年来，麻风村在锐减，但麻风村的故事却层出不穷，感人至深。

1983年，诸城县麻风村的王寿喜与刘香兰，已经在这里居住了20多年。这天，王寿喜从医生的手里借了一辆自行车，带着刘香兰跑了几十里的路程，来到附近乡镇的供销社。进了大门，两个人有些拘谨，因为他们已经好多年没到供销社买东西了。十几岁的时候，他们在各自的村庄里，因为明显的外部表现，被确诊患了麻风病。从此，父母和亲人们开始远离他们，朋友和熟人也不再上门，村子里的一切公共场所都对他们紧紧关闭了。身体的残疾导致他们失去了生活的来源，他们在某种程度上已经被社会"除名"了，离死神也越来越近。如今，他们已经失去了正常人的生活轨迹，逛商店只存在于他们幼年的记忆中。他们不愿意到人多的地方去，因为那里有令人恐惧的目光，有让人心颤的歧视。但是，今天他们必须要来供销社一趟。

走到柜台边上，王寿喜问道："有糖吗？"柜员问道："你要多少？"王寿喜在口袋里摸索了半天，掏出皱皱巴巴的几张纸币来递给柜员。柜员用秤称了一些糖，递给了王寿喜。接过袋子一看，王寿喜嘟囔道："这么少？"柜员说："你这点钱也就能买这么多。糖可贵着呢！"可是，这么少不够分的呀！糖太少，一人分一点还不够塞牙缝的呢。王寿喜犹犹豫豫地不愿出门，刘香兰走进来看见了他手里的袋子，说道："太少了。算了吧，咱们不买糖了，咱们村子里的人吃糖也没什么感觉。"王寿喜问道："那怎么办？人家可都是买喜糖的。"刘香兰从他手里拿过糖来，递给了柜员，说道："有大米吗？给我们大米吧。"

两个人带着大米回到了麻风村，然后锁上门。

中午，村子的空地上围满了人。院长数了一下，都到齐了。于是，他来到了王寿喜的房门前。门开了，院长皱了皱眉头："你们俩也没洗洗脸，换身衣服。不是我说你们，你们在屋里这是弄啥呢？早上出去买的东西呢？"王寿喜不好意思地回答道："手里的钱太少了，不够买糖的。俺们就买了一点米，给大家包了点粽子。"院长看着脸盆里刚刚包好的粽子，一把抱在怀里，一边往外走一边说："今天是你们大喜的日子，不用发糖，什么都是甜的。"王寿喜和刘香兰站起来，一起走了出去。走着走着，刘香兰的右手碰到了王寿喜的左手，两个人目光对视，都开心地笑了起来。王寿喜紧紧地抓住了刘香兰的手，一刻也不愿放松。而不远处，欢快的唢呐声已经响起来，在向世人传递着幸福与欢乐的信息。

遥想当年，在失望继而绝望之际，素昧平生的王寿喜和刘香兰选择了入住麻风村。在这里，他们重新得到了耕地和家畜，有了每月固定的生活费和免费的医疗保障，也找回了作为人的基本尊严，因为除了医生，这里所有的人都和他们一样，都是那个千古恶魔的受害者。这里没有嘲笑，没有歧视，也没有躲避和逃离。在这个人人平等的地方，他们两个人开始了互相鼓励和帮助的生活。20年后，王寿喜与刘香兰在村子里结婚。这已不再是他们自己的事情了，而是整个麻风村的大喜事，全村的患者和医生共同为他们庆祝。他们曾经经历了人生的低谷，失去了作为"人"的最基本的权利。但是，在这个小小的麻风村中，他们重新拾起了生活的柴米油盐，重新感受到了人生的酸甜苦辣，也重新得到了幸福的爱情和婚姻。

婚礼上，唢呐在鸣响，这曲久违的《百鸟朝凤》曲子，宣告着麻风村的新生。

2002 年，刘振华坐在一辆破旧的吉普车里，穿过一片山林，来到一个深山里的村庄。她要来看看这个村里的病人赵大国。上次普查，她发现赵大国的时候，他已经不能走路了，也没有亲戚前来照顾他，但是他还有自己的家，还有自己的土地，因此，他选择了留在村庄。刘振华不放心，因为一个月的时间已经过去了。她估计他的药物吃完了，就赶紧来了。

车开到了山脚下，刘振华和司机下了车，因为赵大国住的地方别说吉普车了，连个自行车也进不去。两个人走了半个多小时，穿过村民的聚集地，在村子的最东头找到了赵大国的家。院门敞着，因为他家根本不需要锁，家里没有一点值钱的东西，即便有值钱的物品，小偷也不会光顾一个麻风病人的家。他们刚要进院，一股羊粪的味道扑面而来，司机伸出去的脚又赶忙缩了回来："主任，你看着点，这羊粪好久没人收拾了。"刘振华低头一看，见院子里厚厚的一层羊粪，根本就下不去脚。刘振华小心翼翼地走到屋子前面，推开屋门，一股强烈的刺鼻的气味扑面而来，那是粪便和尿液混合的气味。顺着味道找去，刘振华看见了在床上蜷缩着的赵大国。她走过去，赵大国听见了脚步声，问道："谁来了？"刘振华应了一声。赵大国挣扎着想起来，刘振华将他扶起来，他伸手摸到了刘振华的手。刘振华见他的眼睛浑浊且灰暗，就用手在他的面前晃了晃，他一点反应都没有。

"你的眼睛一点也看不见了吗？"刘振华问。

赵大国点了点头："你上次走了以后就越来越厉害了，现在我什么都看不见。"

刘振华顺着床边看过去，见几个馒头已经干硬了，因为天气凉的缘故，还没有蝇虫聚集。馒头旁边放着一个小小的瓢子，里面盛着一点凉水，床边上那个大土缸里的水已经见底了。刘振华问道："你弟弟没给你担水吗？"

赵大国掰了掰手指头，回答道："他出去打工了，已经十多天没回来了。"

"那你吃什么？"

赵大国伸手摸索了半天，拿起一个硬馒头。

刘振华不再说什么了。她环视着整个房间，这里的环境比她一个月之前来的时候更加恶劣。赵大国的土炕上放着一床油腻腻的已经发黑的被子，土炕下面挖了一个大坑，连接着屋外的粪坑。这里既是赵大国的卧室，也是他的卫生间。他失去了双脚，行走极为不便，连上厕所这样简单的事也变得极为困难了。屋子里的墙是灰褐色的，墙皮已经脱落了，墙上的窗户没有窗框和玻璃，只是一个大洞。

"夜里，我总感觉有什么动物跑到我的院子里和屋子里，它们肯定喝光了我的水。"赵大国无助地向刘振华抱怨。

刘振华坐下来，拉起他干瘪的手，说道："大国，你得听劝哪，跟我们走吧，冬天马上要来了，你自己待在这里会冻死的。"

穷家难舍，故土难离，赵大国沉默了。这里是他的家，虽然早已经没有了家的陈设，但毕竟是他的家。他曾经想过，不管是冻死还是饿死，他都要守在这里。要是他走了，打工回来的弟弟怎么办？

面对沉默的赵大国，刘振华继续劝说："听话，别在这里死守了，跟我们走吧，咱去住病房。到了我们那里，你就能好好地活下去。那里有很多和你一样的人，他们都过得好好的。"

赵大国哽咽起来。

赵大国的麻风已经治好了，按规定他可以不去麻风村了，可是十分了解他家境的刘振华，哪里放得下这个病号。刘振华又说道："听我的话，咱走吧。你走了，也能减轻你弟弟的负担。他实在养不起你了，你也就别再拖累他了。"

赵大国哭了起来，点了点头。

刘振华转身对司机说道："去找一辆手推车，咱们把大国推下山岗，接他回去。"

司机提醒道:"主任,村子里都住满了,没有空着的病房了。"

刘振华坚定地说道:"房子好办,先把我的办公室腾出来,他得活着!"

十天后,在刘振华和其他医生的精心治疗下,赵大国的眼睛被治好了,他能够重新看见东西了。麻风村有肉有蛋的伙食让他迅速胖了起来,他一顿能吃八个高桩馒头,病友们都笑他上辈子是"饿死的"。刘振华走过来,说:"吃吧,吃吧,肚子里有饭,才有力气抵抗麻风。"

赵大国离不开这里了,他喜欢上了麻风村。这里有充足的一日三餐,他还第一次喝上了袋装的牛奶。这里有人和他说话,和他游戏,他还学会了下棋。随着体力的恢复和溃疡的治愈,他能走路了。早上的时候,他总是起得很早,穿着干净的衣服在院子里溜达,还时不时地哼上几句歌。

刘振华见了他,从袋子里拿出一个苹果递给他。赵大国高兴地用两只手抱起来,一口咬下去。

刘振华嘱咐他:"慢点吃,别咬了嘴唇。"

赵大国点了点头:"这么甜哪,好吃。对了,主任,吃了你的大苹果,我给你唱首歌吧。"刘振华笑了:"你还会唱歌?"赵大国骄傲地说道:"我会唱,小时候就跟村里人学过。"

说完,赵大国放声高歌起来:"天大地大不如党的恩情大,爹亲娘亲不如毛主席亲;千好万好不如社会主义好,河深海深不如阶级友爱深……"

歌声在这座郊外的小小的村落里穿梭,在腊山上空飘荡,它传递的是麻风病人从面对死亡到重获新生的幸福。歌声也传递着一个政党、一个国家的温暖。正如浙江省德清市上柏村的麻风病人家普遍悬挂毛主席像一样,在这些人心中,共产党才是驱逐麻风这个恶魔的"神"!

## 7. 麻风村,时代的底片

新中国成立后,山东省人民政府接管了由世界教会组织建立的麻风院，并进行改扩建。同时，在全省范围内，加大了新麻风村的建设，开启了由政府主导建立麻风村的历史。

1956年，山东省麻风病研究所首任所长尤家骏派出专家，协助海阳县政府卫生科在梦达寺建立了山东省第一个民办公助的县级大型麻风村，可用住房69间，耕地302亩，山岚200亩，成为当时全国最大的四个麻风村之一。1957年，山东省分别在五莲、沂源、邹平、莒县等地建立了13个小型麻风村，收容致残的麻风病人230余人。

1958年，潍坊、烟台、济南、青岛等地又建立麻风村153个，收容病人11130人。

很显然，对于有着5万多麻风病人的山东省，这些麻风村的收容能力还是有些捉襟见肘。为了让更多残疾病人过上免费食宿、无偿治疗的日子，山东省再次加大了建村力度。1959年，山东省政府民政厅和山东省人民政府财政厅相继拨款继续建造麻风村。

1960年，山东省共建立麻风村180个，收容麻风病人18000多人。这是山东省麻风村数量和收治麻风病人的历史顶峰。就全国而言，这一年也是麻风村建设最多、入住病人数最高的一年。这一年，我们国家正处在三年困难时期，可是党和政府依旧没有放松对麻风的防治，国家行动一直如火如荼。广大乡村一经发现麻风病患者，就立刻跟进，在切断传染源的同时，加大治疗措施。以政府为主，发动群众参与的麻风防治行动，在极短的时间内就取得了预期的效果。

麻风，这个远古的恶魔，疯狂残害人类几千年，从未遇到过有效的一致抵抗。可是，在刚刚成立不久的新中国，这个狂妄的魔鬼却折戟沉沙，受到有史以来最沉重的打击。

随着麻风病被有效地控制，麻风村在全国范围内的数量急剧减少。1965年，山东省的麻风村剩下114个，收治的病人仅剩7800人。1985年，山东省的麻风村仅剩下64个。1994年，随着社会经济的不断发展，医疗卫生条件不断提升，新发病例中除了身体残疾失去生活能力的病人，基本没有人再入住麻风村。截至 2016 年，山东省仅剩下 53 个麻风村，其中 16 个已经无人居住，正在逐步拆除，其余的 37 个麻风村的居民也仅剩下 321 人。

相较于其他国家的麻风防治而言，中国的麻风病人是幸运的，中国人民是幸运的！

第二次世界大战结束后，遭受战争蹂躏的国家，可谓"屋漏偏遇连阴雨"，很多国家都麻风盛行。作为灾难深重的人口大国，中国和印度成为世界上麻风病人最多、发病率最高的两个国家。面对麻风，中国共产党带领人民群众，从国家层面上对这个千年恶魔发起了强烈的攻势，麻风狂妄的势头很快得到了根本性遏制。而印度，至今还被麻风困扰着。现在全球每年新增加的 20 多万麻风病人，一多半在印度。在第十六届国际麻风大会上，山东省皮肤病性病防治研究所所长张福仁教授跟印度的专家交流时，印度的麻医说："把小小的麻风病当成大事并展开国家行动的，全世界只有共产党领导的中国！中国不但摸索出了一套适合自己国情的经验，也为世界防治麻风树立了成功的样板。你们中国人了不起呀。"

在世界各国，尤其是在宗教国家里，麻风院（村）都是教会所建；而在中国，是政府投资，全民参与。这也许就是中国的特色、中国的模式。

麻风村，是一个政党为民谋福祉的见证；麻风村，是一个执行国家行动的例证；麻风村，也是一个展示中国医务工作者不忘初心、牢记使命的平台。

麻风村在全国麻风防治工作中有不可替代的作用，但同时也承受着来自社会的敌意。从 1966 年到 1976 年的十年间，很多麻风村被毁坏。人们一提起它，总是与"强制隔离""无条件管制"等词汇相联系。它甚至被一些别用有心的极端分子视为扼杀人权的聚集地。在大半年的时间里，我们通过对全国几十家现存的麻风村以及现住病人的调查采访，得出的结论是：麻风村是麻风病人最舒心的居住地，是那些被亲人们抛弃的病人赖以存活的家园,是中国麻风病人的康复中心!

新中国成立之初建立麻风村,是因为当时的环境和医疗科学技术的落后。在当时,麻风依然被认为是具有较强的传染性的恶疾,也没有任何医学证据能够像今天这样,明确证实麻风的传染性具有极大的遗传背景。当时的医生普遍认为,麻风是通过飞沫传染的,简单的日常接触就可以传染麻风。世界性的"谈麻色变"引发的恐慌,让世人达成共识:麻风危害的将是所有生活在地球上的人类,因此必须采用强制隔离的手段,这是对人类的负责。任何一种烈性的传染性疾病,在人们没有摸清它的规律之前,都必须对病人进行隔离。比如公元6世纪从地中海传到欧洲的鼠疫,死亡人数过亿。1817年在印度爆发的霍乱一直传播到非洲的地中海流域,成为19世纪全世界的灾难,仅印度就死亡3800万人。诚然,麻风作为慢性传染病,是和霍乱、鼠疫不同的,但是它造成的社会恐慌却是空前的、长久的。对于还没有疫苗可以预防的麻风,我们不能不严防死守,以安定民心、稳定社会。

在当时,患有残疾的麻风病人被社会歧视,被家人和朋友抛弃,失去了维持生存的基本保障。他们是社会上最不幸、最弱势的群体,但是他们有好好活下去的权利。很显然,如果没有麻风村,没有政府无偿划拨的资源,没有大量的财政拨款,那么这些人将被抛弃在荒山野岭,在无人问津的角落里因为饥饿、寒冷而孤独地死去。如今,麻风村失去了隔离的功能,逐渐变成了麻风病人的疗养机构。有国家的支撑、医护的坚守,中国的麻风村是鲜活的、光亮的,住在这里的麻风病人是快乐的、幸福的。2019年5月,我们去枣庄长山麻风村采访。我们沿着一条长满野花的小道走进麻风村,看见满院子都是紫色的茄子、碧绿的黄瓜和青色的辣椒,这是村民们的劳动成果。那天,麻风病人们饲养的孔雀正在开屏。在孔雀的叫声里,我们见到了开篇提到的李国成。71岁的李国成尽管手脚严重残疾,但是身体硬朗。12岁那年,他感染了麻风,由于拒绝吃药,导致终身残疾。他是长山麻风村最早的村民。他正用残缺的手开着一辆电动四轮车外出赶大集,见到我们,他一脚刹车,停在我们眼前。"老李,你干什么去?""过端午节了嘛,我去大集上买些红枣,包粽子。""你不戴个帽子?""不用了,这周围的人都认识我李国成。"跟他一块的村民说:"老李是长山的名人呢。"显然,这是社会对麻风认识的一个巨大的转变。

在一份 1971 年山东省革命委员会民政局、山东省革命委员会卫生局等多部门联合下发的文件中,我们看到,住村麻风病人的生活物品和费用全部由当地政府提供,每人每月供应成品粮 36 斤、食用油 1 斤,并照顾细粮、豆类和各种副食品,拨给住村病人的生活补助、低保补助、残疾人补助等各种费用,每人每月达到 900 元。这其中还不包括政府划分给麻风病人们的耕地和菜园里的产出。

2019 年,我们来到费县麻风村采访。这里住着 40 多个病人,他们每天都能享受到专人做饭的服务,每天都有蛋奶鱼肉的供应,每个月的生活补助达到了近 500 元,逢年过节还有过节费,每逢麻风日还有社会各界的慰问捐赠。我们在这里听到了这样一个故事。去年,有一位麻风病人去世了,他的床铺下压着大约 2 万元现金,村里只好通知他外甥来接收遗产。他外甥很感动地说,没想到政府对他舅这么好。耳听为虚,眼见为实,他服气了。

危害人类几千年的麻风,曾经给人类造成了巨大的伤痛,无数人因为它在孤独中失去了生命,而今天,它已经被征服。被它传染的人,既能治愈,也能够过上衣食无忧的日子。在新中国开展麻风防治工作以来,再也没有一个麻风患者在饥寒交迫中死去,再也没有一个麻风患者在无助中绝望离世。我们必须明白,这一切都与一个政党的努力密不可分。要说感谢的话,我们应当感谢中国三代麻风防治工作者。几十年来,他们在孤独和歧视中负重前行,给了麻风患者生的希望,给了生命足以延续的寄托,给了这片土地洁净和幸福。

20 世纪 90 年代,在马海德逝世几年后,他的爱人苏菲女士到山东省调研麻风防治工作。在威海文登麻风村,她和麻风病人座谈,言语间感受到了他们的幸福指数。她参观了麻风病人的衣食住行,体味到了他们的衣食无忧。苏菲笑了,写下六个字——文登区幸福村。

麻风村,幸福村,一个曾经饱受争议的地方,却是全国上百万麻风患者的幸福家园。

当幸福来敲门,请微笑着接受;当幸福来敲门,请记得,在它的背后,无数的人和故事,早已令人潸然泪下……

# 二、坚不可摧的生命连线

使圣人预知微,能使良医得蚤从事,则疾可已,身可活也。人之所病,病疾多;而医之所病,病道少。——〔汉〕司马迁《史记·扁鹊仓公列传》

有时是治愈,常常是帮助,总是去安慰。——〔美〕特鲁多医生的墓志铭

如果离开,如果醒来,那些光,都在。天亮之前,我会等待。——纪录片《人间世》的片尾曲《那些光》

## 1. 危机,线索丢失

1968年,在山东省一所综合性医院的病房里,李承焕已经在这里住了将近半个月的时间。初入医院时,李承焕被确诊为结节性红斑。结节性红斑是一种主要累及皮下脂肪组织的急性炎症性疾病,之所以有这样的名称,是因为它会导致皮肤出现局部红色的斑状表现,炎症会引起人体发热,也会导致人体出现神经性的病痛。这种疾病一般没有生命危险,而且不具有传染性,治疗得当的话会在短时间内被治愈。虽然它有一定的复发性,但是总体来看,危害并不是很大。

可是，按照熟悉的治疗方案进行治疗，李承焕的病情并没有好转。虽然他体内的炎症在药物的治疗下逐步消退了，发烧的症状也缓解了，但是皮肤上的红斑却没有丝毫的消减，反而随着药物的作用，面积越来越大了，神经的疼痛也越来越严重。李承焕开始表现得有些焦虑。半个月的时间以来，他花费了大量的积蓄，身体也因为大量地注射药物而变得非常虚弱，没有改观的病情让他越来越着急。和他一样着急的还有医院的医生，因为对于皮肤病来说，半个月的住院时间已经算是比较长的了，医生比病人有着更多的担心。医生仔细研究了治疗方案后，并没有发现不当之处，这套对于结节性红斑的治疗方案是比较成熟的，经过了大量的临床验证，一般情况下不会出现什么问题。而且从临床表现来看，李承焕对于所使用的药物并没有产生耐药性，身体的反应都是比较正常的。那么，在治疗方案和药物反应都比较正常的情况下，究竟是什么原因导致李承焕的皮肤红斑没有被治愈，反而呈现出进一步扩散的趋势呢？

唯一的解释：李承焕得的不是结节性红斑！

综合性医院的医生们有些犯愁了，因为按照他们的经验，这种外部的表现除了结节性红斑，似乎没有其他疾病的可能性。无奈之下，医生们给山东省皮肤病性病防治研究所打来了求援电话。

接到电话后，研究所决定派医生前往，帮助诊断。程焕明接到了这个任务，当天，他就赶到了20多里地之外的综合性医院。

在病房里，他见到了李承焕。经过全身的表面检查，程焕明对医院的诊断产生了疑问，因为结节性红斑的临床表现是红色的斑状皮肤，这种斑状一般都是出现在腿上的，多发生于小腿的屈侧，并且数量不是很多，极难见到身上出现相同红斑的。可是李承焕不一样，虽然他腿上的红斑是符合结节性红斑的表现的，但是他的整条腿上都有红斑，并且在胸口和后背上也出现了红斑，这就太特殊了。更奇特的是，在李承焕脱掉衣服的一瞬间，程焕明在他的臀部看见了一些伤疤。这些伤疤一看就是高温烫伤所留下的，而且大多数都是刚刚结痂不久的疤痕。

程焕明让他把衣服穿上，一边翻看他的病历，一边试探性地问道："你的屁股上有不少伤疤呀？"

李承焕一边摸一边下意识地点点头："应该是吧，平时没怎么注意。"

没怎么注意？这句话引起了程焕明的兴趣。一般来说，一个人身上出现了伤疤，一定是受过强烈的外部伤害，也一定有非常明显的感觉，因为任何刺激带来的疼痛感都会给人留下难忘的记忆，除非李承焕的记忆力出现了问题，否则不可能给他留下"没怎么注意"的感受。程焕明再次问道："你平时从事什么工作？屁股的位置经常受伤吗？"

李承焕摇了摇头说："我就是在农村务农的，哪里会受伤啊？"

程焕明继续寻找着答案："你家是哪里的？"

李承焕回道："老家在胶东。"

"你屁股上的伤疤，第一次发现是在什么时候？"

"冬天？对，应该就是冬。从火炕上睡起来就发现屁股被烫伤了，那时候不觉得疼，就没往心里去。"

冬天，火炕，不疼。三个关键词让程焕明有了明确的方向，他继续沿着这个方向来证实自己的猜测："你是自己烧的火炕吗？晚上睡觉的时候灭火吗？"

李承焕摇了摇头说："都是自己家烧的，一般晚上都不熄火。太冷了，我自己一个人睡觉，一旦灭了火，屋子里就冷得厉害，根本就睡不着。"

"自己一个人睡觉？"

李承焕点了点头说："是，家里就剩下我一个人了，其他人都进城了。"

李承焕住在胶东地区，因为冬天寒冷，习惯性地烧起了火炕。因为自己在家睡觉，需要把火炕烧得很热才能满足身体的需要，晚上也继续烧着。他的身体其他部位的感觉还比较明显，但是臀部的感觉变差了。因此，在睡觉的过程中，突起的臀部承受了很高的热度而没有快速给大脑报告，致使他在整个夜晚长时间地保持着正面仰着的睡觉姿势。火炕温度不断升高，导致臀部出现了烫伤。因为感觉不明显，他简单地抹了一下药膏就不再顾及，因此他的臀部逐渐累积了多处伤疤。

程焕明放下病历，伸手将李承焕的胳膊拽过来，用手一摸他的肘部神经，发现条状的神经高高地耸起，已经像筷子一样粗壮了。

麻风！程焕明心里暗叫。

自己的猜测应该没错，李承焕得的不是结节性红斑，极大可能是麻风！

程焕明悄悄地开始了麻风杆菌的检测，果然，李承焕的皮肤组织和血液里游荡着大量的麻风杆菌。

听到这个情况，综合性医院的医生们都惊呆了。他们赶忙说道："快，转到你们那里去，麻风传染！"

程焕明无奈地摇了摇头。医生们大声喊道："这是麻风啊，可不是小事，我们这里上千号病人，传染了怎么办？麻风归你们治疗，你们必须负责到底！"程焕明苦笑着回道："同志，不是我们不接收他，而是我们那里既没有门诊，也没有病房，你让我们把他接到哪里去？"医生们也不知所措了，都愣愣地看着程焕明。

最终，李承焕和程焕明都被综合性医院赶了出来。他们使用过的所有物品都被烧掉了，而李承焕则拿着药物被送回了胶东老家。程焕明一再叮嘱他坚持用药，别害怕。这是程焕明唯一能做的事情，也是此时他所在的研究所唯一能做的事情。

那时候，各行各业都在闹"革命"，整个中国的皮肤病防治研究所，都没有能力在自己的所里确诊和治疗任何麻风病人。

自1949年至1965年，山东省的麻风防治工作取得了巨大的成绩。自莒县、五莲两个县建立麻风防治站开始，山东省逐步建立了省、市（地）、县（区）三级麻风防治专业机构和县、乡、村三级防治网络。同时，全省建立麻风村（院）近200个，用于麻风病人的收容和治疗。

而自1955年至1965年，1000多名从医疗卫生学校毕业且从未接触过麻风的年轻学生们，经过专业培训，成长为一群令人尊敬的麻风诊治的专业医生。在每一个麻风村的病房里，每一条坎坷崎岖的乡间小路上，每一座无人问津的荒山野岭处，都有他们的足迹。他们靠着自己的双脚，踏遍千山万水，尝尽酸甜苦辣。他们靠着简陋的仪器，发现病人，治疗病人，护理病人。他们用自己饱经风霜的双手，使几万麻风病人摆脱了病魔的困扰。更为重要的是，他们使麻风病人摆脱了麻风带来的"心魔"，获得了新的生命。他们为麻风病人开启了一扇门，将他们重新变成了一个个活生生的"人"。

在这十年的时间里，虽然关于麻风的科学研究没有取得较为明显的进步，麻风的发病机制、传染机制以及治疗方法都没有从医学科学层面上有所突破，但是，在完整且严密的组织架构和上千医生的努力下，麻风的防治已经朝着可防、可控、可治愈的方向迈出了令人骄傲的一大步。然而，随着1966年这个特殊年份的到来，麻风的防治工作受到了严重的冲击。

以山东省麻风防治工作为例，自1966年开始，持续了近十年的覆盖全省的麻风调研工作停止了。全省不再组织麻风医疗工作者深入到乡村检查、寻找、发现病人，不再进行发现新病人的线索调查，曾经踏遍千山万水的麻医们，被迫在各自单位进行劳动改造。医疗器械被收箱存放，散居在各个村庄内的麻风病人再次失去了已有的关注。几年过去了，没有人掌握新发病人的情况，也没有人知道治愈病人复发的情况，这条从乡村到城市、从病人到医生、从死亡到活着的生命连线被人为地"割断"了。

麻风防治工作，与当时的其他工作一样，重新陷入迷茫和无助的境地。而麻风这个肆虐了几千年的恶魔，自1949年以后，一直被国家和人民齐心协力所建立的防御体系，牢牢地压制在狭小的活动空间里。它虽然没有被消灭，但是已经被人们基本掌控。可是现在，这个体系开始崩溃，对麻风的束缚力度明显减弱了。

曾经为修补防御体系而整日奔波的麻风防治工作者，离开了他们日夜牵挂的村庄；曾经紧紧拉住麻风枷锁两端的医生们，被限制在了一个一个小小的、远离麻风的区域。麻风这个千年恶魔开始慢慢地试着挣脱束缚，一点一点地爬回它曾经肆虐的土地，而无辜的人类也将继续忍受它带来的伤痛。但是，生命必须继续，医生们无法放弃他们的历史使命，不能忘记他们的初心，经过近20年的努力和拼搏打下的局面必须延续下去。于是，那些自己还戴着"枷锁"的麻风防治工作者们开始行动起来，向无辜的病人伸出了温暖的双手。

治病救人是医生的天职，不管在什么条件下都是如此。可是，救治麻风病人却不那么简单，这其中最关键的就是如何发现那些麻风病人。

实际上，已经被治愈的麻风病人即便是身体出现了残疾，也是没有生命之忧的，因为他们知道自己曾经得过麻风，一旦身体出现了症状，就会在第一时间考虑是否是麻风复发。同时，他们会自觉地到各地麻风防治机构进行检查并领取药物，而治疗麻风的药物只需要口服，所以复发病人治疗起来相对简单，他们完全可以自行解决。真正危险的是刚刚出现症状的新发麻风病人，因为他们不知道自己得了麻风，依旧携带着麻风杆菌在人群中行走。

前面我们已经讲过，麻风在发病初期外在的表现并不具有特殊性。它作为皮肤病的一种，有着皮肤病的基本症状，没有受过专业训练的医生很难进行诊断，更别说没有医学常识的群众了。他们会简单地按皮肤病进行治疗，因此往往错过最佳的治疗时间，导致病情不断地加重，最终致使身体出现不可逆的残疾，给自己留下终生遗憾，也给社会带来难以消弭的恐慌。

如何发现麻风病人，在刚刚过去的近20年时间里，对于所有的麻医而言，可谓是一个非常熟练的工作。可是在特殊时期，它突然又变成了一个棘手的、陌生的难题。

## 2. 抉择，始于危难

1966年，在山东省皮肤病性病防治研究所里，28岁的赵天恩突然接到"革委会"的一个通知。通知的内容很简单，让他去山东医学院附属医院帮忙，理由是附属医院缺乏门诊医生。这在当时是一种变相的"惩罚"。据赵天恩自己回忆，他一心扑在事业上，在已经爆发的运动中表现"不积极"，正巧有这个"机会"，"革委会"自然就想到了他。赵天恩二话不说，收拾了行李就出发了。他没有感觉到这是一种"惩罚"，因为他知道，至少在附属医院里他可以坐门诊，可以看病了。对于一名救死扶伤的医生而言，能跟病人打交道，这是最好不过的事情了。因此，赵天恩热情主动地接受这一"惩罚"。

心情愉悦的赵天恩来到了附属医院，这是他第一次来到综合性医院里的皮肤科门诊。这里的情形和"革委会"告诉他的一样，缺乏专业的皮肤病医生，整个医院只有一间皮肤病门诊，里面有两张桌子，供两个医生日常诊断，而实际上，也仅有一个医生而已。直到今天，这样的情况依然是普遍性的，皮肤科在所有的综合性医院里都是一个体量较小的科室，而在医学研究上也属于规模较小的学科。这一间小小的诊室，对赵天恩来说，就是一个有着无限可能的空间了。在这里，他如鱼得水，可以看门诊、查病房、值夜班，还可以与医学院的学生们一起交流，空余时间里就自己看看书，研究一下麻风这个老课题。

对于一心搞专业的赵天恩来说，幸福来得太快了。由于他是帮忙，不属于医院管理，他就不需要参加"斗争"，可以静下心来做事情。在两年的时间里，他历经了实践，也学到了知识，并热爱上了这份工作。

1968年，沉迷于治病救人里的赵天恩突然接到命令，要求他马上回到原单位，继续参加"运动"。赵天恩有点疑惑，他感觉自己是被"赶"出来的，怎么现在又被喊回去？当然，他的内心里更多的是不情愿，他开始使用各种理由搪塞和拖延。没想到几天后，所里的工宣队长亲自找来了，这下什么办法也不管用了，赵天恩只得乖乖地回到了所里。

日子又回到了从前的状态，白天搞"运动"，晚上就在所里待着，仿佛整个所里的工作都停止了。此时的山东省皮肤病性病防治研究所一共有 30 多个人，因为麻风的关系，这里几乎都是男同志；也因为麻风的关系，这里的男同志几乎都是单身汉。毕竟在当时那个年代，虽然是省直部门的医生，可是一旦牵扯到麻风，来自社会的歧视还是相当巨大的。对于他们来说，找对象是件难事，30 岁能结婚就算早婚了。而即便是已经结婚的男同志，对象也都是农村的。再加上单位的位置很偏僻，整个所里就只有三对双职工。于是，剩下的人就吃住在单位里。吃过晚饭，大家就聚在一起聊天。

晚上坐下来七嘴八舌地一聊，大家才发现，那个叫李承焕的病人不是个例，因为包括程焕明在内的很多麻医，在近两年的工作过程中经常会遇到这种情况。综合性医院或者一般的诊所里无法诊断麻风病人，耽误了最佳的治疗时间，医生们也往往束手无策。像李承焕这样被误诊的患者，承受了大量的原本不该承受的痛苦。更为危险的是，一旦耽误了治疗，他们就有可能落下终身残疾，这将是一场无法改变的悲剧。

在此之前，发现麻风病人的方式，是基层机构的乡村医生走街串巷，发现线索后向上一级麻风防治机构报告，由专业的医生进行检查，最终确诊。在近 20 年的时间里，麻风的防治一直采用这样的机制，虽然看起来比较单一，但是实际上是比较有效的手段。这与麻风确诊的特殊性和整体的社会歧视有着很大的关系。这种适合中国国情的麻风防治体系，很快就在全国范围内大获成功。但是，从 1966 年开始，这个正常运转的体系，这种有效的机制，突然被叫停了。

在山东省皮肤病性病防治研究所里，针对如何继续开展麻风的防治工作，以赵天恩为首的年轻医生们，进行了数场情绪激动的讨论。

有的人说，必须恢复原有的调查体系，这是一套完整的、有效的方法，大家也都有经验了，重新拾起来还为时不晚。但是，在动荡的岁月里，大家都自身难保，谁也不敢去提议。各市（地）、县（区）的情况可能比省会的情况更糟糕，想要恢复先前的做法，几乎是不可能的。

有的人说，可以和各个综合性医院建立联系，依靠他们大量的门诊数量，建立一个相互沟通和相互联系的渠道。一旦有无法确诊的皮肤病病人，他们就分头去各个医院进行检查。可是门诊病人那么多，单单依靠麻风防治机构的人根本就跑不过来。就以济南为例，综合性医院少说也得有几十家，虽然皮肤科是一个小的科室，但是一家医院一天少说也得有几十个门诊病人吧，那一天就得有上千个病人，他们根本就忙不过来。

还有的人说，可以按照以前办培训班的方式和综合性医院的医生们多交流，教会他们认麻风。可是，整个社会对于麻风病人的歧视依然比较严重，别说是病人了，连诊治麻风的医生都进不了综合性医院的大门，是没有人愿意做麻风防治工作的。

此时，在一边抱着二胡的赵天恩突然说道："咱们可不可以自己开门诊？"

在所里开门诊？所有人都满脸疑惑地看着赵天恩。

赵天恩认真而坚定地点了点头："没错，我们也可以像综合性医院一样建立自己的门诊，从门诊上发现麻风病人。"

所有人都不知道该怎么回答，因为在这之前，在全国范围内，没有一家麻风防治机构开设过皮肤科专业门诊。

1960年，山东省皮肤病性病防治研究所成立时，对于它的职能定位是这样描述的：承担全省麻风病、性病及皮肤病防治研究工作，并负责全省专业技术人员的培训、业务技术指导，协助省卫生厅制定全省防治研究规划、计划、组织实施和现场督导等工作。

在这个文件规定中，我们可以看到两个方面。一是它是一个科研机构，不是一个传统意义上的医院。它没有门诊，没有病房，没有社会普遍观念中的打针吃药等医疗工作。简单地讲，它没有直接面对社会大众，没有直接面对病人。二是它实际上是一个业务技术指导部门,是一个全省麻风防治的信息收集机构。

赵天恩的提议引起了大家的质疑甚至反对。原因就在于,他们没有这项职能和责任,放眼整个中国和世界,也没有可以借鉴的先例。整个中国的麻风防治机构不管是更名的还是没有更名的,不管是叫麻风防治机构的还是叫皮肤病防治机构的,它们的根本定位都没有改变;而世界范围内根本就没有一个由政府主导的、负责的、专业的麻风防治机构。那么,在这种特殊的时期,中国麻风防治机构的路该如何走,中国麻风病人又该如何被发现,医生们又该如何着手呢?

抉择,摆在了腊山脚下,这个仅有30来个人的二层小楼中。

赵天恩将手里的二胡放到地上,耐心地向大家讲起了自己的想法。麻风的防治工作,其根本是早发现、早治疗。麻风拖不起,一旦出现了残疾,谁也无法改变。而要发现麻风,必须对病人进行面对面的观察和检测。也许随着医学科学水平的发展,以后麻风的发现会简单得多,但是现在看来,没有其他方法。我们必须要创造一个近距离接触病人的机会,而这个机会的创造只能依靠我们自己。为患者负责,为生命负责,这是医生推卸不了的责任。再说了,只要我们建立起门诊,其他医院无法确诊的病人,就都可以到我们这里来确诊、治疗了。

大家慢慢地跟上了赵天恩的思路。麻风防治是他们这些医生的责任,但是现在他们与麻风病人的联系被切断了,赵天恩的方法无疑是医生和患者之间重新建立联系的最好方法。

赵天恩继续讲下去。要对麻风病人负责,我们必须建立一个长效的联系机制。但是,还有一点,我们必须对自己负责。我们是医生,医生的本职是看病救命,可是这么多年来,我们除了会看麻风病人,还能看啥?我们是皮肤科的医生,会看麻风就必须会看其他皮肤病;否则,早晚有一天,我们也会因为缺乏实践,慢慢地连麻风也看不出来了。

是啊,麻风始终是皮肤病的一种。它的初期外在表现与很多其他皮肤疾病大同小异，医生要分得清麻风就必须了解和熟悉其他的皮肤病。综合性医院的医生们看不了麻风，而麻医们也会像他们一样，看不了其他病。终究有一天，麻医们也会看不了麻风的。从1963年开始，省里给所里分配了八个医学院的本科学生，本科学历的学生在当时是极为宝贵的，各个单位都视作珍宝，但是三年之后，这八个人中只有三个人留了下来。其中的主要原因是麻风本身，而其他的原因则是，这里不能全面地发挥一个皮肤科医生的作用。

大家开始沉默了，因为赵天恩说的都是事实，是这么多年来在麻风防治工作中总结出来的经验。大家都是专业的医生，哪个人不想给病人看病？有人突然站了起来，向赵天恩问道："在现在这种情况下，咱们的提议'革委会'能同意吗？"

赵天恩张了张嘴，突然不知道该怎么回答。是啊，自己的想法是好的，可是这毕竟只是一个想法，想要付诸行动必须从多方面进行协调，最为关键的一点，"革委会"能同意吗？在人群中沉默了许久，赵天恩站了起来，说道："只要你们同意，我去找'革委会'汇报，所有的风险、责任我来承担。"

赵天恩说完这句话，众人都惊讶地看着他。赵天恩自己也觉得惊讶，他心中有一种无形的力量让他的这句话脱口而出，但是他没有考虑到这件事的严重后果。他身后有一个人悄悄地拽了拽他的衣襟，小声地提醒道："你别忘了，你就是因为'闹革命'不积极被批斗了好几次了。"赵天恩愣愣地定在原地。当初他被送到山东医学院附属医院是因为"闹革命"不积极，后来他被叫回所里也是因为"闹革命"不积极，他现在的身份已经经不起这么折腾了。这样下去，恐怕他引来的将是暴风骤雨般的灾难。自己的恩师尤家骏先生已经进了"牛棚"了，在这个节骨眼上，自己要成为下一个尤家骏吗？

他想起之前去看望尤家骏的那个夜晚。一向严谨的老师头发、胡须蓬乱，满眼都是深深的忧伤……是啊，麻风还在横行，麻风专家却身陷囵圄，这是一种怎样的无奈和悲伤啊？其实赵天恩并不知道，此时马海德的处境跟尤家骏也差不多，两位麻风防治战场上的大将都是"反动"的学术权威。

恩师的形象就在眼前晃动，赵天恩心里在斗争、在挣扎。他无比清楚，自己的行动是在冒一个巨大的风险，有人能够和他一起承担这种风险带来的灾难吗？

此时，沉默的人群中突然冒出了一个声音："天恩，你去吧，我支持你，你可以将我的名字写上。"赵天恩抬头顺着这个声音向人群中看去。在这个安静的夜晚，这个声音如此美妙，如此动听，像是一首悦耳的乐曲，给人一种慰藉心灵的力量。接着，又一个相同的声音响起："我也同意，可以写上我的名字。"接着是第三个、第四个、第五个……如同潮水一般的越来越响亮的声音从人群中传出来，充满了这个小小的院落。

赵天恩不再犹豫，转身走向了自己的宿舍。他今晚就要拿出一个方案，明天一早去向"革委会"领导汇报。同时，他也做好了另一个决定，即建议的方案上只写他一个人的名字。他不能让更多的人承受命运的不幸。

志之所趋，无远弗届，穷山距海，不能限也。

赵天恩的身影消失在楼梯的拐角处，而人群中的声音却没有停歇，他隐隐约约还能听到这样的话："如果咱们不能找到麻风病人，并减轻他们的痛苦，咱们在这里还有什么意义？"

"是啊，咱们既然干了医生，就要跟麻风病人在一起。"

是啊，这些来自各地的医生，他们有着截然不同的人生经历，却有着共同的人生目标。从背井离乡来到济南这个小小的山脚下开始，他们就放弃了年少时心中向往的远方。他们只有一个信念：治好麻风病人，为创造一个没有麻风的世界奉献终生。而现在，他们遇到了困难。在一段时间内，他们束手无策、无计可施。他们必须寻找一条新的道路，一条通往远方和内心的道路。为了这个初心，他们行动起来，甘愿承受那些意想不到的灾难。他们是值得尊重的。

自始至终，谈起梦想，不得潦草；从今往后，论说生命，无可辜负。

在被切断了与新发麻风病人的联系方式之后，山东的麻风防治工作者们决定尽快建立新的机制，重新发现麻风病人。

赵天恩熬了一个晚上，写出了建议方案。第二天一早，他敲开了"革委会"领导的门。

见到"革委会"领导，赵天恩开门见山地说出了自己的想法。"革委会"领导疑惑地看着赵天恩，似乎没有听明白眼前这个小伙子的意思，心想在这个节骨眼上，这个被"革委会"认定为表现"不积极"的家伙，又要出什么"幺蛾子"？赵天恩也不再说什么，就站在一边等着领导看自己提交的材料。他已经准备好接受暴风雨般的洗礼了。

果然，看完了赵天恩的材料，"革委会"领导大发脾气："赵天恩，我们当前的任务是阶级斗争，你胡乱开什么门诊？"赵天恩一听也有点上火："开门诊是为了防治麻风。麻风都在乡村里，现在大家天天待在这个院子里有什么用？我们是医生，既然不能下乡巡诊，那么就得给病人搭建一个看病的平台，否则麻风病人会自己找上门来吗？"

"革委会"领导更生气了，拍着桌子说道："你这是离经叛道！"赵天恩也不甘示弱，两个人吵了起来。此时，从这里路过的"革委会"主任窦庭芳听到了吵闹声，推门进来了。这位曾经在"文革"初期受到打压的同志，又在短时间内恢复了名誉，担任了所里"革委会"的主任。窦庭芳是懂业务的。了解了情况后，他把赵天恩拉到了院子里，指着小小的二层小楼问道："你觉得就咱们这个地方，能够开得起门诊吗？"赵天恩顺着他的手看向了自己身后的小楼。这是一座面积很小的办公楼，仅有十几个房间，几乎全部被用作办公室。这里没有诊断室和治疗室，也没有药房，不能和任何一家医院相比。实际上，它不具备任何一家医院的基础设施条件。赵天恩明白窦庭芳的意思，但他坚定地说："把一楼收拾出来，足够了。"窦庭芳又问道："你还要知道，咱们这里没有什么设备，连一般的药品都不一定够用，你能解决吗？"赵天恩还是坚定地说道:"没有药我们自己配,缺乏器械我们自己动手制作,还可以出去借。"窦庭芳看着这个年轻人,感觉他身上有一种常人难以理解的倔强:"你为什么非得建门诊呢?现在不是过得好好的?"赵天恩也看着他,一字一句地回答:"我是麻风医生,我得找到麻风病人,我得给他们治病啊!"

此时,天上响起了一阵巨大的嗡嗡声,强烈地刺激着每个人的耳膜,令人头疼欲裂。这座已经建成十年的小院子上空每天都有飞机飞过。同时,这座山还是当地重要的石灰窑所在地,周围分布着好几个终日冒着黑烟的石灰窑。每天早上,当地老百姓都会放炮开山,挖掘石料。

窦庭芳看了看头上飞过的飞机,自言自语地说道:"马上就要放炮了。"赵天恩似乎一点都不关心这些,而是着急地催促道:"主任,你看咱们到底干不干?"窦庭芳笑着说:"晚上开个会,只要大家愿意干,咱们就干!"赵天恩笑了,开心地笑了起来。不远处的山里传来一声沉闷的巨响,开山的巨炮响起来。巨响透过山重之隔,越过静静的河流,穿过早上静谧的空气,闷闷地传向这座小小的院子,然后在这座院子里砰的一下爆裂。看不到的声波卷起周围的空气,冲向小楼里的每一个房间,冲向院子里的每一棵树,也冲到了住在这里的每一个医生的心里。

赵天恩和他的同事们不会知道,在那个年代,他们这个小小的想法,是个里程碑式的创举,开创了中国麻风防治的一个新阶段。在这个阶段里,麻风病人们不再需要隐藏于自己的家中,他们可以光明正大地像其他病人一样走进医院,享受一套完整的现代医疗体系的诊断与治疗。在这个阶段里,麻风重新回到了皮肤病的日常工作范畴。从最初建立麻风防治机构起,麻风病在日常医疗领域中,始终是一个比较独立且十分孤单的病种,它的诊断、治疗以及后续的休养都被单独归纳和运作。而现在,由于门诊的开设,它首次与其他的皮肤病一样,开始变得普遍且普通。在这个阶段里,无数麻风防治工作者不再拘泥于简单的麻风防治,而是重新拾起了一个皮肤病医生的综合性与专业性。中国的第二代麻风防治工作者们走出了单一诊治麻风病的困扰,走向了一个更为宽广的领域和更可期待的未来。同时,在这个阶段里,中国的麻风防治机构开始了自己华丽的转身,从一个面对单一群体的科研机构,走向了一个服务公共卫生的综合机构。它们不仅仅在复杂的机构变革和不断加剧的社会竞争中活了下来,还向承担整个社会的重大责任迈出了坚实的一步。当然,完成这一步是需要很长时间的,这个转变也是艰难的,仅仅依靠以赵天恩为代表的第二代麻风防治工作者们是远远不够的,它需要第三代甚至第四代人的共同努力。但是至少,在1968年那个特殊的日子里,全国麻风防治史上一个破冰之旅开始了。

## 3. 新生,1/100000 的骄傲

当天晚上,所里召开了全体大会,会上以绝大多数同意的结果,通过了赵天恩提出的开设皮肤科门诊、从门诊发现麻风病人的建议,只是把原计划的15个人的团队,削减成了13个人。就是这13个人,开创了山东省乃至整个中国麻风防治的新阶段。这是第二代麻风防治工作者们最闪亮的光环。

而在初期,一切就像窦庭芳所预料的那样,百废待兴。

赵天恩和同事们面对的是一个一无所有的局面,连最简单的注射器、镊子、刀、剪子都没有,更别说药物了。医生们所有的工具都在麻风村。赵天恩和同事们列出了一个长长的清单,分头购买,然后又攻读制剂学专著。他们前前后后准备了一个多月的时间,该买的东西买来了,该借的东西借来了,该配的外敷药物也配好了。

一切都准备妥当后,赵天恩拿着一沓宣传单页准备出门,因为皮肤科门诊要开业了,开业就得有病人,要想有病人就必须做宣传。当时的山东省皮肤病性病防治研究所位置过于偏僻,离着市区将近20公里的路程,且周围交通极为不便。那个时候的腊山流传着这样一段顺口溜:"腊

山口天天走,脚下踩着小石头。小石头磨破了脚趾头,脚趾头磨小了小石头。"这里连最基本的道路交通都保证不了,更别说让患者来看门诊了。赵天恩就和同事们打印了宣传单页,准备到各个村庄进行分发。走到门口的时候,赵天恩突然发现大门口的木制牌子上写的单位名字不太对劲,就赶忙把手里的宣传单页交给同事,把牌子取下来,自己跑到20公里以外的趵突泉标牌社,重新绘制标牌。

1968年6月10日,新制作的标牌送了过来,赵天恩和同事们将它挂在了门上。刚刚绘制好的标牌干净明亮,黑色的"山东省皮肤病性病防治研究所"大字在炫目的阳光下越发耀眼。赵天恩背着双手,站在牌子下面,默默地仔细盯着它看。他不知道,他亲手挂上的这块牌子一直挂了几十年的时间,而他们这些人则开创了麻风防治工作的新时期。1968年6月10日,全国范围内的第一家省级皮防所开设的以麻风为主题的皮肤科门诊正式营业了!

门诊开业的第一天,让人充满了希望和担忧。坐在门诊办公室的赵天恩和同事们的心情是复杂的。在大家的努力下,在一穷二白的基础上,门诊终于投入了使用,应该是值得高兴的。但是,现在还没有一个患者走进这所大门,走到他们的门诊病房。假如没有人来,那么门诊就是失败的,他们的尝试就是失败的,他们试图通过开设门诊发现麻风病人的途径也是失败的,这样他们依然不能建立与麻风患者的联络点,他们的梦想和理想也将继续推迟。

赵天恩用一种渴望和期盼的眼神一直盯着院子的大门。他坚信,他的想法和尝试是正确的,麻风病人需要看病和治疗,而门诊是现在唯一的切实可行的途径。终于,在大门口的位置,出现了一个人影。赵天恩清楚地看到,那个人的手里拿着一张纸,纸的颜色和大小与他们分发的宣传单页一模一样。来人看了看手里的宣传单页,又看了看门口挂着的牌子,相互对照了一下,然后径直走了进来,走向了一楼的门诊挂号室。

赵天恩长出了一口气,一块重重的石头从他的心里落了地。这是整个门诊接收的第一个患者，也是全中国省级皮防机构接收的第一个门诊患者。事实已经证明了，赵天恩和同事们的想法是正确的，他们想要建立的与病人间的联系，已经从这个小小的门诊开始，一步一步地深入到每一座深山、每一个村庄。6月10日当天，来门诊看病的患者就超过了10个人。那条联系生命和梦想的长长的线，被赵天恩和同事们牢牢地攥在了自己的手里。截至1984年山东省皮肤病性病防治研究所搬离腊山，他们每天的门诊量已经超过了200人。

此时，由第二代麻风防治工作者赵天恩创建的山东省皮肤病性病防治研究所的门诊制度，跟20世纪50年代尤家骏主持的山东省麻风防治体系一样，成为全国麻风防治的样板。

20世纪70年代的某一天，轮到赵天恩的门诊。上午，门诊上急匆匆地来了一个刚刚28岁的年轻人。他的病情有些特殊。几个月之前，他的身上出现了一些红斑，但是短时间内这些红斑又消失了，整个身体也没有什么太大的异样。最近一段时间以来，年轻人总是感到肘部位置有些疼痛，晚上睡觉的时候感觉最为明显，有的时候疼痛感让他难以入睡。年轻人将病历放到赵天恩的面前，嘴里嘟囔道："大夫，你们这个地方也太难找了，翻山越岭的。"年轻人住在几十公里之外的村子里，来一趟实属不易。赵天恩笑着问道："疼痛有多长时间了？"年轻人开始抱怨："几个星期了吧。镇上有一个老中医，扎针扎得特别好。我一疼的时候就找他给我扎两针，刚开始还行，扎完了就不太疼了。现在不行了，一天扎一次还是疼……"赵天恩打断了他："你说的是针灸吧？"年轻人快速地点了点头。赵天恩又问道："还有其他不舒服的地方吗？"年轻人思考了一下，说道："其他的倒是没有，就是我这个嘴唇有点没味，吃什么都没味。"没味？赵天恩有些警惕了。他明白年轻人说的没有味道是什么情况，实际上是嘴唇的神经受到了损害，失去了特定的知觉。当然，这种感觉在病情的初期并不明显，但它却是麻风的一个极为特殊的标志。赵天恩将年轻人的手臂拽过来，摸了摸他的手肘，感觉有些粗大，有患麻风的可能性。但是，这一切还不能作为麻风最后的诊断依据。

赵天恩站起身来，将年轻人带到了病理室，准备给他抽血和采集皮肤组织。年轻人看见赵天恩手中的刀片，一脸惊讶。赵天恩不断地安慰他，告诉他这只是例行的检查，不疼，也不必害怕。

不一会儿，结果出来了，年轻人的血液和皮肤组织中藏着少量的麻风杆菌。还好，麻风杆菌的数量不多；还好，发现得比较早，好治。赵天恩将检测结果看了一遍又一遍，然后站起来将房门关上，再次问年轻人："你们家里除了你，还有其他人有类似的情况吗？"年轻人说道："我哥哥前几天好像也出现了这种情况，但是他疼得不厉害。"赵天恩现在百分百地确信了。他给年轻人开了单子，递给他说："去拿药吧，千万记住，按时吃药，有什么反应，你就来找我，以后每个月都要来拿一次药。"

年轻人问道："药多少钱啊？"

赵天恩说："不要钱，记得每个月都来。对了，明天让你哥哥来。如果你的家人和亲戚里有和你一样的情况，也一定尽快让他们来看看。"

年轻人疑惑地看着赵天恩问："大夫，我这是什么病？我的哥哥还要来，我这病传染吗？"

赵天恩犹豫了一下，他不想告诉这名年轻人实情。但是他是一名医生，他有义务告知患者，他也没有任何权利剥夺患者的知情权，虽然这会给患者带来情绪上的极大变化。赵天恩看着这名年轻人，说道："你得的是麻风。"

麻风？听到这两个字，年轻人一下子就跳了起来，说："我怎么可能得麻风？我会死吗？我是不是治不好了？我会不会要到麻风村里去？"

面对年轻人一连串的质疑和极大的情绪波动，赵天恩紧紧地握住了他的手，说道："麻风不是绝症，它就是一种皮肤病。你的病情不严重，只要按时吃药，一年内基本上就能被治愈了。你一定不要太过激动，一定要相信我。你不会出现残疾的，只要你坚持吃药，我可以向你保证，没有人让你去麻风村，你安安稳稳地待在家里就行。"

年轻人几近崩溃地趴在了桌子上，赵天恩继续对他说道："这种病会有一定的传染性，但是我们所发现的传染对象都是自己的亲属，虽然这还没有被科学研究所证实，但我们的经验就是这样的。明天还是让你的哥哥来一趟吧。"

年轻人沉默了好久，最终带着恳求的语气向赵天恩说道："大夫，请你一定要给我保密呀。"

赵天恩使劲点了点头，说："你完全可以放心。我不但替你严格保密，还能治好你的病，只要你严格按照我们的方案治疗。"

送走了年轻人，赵天恩坐了下来。他已经记不清楚这是他在门诊上发现的第几个麻风病人了。第二天，那名年轻人的哥哥也来到了门诊，也被确诊为麻风。但是，两个人患有麻风的情况，只有赵天恩和他们自己知道，他们村子里的其他任何人都不知道，村里的人只知道他们患上了皮肤病，上城里拿药去了。一年之后，两个人的病都被治愈了，他们也再没有出现在门诊上。赵天恩知道，他们哥俩被彻底治愈了，过上正常人的生活。

皮肤科门诊发现了大量的麻风病人，重新建立了一条医生与病人的生命连线。更为重要的是，以门诊作为治疗麻风病人的手段，保护了患者的隐私。因为门诊的牌子是皮肤病，这样麻风病人可以像正常病人一样轻松地来，自如地走，既治好了麻风，又保护了隐私。

最早的麻风诊断和治疗需要医生深入到各个村庄，进入到病人的家里，更需要乡里乡亲发现麻风病人的线索。如此"兴师动众"的动作，在一定程度上暴露了麻风病人。在社交比较封闭的村庄里，一个人得了麻风的消息在短时间内就会被全村人知道，病人就迅速成为众矢之的，失去正常生活的权利。这是所有病人和医生都不愿看到的结局。门诊的开设在很大程度上解决了这一问题，患者去的是皮肤科门诊，直接在这里拿药，然后回家吃药就解决问题了，不会对他们的日常生活产生影响。同时，从门诊上发现的麻风病人一般都是早期的病人，病情处于完全可以控制和治疗的状态，也不会产生身体残疾的恶果。

山东省皮肤病性病防治研究皮肤科门诊的成立，是麻风防治史上的大转折，其效果是不言而喻的。随后，好多省份来到山东省学习、调研、取经，而后他们也建立了自己的皮肤科门诊，用于早期发现和治疗麻风病人。紧接着，在之后的几年时间里，山东省内的绝大多数市（地）、县（区）皮防机构，在省皮肤病性病防治研究所的指导和引领下，也纷纷开设了皮肤科门诊。

自20世纪50年代起，全国自上而下建立了各级麻风防治研究机构，这种机构以事业单位的编制保留至今。20世纪60年代末，全国又建立了可以用于确诊和治疗的专业麻风门诊，大量的麻风病人在门诊上被确诊并接受治疗。可以说，在结束了大范围的基层调查工作以后，第二代麻风防治工作者们创造了一条麻风防治的新路子，这条路子一直延续至今。

改革开放以后，大面积的麻风调查工作再一次展开，但是其规模和时间均不能与新中国成立初期相比。实际上，很多地区再也没有动辄几十支麻风调查队伍一齐出动的壮观景象了，但是涉及各个村庄的麻风的发现和上报机制依然存在，并延续至今。其实，经过赵天恩等人的实践与推动，各市（地）、县（区）级皮防站都建立了一套自上而下的皮肤科门诊，承担了主要的麻风发现和治疗工作。

山东省皮肤病性病防治研究所于1984年从腊山脚下搬离，搬迁至现在的济南市经十路27397号位置，并在济南市区建立了门诊。此时全年的门诊数量已经超过60000人次，到了20世纪90年代后期，每年的门诊数量已经超过80000人次。

皮肤科门诊的开设，极大地推进了麻风防治工作"早发现、早治疗"的进程。覆盖全省的皮肤科门诊，发现了大量的刚刚出现症状的麻风病人。这种通过门诊诊断、拿药到家中治疗的方式，使麻风病人实现了与医生的快速链接，及时的治疗也加速了他们的痊愈。在这种情况下，截止到1981年底，山东省的现症麻风病人已从新中国成立初期的5万多人迅速下降至 2358 名，病人总数从全国第 3 位降至全国第 13 位，全部市（地）、县（区）的病人都已减少至 100 人，且有 34 个市（地）、县（区）的麻风发病率和患病率达到基本消灭的指标。

1981 年，卫生部在广州召开"第二次全国麻风病防治工作会议"，会上提出了"本世纪末在我国实现基本消灭麻风病的规划目标"。随后，山东省根据本省的实际情况确定了 1992 年前全省以市（地）、县（区）为单位基本消灭麻风病的规划设想。

麻风病基本消灭的标准，由世界卫生组织制定，主要是指一个地区每年的新发病人的比率，这个比率只要在 5/100000 以下，就可以称得上基本消灭，而中国提出的麻风病基本消灭的指标比率为 1/100000。显然，这是一个政党、一个国家为了人民的利益而自我施压的结果，是一个执政党初心的具体体现。因为谁都明白，每降低一个点，整个国家就要支付数额巨大的成本，全体麻风防治工作者就要付出难以计数的劳动。

从 1981 年开始，山东省开展了一般性线索调查和重点疫点的全民普查，赵天恩等人受卫生部委托，在山东省开展了由单一的氨苯砜治疗转为三种药物联合化疗的治疗方法的试点。这种联合疗法对顽固的麻风是一个毁灭性的打击，不仅使患者的治愈率大幅提升，而且使治疗周期大大缩短。1992 年，全省仅剩现症麻风病人 321 例，麻风发病率降至 3.7/100000，近 5 年平均发病率降至 3/100000，全省 135 个市（地）、县（区）均已经达到基本消灭的标准。

1994 年 4 月，对于山东省麻风防治工作者们来说，是令人骄傲的时刻。从当月的 15 日至 28 日，卫生部对山东省麻风防治的基本达标进行了考核抽查，不出所料，验收合格，山东省完成了基本消灭麻风的历史使命。而山东省也成为全国第一个达到以市（地）、县（区）为单位基本消灭麻风的省份。

这是令人欣慰的，为了这一刻，整整用了 45 年，两代人的努力终于让人看到了铺天盖地的光亮。在这个漫长的历史跨度里，无数麻风防治工作者们抛家舍业、日夜兼程,承受了常人所不能承受的痛苦,背负了常人所不能背负的重任。这些令人肃然起敬的麻风防治工作者们,在上万个日日夜夜的孤独中坚持了下来。他们发现病人、治疗病人,他们是医生;他们收容病人、照顾病人,他们是亲人。他们消除了数以百万计的麻风病人的痛苦,拯救了数以十万计的麻风病人的生命,也唤醒了数以万计的麻风病人熄灭的心灵之光。最终,在45年的历史长河中,那个低于1/100000的伟大数字,向世界骄傲地宣布:中国人民在中国共产党的带领下,已经与世界上所有的发达国家一样,战胜了不可一世的麻风!

此时,在这片古老文明的土地上,再也没有一个麻风病人像45年前那样被抛弃、被放弃,再也没有一个麻风病人在绝望和无助中离去。他们享受的是免费的治疗、免费的照料和免费的生活物资,他们已经获得了一个正常人甚至超过正常人的关于生命的基本权利。这一切都要归功于一个政党的执政理念,归功于那些默默奉献的麻风防治工作者们。曾经的孤独、曾经的磨难依然会深深地刻在他们心头,我们也有足够的理由将他们的孤独和磨难铭记在我们的心里,而后向他们致敬,感谢他们给活在这个时代的我们创造了一个关于爱的伟大传说。

然而,一切都还没有结束。

## 4. 最后的"村长"与未达的远方

1998年,赵天恩与陈树民来到潍坊安丘,这是一次常规性的调研,但包含了特殊的任务。安丘的麻风村是20世纪50年代通过村庄整体搬迁后建立的,顶峰时期村里的人数超过200人。虽然随着麻风得到有效且稳定的控制,村里的人数持续减少,已经剩下不足40人,但它始终是整个潍坊地区极具代表性的麻风村。

在这里,赵天恩见到了麻风村的"村长"胡守明。

麻风村中所谓的"村长"与行政村的村主任有一些相似。较大的麻风村人口往往有几百人，甚至上千人，其规模与行政村相当，加上其广阔的自有耕地与住宅用地，实际上它在日常运作过程中的很多方面，与行政村保持了一致。在这种情况下，它自然需要有一个组织进行日常管理。按照村庄村民自治的传统，很多麻风村会选择建立一个"村委会"，这样的"村委会"所发挥的作用与行政村落的村委会是一致的，也是一个村庄的议事与决策机构，但它并不是法律意义上的行政组织。以这个麻风村为例，胡守明是这里的"村长"，负责为整个麻风村办理本村的公共事务和公益事业，调解民间纠纷以及协助维护社会治安。整个"村委会"由三个人员组成，他们是通过村民们选举产生的。"村委会"有自己的办公地点和章程，甚至刻有自己的"公章"。但是这一切都是自发的行为，它既不属于政府组织也不属于社会组织。应该说，它只是特定时期产生的特殊组织。

麻风村的"村委会"与"村长"非常有效地保证了几百人的麻风村的正常运转。以麻风病人管理麻风病人的办法杜绝了显而易见的沟通和理解上的障碍，这种障碍往往产生于正常人和麻风病人日常交流的过程中，因为立场不同会导致交流的双方产生难以理解的差别，而"村长"的出现则解决了这个问题。

胡守明，在安丘的麻风村干了几十年的"村长"。

这不是赵天恩第一次见到胡守明，他之所以一次次地选择来到安丘，来看望胡守明，是因为这个"村长"身上有着不同于其他病人的坚毅、坦然、愉悦，而且充满了对生活的美好向往，这让赵天恩惊讶、敬佩。他给了赵天恩足够的吸引力。这一次，赵天恩不仅仅是来看望这个老朋友的，他还带来了一个特殊的"任务"。

在老朋友相互拥抱之后，赵天恩开门见山地向胡守明问道："老胡，最近有没有什么安排？"胡守明摇了摇头。赵天恩说道："那你跟我出趟远门吧。"胡守明没有丝毫的犹豫，点了一下头，问："咱们去哪里？"

"北京。"赵天恩微笑着回答道。

"北京"两个字，让胡守明愣住了。北京，这是一个在所有中国人心里极为特殊的地方，也是一个所有中国人心中无限向往的地方。那里代表了希望，代表了光明，代表了一代又一代人心中不断壮大的理想。特别是对于已过50岁的胡守明这代人而言，历经了五六十年代的艰苦卓绝与七八十年代的历史变革，远方的北京更有着让人孤注一掷的向往。可是，胡守明不明白，自己去干什么呢？自己这样一个麻风病人去往北京能够干什么？赵天恩总不能带着自己去旅游吧？

赵天恩注意到了胡守明疑惑的表情，向他解释道："你去北京，不是我定的事情，是组织上反复斟酌的决定。这一次，我们去北京需要待上七八天的时间，你和我都有着极为重要的任务。"胡守明迫不及待地问道："我们去北京到底是做什么？"赵天恩回答道："去开会，参加第十五届国际麻风大会。"胡守明又愣住了。他还是想不出来自己到底能够干什么。麻风大会是国际性的会议，在当时还是五年开一届，每一届都在不同的国家召开，来自世界各地的麻风专家和卫生组织的领导都会参加，主办地区的领导人也会出席会议。国际麻风大会对于所有从事麻风防治甚至是相关工作的人来说，都是一个遥不可及的世界性的盛会。能够参加这种会议，是一种荣耀、一种认可，更是一种激励。赵天恩可以去参加会议，他代表的是山东省的麻风防治工作者们，可是自己去了能干什么呢？自己就是一个"病人"哪！

赵天恩继续向他解释道："这是国际麻风大会第一次在中国召开。你这次去是代表山东省，不对，是代表整个中国的麻风康复者做大会发言。"

胡守明呆住了。此刻，他已经感觉到了紧张。这一次，他将去往他人生中去过的最遥远的地方；这一次，他将代表整个中国百万的麻风康复患者；这一次，他将在面向整个世界的广阔舞台上讲述中国麻风病人们自己的故事。

而这一次，距离胡守明"只想去死"的时间节点，过去了整整30年。

1969年，23岁的胡守明在光荣的中国人民解放军的部队里，已经度过了三个春夏秋冬。20岁的时候，他以优异的成绩考入昌潍一中。在那个年代，能读高中就是极为让人羡慕的事情了，他出生的村庄里在当年只有他自己考上了高中，这让他的亲戚朋友无比兴奋。随后，胡守明又凭借良好的身体素质和机敏的反应状态，光荣地加入了中国人民解放军，在潍坊当地的部队里服役，成了一名现役的防化兵。至少到那时为止，胡守明的人生经历是所有年轻人向往的。可是，令所有人都没想到的是，生命马上就给他开了一个大大的玩笑，他马上就经历了从山顶坠入深渊的绝望与痛楚。

1969年的一天，在与战友一起打篮球的过程中，胡守明发现自己的腿上出现了一块白斑。白斑的面积有手掌那么大，不疼也不痒，但奇特的是，生长这块白斑的皮肤光滑无比，汗毛脱落，甚至连附着在上面的尘土都能够一吹即落。胡守明盯着腿上的白斑，拿着毛巾来回擦拭了一下，依然没有过多的感觉。门外战友的呼喊声将他吸引了过去，他忽略了腿上的症状。他不知道的是，在那块白斑的深处，他的末梢神经正在一步步地退化，而他身体内的麻风杆菌正在不断地繁殖和扩散。

之后，胡守明因为治疗其他疾病，来到了淄博一家军属医院。此时，他又想起了腿上的白斑，白斑的范围已经扩大到了将近两倍的程度。年轻的军医看了看，并没有过于在意，而是按照一般皮肤病的处理，给他拿了两盒药膏。胡守明回到部队，按照医生的叮嘱按时敷药膏，可是始终未见疗效。一个月之后，他的病情引起了部队领导的注意，部队领导请了几位专家专门为他进行会诊。结果已经不再出乎意料，胡守明在23岁的年纪，在部队服役近三年之后，被确诊患了麻风。

随后，胡守明先在部队里隔离治疗了两个月的时间，然后按照当时麻风防治的一贯做法，被送往了离自己家乡仅有25里地的麻风村。

带着从部队拿回来的简单的行囊，年轻的胡守明住进了麻风村。他机械地将自己的行李放到屋里，然后坐下来，表情漠然地看着窗外，眼神空洞，身体僵硬。他看到了这里没有人烟的孤独的环境，看到了一个个身体已经出现残疾的老人，看到了他从未想过也从未见过的场景。一切已经成为定局，一切已经不可改变。胡守明整个脑子里都是空白的，他忘记了过去的一切，忘记了身体的所有知觉；他失去了对于未来的向往，失去了对于生命的珍视；他只有一个想法，死！

整整一夜，他没有躺下，没有喝水，没有吃饭，也没有离开过自己的屋子。他坐在没有电灯的无尽黑夜中，像是一具早已失去思想的僵尸。他将过去20多年的点点滴滴进行回忆，权当作他即将要离开的一场有关自己的总结。

绝望、无助与悲伤，就在他决定离开这个世界的夜晚，被肆无忌惮地放大，然后狠狠地扣在他的头上，犹如一座高山，令他窒息。

第二天一早，胡守明没有去食堂吃饭。此时，麻风村的"村长"周秀堂来到了他的屋里。看到胡守明的状态，他已经明白了一切，不再多问。周秀堂回到食堂，给他带来了早饭，放到他的面前，胡守明依然没有动弹。周秀堂坐下来，说道："你想死，我知道；你不怕死，我也知道，因为你是军人。""军人"两个字让胡守明有了一些反应。周秀堂继续说道："我刚来的时候和你一样，也想死。得了这个病，活着似乎就没有意义了，除了死，我当时没有任何想法。"胡守明僵硬地转过头来看着他。周秀堂继续说道："你一定要去死，谁都拦不住你。但是，你得知道，人的死得有一定的意义。你在这里死了，没有人知道你，也没有人记得你。你是当过兵的，是咱们这里唯一当过兵的，当过兵的人得有骨气。你这样死了，让你的战友怎么看？"周秀堂一边说，一边看着胡守明。他发现胡守明的表情有些放松了，便继续说道："我来的时候都50岁了，50岁就算活到头了。但是我觉得我没有活到头，我还能做很多事情。你站起来看看，看看那些已经残疾了的六七十岁的老人们，他们都能活着。你才20来岁，你还有好几十年的生活呢，你凭什么就非要死？"

这一番话下来，胡守明再也忍不住了，突然放声大哭起来。周秀堂走过去,狠狠地抱住了他,坚毅地说道:"活着比什么都好,先活出个人样来,折腾上几十年,死得也有念想了。"胡守明继续哭着,周秀堂放开他,打开了窗户和大门:"你放心,大夫已经跟我说过了,你这个状况两三年就能治好,不会有身体残疾,就和正常人一样。"周秀堂走了出去,又回头嘱咐道,"吃了饭出来看看,太阳都上天了,咱们这里和你老家一模一样。"

胡守明抹了一下眼泪,抬起头,果然看见一道阳光顺着打开的窗户射了进来。早上的阳光明亮而柔和,映照着小小的房间,使这里充满了温暖与光亮。

从此,胡守明便在这里住了下来,整整30年。他的病很快被治愈了,除了手指有些许不便,没有其他任何残疾。痊愈之后的胡守明没有离开麻风村,而是开始管理和治理这个小小的村庄。几十年的时间过去了,小小的村庄成了周边村庄羡慕的对象,因为这里有着更为丰厚的福利待遇,也有着更加丰富的自然资源。以前周边的村民不敢来,现在胡守明不让他们来。问起原因,胡守明笑着说:"俺们这里最早有了自来水和电,还有比他们多的土地,比他们过得好多了,才不让他们来哩。"

赵天恩走了几个月之后,胡守明来到了济南,然后跟随山东省代表团的成员们,一起来到了北京。30年前当兵的时候,他来过北京;30年后再来,他发现这里早就变了模样。

1998年9月,第十五届国际麻风大会在北京如期召开,来自67个国家和地区的代表参加了会议。胡守明穿上了西服,打上了领带,与所有人一同吃饭,一同参加各种会议。他还认识了很多外国朋友,并通过赵天恩的翻译,高兴地和外国人聊起了天,这可是他人生中的第一次。

在大会的第二天,轮到胡守明发言了。在北京国际会议中心偌大的会场里,胡守明说了不到十分钟的时间。这个十分钟,对于胡守明而言,是人生中最为重要的十分钟,对于中国麻风防治工作也有着极为重要的意义。这是100多年来,第一次有中国麻风病人在麻风大会上发言。他代表中国的麻风康复者向世界骄傲地宣布，中国麻风病人的生活一天一天地好起来了；他也向世界骄傲地展示，中国麻风病人的日子一天一天地幸福起来了。正如胡守明发言中的那句话一样："从1949年开始，我们的生活一天好过一天。"

是啊，从1949年开始，中国从在世界上排得上号的麻风重灾区，一步一步变成了麻风基本消灭的地区，这是令人欣喜的成绩。对于胡守明来说，他可能是中国最后一代麻风村的"村长"了。随着麻风可在短时间内被治愈，麻风病人像普通皮肤病人一样在家治疗成为现实。没有残疾，不需要隔离，麻风村已经失去了它最初建设的意义。全国各地的麻风村村民越来越少。大多数麻风村在几十年的时间里没有一个麻风病人可以接收。随着住村的老人们年龄不断增大，开始离开人世，麻风村也完成了它的使命。一个个的麻风村被拆掉、被合并。应该说，胡守明不仅是最后一代麻风村的"村长"，也将是中国最后一代麻风村村民。

作为最后一代麻风村的"村长"，胡守明们的工作已经完成了。而对于麻风防治工作者们来说，他们的工作还远远没有结束，胜利的彼岸还远远没有抵达。

在拿到基本消灭麻风的文件后，医生们将它放到一边，因为他们明白，那个人类共同面对的跨越几千年的恶魔还没有消亡，基本达标不等于彻底消灭。在漫长的人类发展过程中，麻风从未被彻底消灭。它的波动性和反复性，也从未被人类所掌握。在山东省基本消灭麻风之后的十年时间里，新发病人的数量虽然一直控制在1/100000以下，却没有呈现出一直减少的趋势，总是有所减少，又有所增加。即便是在世界范围内，也出现了这样的情况。更为重要的是，截止到20世纪90年代末，在世界范围内依然没有从医学科学的角度，彻底解决麻风病的一些基本问题，例如麻风病究竟是一种传染病还是遗传病？麻风疫苗能研发吗？麻风，依然像一个隐藏在黑暗处的恶魔，要想彻底战胜它，必须将它从黑暗的深处连根拔起，将它的体肤、血液和所有部件，都清清楚楚地以科学数据的方式呈现在聚光灯下，然后剪掉它所有的爪牙，将它彻底杀死。但是，这些工作对于第二代麻风防治工作者们来说，已经过于繁重了，因为此时的他们已经到了快要退休的年龄。对于医学科学的未来，身心疲惫的第二代麻医们，已感觉力不从心了。

第二代麻风防治工作者们从20世纪五六十年代参加工作，时间已经过去了40多年。这40多年，是他们最好的年华，也是他们精力最为旺盛的时期。40多年过去了，很多人已经满头白发，即便是最年轻的医生也已经50多岁。这个年龄的人的脑力已经无法与三四十岁的年轻人的相比，因此，战胜麻风，必须依靠下一代人。

1991年，赵天恩已经担任了山东省皮肤病性病防治研究所的所长职务。一天晚上，结束了所有的工作后，他打开了自己书房的灯，拿出一张信纸，准备给自己的学生写一封信。赵天恩和自己的学生的信件往来很频繁，在几年的时间里一直没有间断，这封信在他和自己的学生的所有交流过程中也很平凡。

信件是发往南京的，信件的内容大致是这样的：福仁，已经是六月份了，听闻你即将博士毕业，我很欣慰。几年的时间，你从一个医学研究生成长为中国顶尖医学院的博士，这是让所有曾经教过你的老师都高兴的事情。在中国，医学博士都是比较缺乏的，而在皮肤学科里，博士更为珍贵。再有一个月，你就将从南京的大学里顺利毕业了。你有很多地方可以去，很多地方也会开出足够好的条件，邀请你过去工作。我想，如果可能的话，你还是回到山东来，这里是你的故乡，有你熟悉的环境和同事。我想，你在这里会有很大的作为。麻风马上就要实现基本消灭了，但是你是知道的，它永远也不可能完全消失。因此，麻风的防治还有很长的路要走……

信件到达南京。28岁的张福仁在南方湿热的空气中打开了这封信。是的，他即将完成博士课程的学习，走向新的工作岗位。张福仁读完信件后，陷入良久的沉思。山东——那里是他的家乡，他在那里学习，在那里生活，在那里工作，也在那里组建了家庭。现在，那里依然对他有着巨大的吸引力，因为他明白，依然有一个未竟的事业需要他策马北上。那个事业是漫长的，他的老师赵天恩没有完成，他老师的老师尤家骏也没有完成。也许在他有限的生命中，他也无法完成。但是在他往后的岁月中，这种 60 多年传承下来的使命和任务，他无法割舍，即便是付出一切，亦不可耽搁！

下 篇

# 使命荣光
## ——奔赴世界与未来

# 一、走向世界的力量

这一研究成果对麻风病的发病机理、易感个体的筛查和预防具有重大意义,为从根本上消灭麻风病奠定了坚实的基础,也为今后开展其他传染病易感基因研究积累了经验。——包文辉在山东省人民政府"全基因组关联分析发现麻风病易感基因"新闻发布会(2009年12月17日)上的发言

医生应当是不竞争、不喧嚷的,他们的天职就是扶伤、救穷、治病。——〔加拿大〕威廉·奥斯勒

未竟事业——终止传播,预防残疾,促进融合。——第十九届国际麻风大会的主题

## 1. "1+1＝2"的猜想

1985年,刚刚从滨州医学院毕业的张福仁,被分配到山东省皮肤病性病防治研究所。在这里,他学着看门诊、做科研;在这里,这个刚刚毕业的年轻小伙子第一次接触到麻风和麻风病人。但是,他一直没有机会到各个村庄去看一看生活在那里的麻风病人,看一看他们的生存状态

是什么样的。一年之后，机会终于来了。此时的科室主任潘玉林，准备到各个地市进行调研。在张福仁的请求下，潘玉林带上了他。准备出发时，潘玉林笑着问他："大家都不愿出去，受苦受累的，你怎么这么积极？"张福仁回答道："干麻防的，总得多见见麻风病人哪。"潘玉林没有说什么，但凭他几十年的从医经验，他感觉这个小伙子是干麻风防治的好材料。

那时候，我们国家正处在改革开放的初期，物质基础相对薄弱，条件艰苦，出差的日子并不好过，常常是睡大通铺，吃路边饭。进村的工具总是一辆自行车，路近就直接骑车走，路远就把自行车放在火车上托运。折腾了一天一夜，两个人终于到了调研的第一个村庄。

村庄位于一个小小的山坳中，满打满算300多人，实在算不上一个大村。两个人先是在乡卫生院拿到了线索，然后到了村子里，找到了当地的村医。为了不引起村民的骚动，潘玉林把村医叫到了村外的庄稼地里，从提包里拿出一个小本子，翻了一下，问道："你们村子里就一个病人吗？"村医点了点头，顺手指着村子边缘的一户人家说道："就在那里，姓杨，我带你们过去？"顺着村医的手指看过去，在村子西北角，离村户聚集地大约二百米开外的树丛中，孤零零地藏着一户人家，能隐约看见冒出的矮矮的房脊，但是看不到院子。潘玉林摆了摆手，说道："我们俩先过去，人多影响大，你帮我们看一下东西吧。"

说完，潘玉林将身上的背包和药箱一股脑地放在了地上。张福仁疑惑地看着他，也学着将自己的行李放在地上。现在，他的双手是空的，只有潘玉林手上拿着一个手提包，这也是全科室唯一的手提公文包，谁出差谁就拿着。张福仁跟在潘玉林后面，两个人绕开了村子里的主路，通过田间地头的小路朝着那户人家走去。张福仁回头看了看越来越远的两个人的行李，问道："主任，咱们什么都不拿，万一用上了怎么办？"潘玉林拍了拍自己的手提包，说道："如果需要，再回来拿，我们要尽量低调，能隐藏自己尽量隐藏。如果咱们大包小包的，人家一看就是外地来的医生。麻风病人不容易，我们要尽量维护他们的脸面，尽最大可能替他们保守秘密。"

年轻的张福仁点了点头。

走过小树林，绕过庄稼地，他们就看见了那户孤独的人家。那户人家处在整个村子地势的最低处，露出来的房脊刚刚能看得清楚，上面覆盖着茅草，小风小雨的还能抵挡，一旦大雨袭来，便将毫无抵抗力。他们越走越近，张福仁的眉头也皱得越来越紧了。他看到，这户人家几乎没有院子。西边是堆积得两三米高的柴草堆，勉强当作一面院墙；东边是用废旧木板拉起的一道不足一人高的围栏；南边则敞开着，没有任何遮挡。进到所谓的"院子"里后，他发现情况更令人揪心。地面上摆满了各种各样的杂物甚至垃圾，垃圾堆后面是一个不能称得上"房屋"的建筑。整个"房屋"只有四根木头柱子在四角撑着，上面是简单的茅草搭起的房顶，而"房屋"的四周是用各种各样的板材、塑料等废旧物资做成的围墙。

在院内垃圾堆的中间，坐着一个衣衫破烂的妇女，正用双手在地上划拉着什么东西。看见张福仁两个人走进来，妇女抬起头看了他们一眼，紧接着就又低下了头。但是就在她抬头的那一瞬间，张福仁看到了她的眼神，浑浊而迷茫，再加上她的面部表情，他下了一个判断：这名妇女的精神应该有一些问题。

潘玉林似乎没太在意这里的一切。他径直走向屋门，冲里面喊了一句"老杨"。里面答应了一声，接着走出来一个中年男子。张福仁盯着这名中年男子看，见他身上所有的衣衫都已经破旧不堪，头发散乱着，掩盖着他的脸，但还是能够从露出的部分看出来，他的面部已经出现了一些变化，鼻梁已经有些塌陷了。

潘玉林对他说道："老杨，我们是民政部门的，来看看你过得怎么样了……"接着，两个人聊了起来。潘玉林一边与他聊天，一边用手触摸他的面部以及肘部的神经，并不时地询问一些问题。半个小时后，潘玉林从手提包里摸索出几张纸币，塞到了他的手里，然后招呼张福仁准备离开。张福仁向屋内看了一下，猛然发现在屋子的角落里有一个小小的床铺，床铺上蜷缩着一个人，背对着屋门，看不清面孔，但是从盖着的被子的形状可以判断，那个人的身躯非常瘦小。

在回去的路上，潘玉林给张福仁说起了老杨家的故事。

老杨的母亲在快50岁的时候查出了麻风。查出麻风之后，老杨的父亲为了向全村人封锁消息，不准她吃药，更不准医生上门为她看病。久而久之，老杨的母亲造成了身体的残疾，不得不截去了双腿，成了一个生活不能自理、常年卧床的残疾人。这一下，他们家有麻风病人的消息再也隐瞒不住了，村子里的人开始排斥他们、鄙夷他们，甚至嘲弄和辱骂他们。老杨的父亲忍受不了这种来自亲戚朋友的冷漠和村民的排斥，在孤独和无助中苟活着。没过几年，他就在绝望中去世了。他的死因是心脏病——长时间情绪变化导致的心肌梗死。可是，村子里的人不认为老杨的父亲是死于心脏病或其他疾病，他们一致认为，老杨的父亲是被麻风传染了，死于可怕的大麻风。一贯的认识和残酷的现实，让村子里的人固执地相信：可怕的麻风是会传染的，一旦传染上了麻风就可以致人死亡。于是，恐惧和绝望开始在整个村子里蔓延起来。

老杨家的不幸在几年之后再一次出现了。在父亲去世几年之后，老杨自己也被确诊为麻风。这一次老杨有了母亲的教训，一发现病情就赶忙到山东省皮肤病性病防治研究所治疗，并很快被治愈了，除了鼻梁出现了一些塌陷，没有其他任何症状。村子里再次出现了传言，那就是麻风不仅仅是传染病，还是一种遗传病。要不，老杨怎么也得了麻风呢？只要家里有人得了麻风病，他的直系亲属就一定会得麻风病。这一次，老杨和他的母亲彻底被抛弃了。他们不被允许在村内的家里居住，而是被赶到了现在居住的地方；他们不再被允许在地里耕种，因为他会传染给大家麻风。老杨只能依靠去其他村庄收捡破烂维持生计。这样的家庭是没有人愿意嫁给他做老婆的，最终，他娶了一个有精神疾病、同样无家可归的女子。而老杨的母亲依然瘫痪在床，就是张福仁看到的那个蜷缩在床上的瘦小的人。

张福仁听完这个故事后，心里像压着一块重重的石头，酸楚、怜悯、悲伤、痛心，无数消极的情绪难以名状地聚集到了一起。张福仁问道："主任，您说咱们干了这么长时间的医生了，这麻风，到底是一个传染病还是一个遗传病？"

潘玉林上下打量着张福仁，这是所里那么多年轻医生中第一个发出这种疑问的人。潘玉林说："你怎么突然提及这个问题？"

张福仁说："从尤家骏老师到赵天恩所长，咱们的麻风防治也有40年了。尽管取得了不小的成就，可是咱们一直没有弄明白麻风是传染还是遗传的呀？弄不清楚这个问题，咱们就不能算摸到根上了呀。"

潘玉林说："福仁，你这个问题问得很好。我可以负责任地告诉你，直到现在，在全世界范围内没有任何科学研究有充分的证据证明，麻风的传染比重大，还是遗传比重大。"

张福仁纳闷地看着潘玉林，潘玉林则笑着说道："我明白，你想知道其中的原因，但是我不知道，赵天恩所长不知道，尤家俊教授也不知道，因为至今还没有人能够研究得出来。"

"没有人能够研究得出来。"这句话深深地击中了张福仁。张福仁继续追问道："主任，你平时接触过这么多的麻风病人，就没有什么证据上的发现吗？"潘玉林想了想，说道："我只能说，我所见到的所有病例，没有一例是抛开血缘关系而通过日常接触传染的。我甚至没有见过丈夫传染给妻子，或妻子传染给丈夫的案例。所有的被传染者，或多或少都和麻风病人有血缘关系。"张福仁似乎明白了什么，说："那么主任，可不可以这么说，麻风在传播的过程中，遗传因素是主要的？"潘玉林停了下来，和张福仁面对面地站在一起，说："福仁，你记住，咱们都是医生。医学工作者必须讲证据，而证据是普遍性的。你接触到的和看到的都不能当作证据，证据必须是涉及绝大多数人的科学性的依据。"张福仁点了点头，继续问道："您近期想不想做这方面的研究，可以带着我。"潘玉林回答道："我倒是在考虑，准备去潍坊地区多找一些样本。但是，福仁，咱们的路子是不一样的。你是一名研究生，你需要运用更现代化的科学技术，去寻找足够的科学上的证据。我是一个医生，给麻风病人治好病是我的责任。咱们好不容易出来这一趟，你咋突然对这个问题这么感兴趣？"张福仁回过头，看着身后不远处那个小小的由各种垃圾堆积而成的庭院，说道："假如我们能够证明麻风病遗传因素的影响比例，那么，麻风患者就不会像老杨一家那样被赶出去了。"

在小路上，潘玉林再次认真地看着张福仁。

自1873年麻风杆菌被发现以来，人们普遍认为麻风是一种传染病，这种观点是无可厚非的。麻风的发病主要是因为血液中有活跃的麻风杆菌，这种杆菌不具备遗传性，不会通过自然生育传给下一代。以心脏病为例，如果父母一方本身患有心脏病，所生育的下一代可能在刚刚出生就患有先天性的心脏病。但是麻风是不会直接通过基因遗传给下一代的，也就是说，一个体内有麻风杆菌的人，他刚刚出生的孩子体内是没有麻风杆菌的。要证明这一点，显微镜就能做到。

因此，从1873年开始，在近百年的时间内，麻风一直被认为是传染病，且是通过呼吸、飞沫进行传染，非常难预防。医学界也普遍认为，麻风是可以通过日常生活接触传染的。出于医学界的这种思维定式，在相当长的时间内，麻风在社会上引起了人们的极大恐慌，且不断发酵。社会大众认为，麻风的传染太过简单而又难以预防，麻风病人必须被隔离。这种认识让麻风病人受到了来自社会方方面面的歧视，甚至有的国家出台了有关麻风病人管理的法律。如日本在20世纪初就出台了《癞病预防法》，其中就有对于麻风病人的管理措施。直到1996年，这部法律才被日本国会废除。

假如有医学证据能够证明，麻风的发病有遗传因素，那么将史无前例地扭转人们对于麻风病的看法。

很可惜，截止到 20 世纪末，在世界范围内没有任何一个权威的医学科研成果能够对此有所证明。

但是，在广大的麻风防治工作者日常接触病例的过程中，他们都发现了一个比较奇怪而且具有普遍性的现象，那就是：已经发现的麻风病人之间，绝大多数都具有一定的血缘关系。

举个例子来讲，一个五口人的家庭，丈夫确诊了麻风，两个孩子也确诊了，但是妻子和另一个孩子却没有发现麻风。如果麻风单纯地是一种传染病的话，那么，跟丈夫一个锅里摸勺子的妻子，最具备被传染的条件，理应最先被传染上才对。夫妻才是日常接触最密切的两个个体，反而接触最多的妻子没有被传染上，接触相对少的孩子却被传染上了。同时，夫妻二人所生育的三个孩子只有两个被传染了麻风，有一个没被传染，这也是一个疑点。三个孩子有共同的基因，同样是与病人进行日常接触，为什么有一个孩子就没有被传染？

每个麻风防治工作者手中都有这样的案例。虽然患者的情况不同，但是总能在绝大多数案例中发现，病人的直系亲属有过麻风的病史，不管是外婆、舅舅、姨妈，还是爷爷、叔叔、姑姑，总是摆脱不了血缘关系。

这些在日常工作中发现的疑点，引起了中国医学科学工作者的注意。可以这样猜测：麻风确实是一种传染性的疾病，但是在传播的过程中不是普遍性的，个体的基因差异造成了感染可能性的差异，而这种基因的差异又具有一定的血缘因素。

中国的医学工作者开始不断地对这种猜测进行调查和研究。在山东省，第二代麻风防治工作者早已经行动起来。

在 20 世纪 80 年代，山东省皮肤病性病防治研究所的汪洋、赵天恩、潘玉林、杜立彬等多人组成的科研团队，对山东省内 20 多年来发现的麻风病人及其密切接触的家属进行了摸底调查研究，旨在探究遗传因素在麻风传染过程中的作用。众多的论文我们不再一一阐释，但可以选取其中的一个数据。在针对潍坊市近 20 年涉及 1000 多名麻风病人的实地调查中发现，这 1000 多名麻风病人的配偶中，没有一个人感染过麻风；其他与麻风病人接触的患有麻风的人群中，子女的比例最大，而剩下的无一例外也具有一定的血缘关系。除此之外，其他人与麻风病人进行日常生活的接触，只要没有血缘关系，就没有一人患有麻风。

实际上，从山东省皮肤病性病防治研究所 20 世纪八九十年代发表的论文中也可以看出，医生对于麻风的遗传因素，已经有了非常成熟的思考。直白地讲，从事麻风防治工作的医生已经可以确认，麻风在传播的过程中极大地受到了遗传因素的影响，这一结论是基于大量个体实际论证的结果。但是非常可惜的是，这种结果从现代医学的角度来看，还不具备很强的说服力，直白地说，不能做证据来使用。

现代医学科学是极为严谨的，不允许出一点差池。如果要证明一件事情成立，就必须有理论数据和判断依据。一种传染性的疾病有的人被感染，有的人不被感染，现代医学需要去论证被感染的人为什么被感染，没有被感染的人为什么没被感染，这其中的原因究竟是什么。同样的，对于麻风，我们仅仅从几千人的个体调查中认定哪些人不被感染是不够的，科学需要的是更深入的理论依据，不能简单地以血缘关系作为是否感染的定论。我们可以简单地举一个例子来理解。比如乙肝，我们将乙肝病毒放入某个人的血液样本中，发现病毒在血液中存活且不断地繁殖，首先就可以判断这个人的基因有感染乙肝的风险。同时，我们要找到这种风险位点，也就是究竟是哪一个位点导致了乙肝病毒不断繁殖。确定这个基因的位点之后，如果其他大多数感染乙肝的患者基因里也有这样的位点，我们就可以说，凡是有这样位点的个体，都比没有此位点的个体有更多的感染乙肝的可能。如果这种基因中的位点是可以通过生理上的遗传存在的，我们就可以判断它的遗传背景。

当然，我们所举的这个例子，从医学科学上讲非常不严谨，它只是大体地说明了医学科学需要证实什么东西。而麻风也一样，既然认为麻风的传播具有较大的遗传背景,那么就必须将这个遗传背景找出来。可是,迄今为止,全世界所有的医学科学家,都没有发现它的遗传学上的背景到底是什么。

科学需要有志者的奉献。被麻风困惑了几千年的人类,在饥渴中盼望着这个科学成果的诞生。

1998年,已经升任山东省皮肤病性病防治研究所副所长的张福仁,按照日常工作安排在门诊上诊断病人。这一天,一个父亲带着自己的孩子前来看病。父亲四十来岁,孩子十来岁,正是调皮的时候。父子两个人是从肥城过来的。肥城是中华桃的生产基地,离着济南不远。张福仁打眼一看,十二三岁的孩子个子不高,身体也比较瘦弱。看得出来,父子两个人的生活条件不是很好,家庭应该比较贫穷。张福仁让孩子坐下,询问他的病情。父亲说道,孩子身上长了皮肤病。张福仁就让孩子过来,脱去衣服。果然,孩子瘦弱的身躯上覆盖的皮肤十分干涩,四肢上的显得更加干燥和粗糙,不少地方有菱形和多角形的不规则的鳞屑,像是鱼鳞和蛇皮一样的感觉。有的地方比较严重,已经出现了皮肤组织掉落的情况,也就是我们习惯性所说的"脱皮"。加上又是春季,干燥的季节使得孩子身上的症状更加明显。

这种疾病在皮肤科里,算是比较容易诊断的疾病了。张福仁看了一下,又摸了一下,心里已经可以判断了,如果没有其他症状,那么这就应该是"鱼鳞病"了。鱼鳞病并不是多严重的疾病,一般父亲有,孩子也会有,而且多是孩子小的时候发生,不会给生活带来多大的影响。张福仁就拿起了笔,一边写着一边问:"你以前也是这样的情况吧?"父亲点了点头。张福仁继续说:"这叫鱼鳞病,带着孩子验个血,没其他的事的话,开点药回家敷敷就行了。别害怕,真的不严重。"说完,他将手里的单子给了那位父亲。接过单子的父亲坐在原地没有动弹,心里似乎有什么隐藏的秘密。张福仁就试探着问道:"还有其他的事吗?"

父亲动了动,想要说什么,最终还是保持了沉默。

这种情况张福仁见得很多。有的病人会对疾病产生恐惧感，有的病人会对治疗费用产生畏惧，这都是比较正常的。张福仁就安慰他道："没事的，鱼鳞病不严重，不会影响生活的。冬天和春天比较干燥，显得厉害一点，夏天湿度大了就没有现在这么吓人了，你不要担心。我可以给你保证，治疗费用你也不用担心，吃顿饭的钱就能治好了。"张福仁说了一大堆，但那位父亲还是心事重重的。张福仁明白了，孩子肯定还有其他的病不好开口。他就直接问道："是不是还有其他不舒服的地方？"父亲这才开了口："孩子的眼睛有些发红。"张福仁把孩子的眼皮双双扒开，仔细一看：果然，孩子的眼珠有些发红，看样子有些炎症。张福仁不好意思地说道："孩子的眼睛确实发红，可能是发炎引起的。你应该带他去眼科的专业医院或者有眼科门诊的综合性医院，我们这里只能看皮肤病，没有治疗眼病的药物。"说完，张福仁还仔细地给他们画了一张去眼科医院的路线图。那位父亲拿着路线图，还是有些犹豫。但是最终，他还是站起身来，迈着有些迟缓的脚步走了出去。

就在父亲牵着孩子出门的一瞬间，张福仁突然感觉有一种情景从他的大脑中闪过。没错！他想起来了，就在几分钟前，他掀开那个孩子的眼皮时，就发现那个孩子的左眼眼皮不能像正常人一样自然、快速且顺滑地闭合！

麻风！很有可能是麻风的初期表现！

张福仁赶忙把两个人叫了回来，再次掀开孩子的眼皮。情况和刚才的一样，孩子的眼皮没有正常闭合。他的眼部神经已经轻微地损坏了，而眼珠发红不是因为炎症，而是眼皮不能快速闭合导致的眼睛疲劳。

张福仁关上门诊室的大门，向那位父亲问道："现在没有外人了，说吧，你是不是曾经得过麻风？"

在张福仁的追问下，那位父亲最终点了头。张福仁安排好这位父亲，自己将孩子带到了检验室。

检验结果出来了，孩子的血液中存在着麻风杆菌，他被确诊为麻风。张福仁决定按照组合疗法对孩子进行治疗。他安慰这对父子说，按照这个治疗方案，不出俩月就能治好的。

送走了父子二人，张福仁坐在自己的办公桌前，心里五味杂陈。这么小的孩子感染了麻风，尽管发现得较早，但是已经出现了不可逆的神经损伤，且他面临的将是长达一年的连续服药。张福仁工作后的第一个老师赵天恩不止一次地告诫他：你是一名皮肤科的医生，其他的皮肤病你都可以漏诊，唯独麻风，你一个也不能漏掉！记住了，我们所的前身就是麻风研究所！

几年以来，张福仁始终铭记着老师的教诲。他没有漏掉任何一个疑似感染的麻风病人，可是，他依然感觉无助和乏力，因为现阶段的麻风无法进行有效的预防。他也知道，麻风的感染与遗传基因有着紧密的联系，但是没有人能够发现基因中究竟是哪一个位点导致了麻风的感染。假如发现了那个容易感染麻风的基因位点，现阶段的麻风防治就可以解决以下基本难题：第一，可以逐渐地消除社会歧视，基因上没有问题就不会感染麻风；第二，可以对有麻风家族史的病人的直系亲属进行筛查，一旦发现有基因上的问题，就可以做到提前预防。

张福仁的想法是好的，但在那个时候看来，有些过于理想化。因为在那时，不管是从现代医学技术，还是从山东省皮肤病性病防治研究所本身的能力来看，这都不太可能。

答案已经被所有人知晓，答案也已经明明白白地摆在那个地方，就像是"1+1=2"一样简单明了。可是，没有一个人知道算出这个答案的方法和步骤。

寻找答案，是全世界麻风防治工作者共同的目标。这，关乎生命，更关乎希望。

## 2．希望尚存，必竭尽全力

2002年，张福仁已经完成了在欧洲的学习任务，回到了济南。他开始了人体基因中的麻风易感因子的科学研究。

此时，对于张福仁和山东省的其他麻风防治工作者来说，做这种科学研究的条件还不够充分：没有科研人员，没有资金，没有设备，连最基本的样本储存都没有。但是至少他们已经有了梦想，可以先干着。于是，张福仁决定不再等待。他开始逐步解决那个困扰他和他的老师，甚至整个世界的麻风防治工作者的问题。

关于张福仁和他的同事进行的科学研究，我们可以做一个简单的阐释。首先是收集样本。要大量收集样本，既要有麻风病人的血液和皮肤组织样本，还要有正常人的相同的样本。然后提取样本中的DNA，将所有的DNA样本进行数据整理。此时，会获得两组数据，一组是正常人的数据，另一组是麻风病人的数据。接着，将两组数据进行对比分析，也许就可以发现麻风病人的DNA中的不同点。最后，对这些发现进行深入研究，从科学的角度进行解释、论证。我们知道，DNA是人类遗传的关键，如果在DNA的分析中真的发现了遗传带来的麻风的易感因子，那么也就可以下一个论断：麻风的感染有着巨大的遗传因素。

但是，这一切都是建立在一个假设上面，那就是假设人类的DNA中，真的存在容易被麻风杆菌感染而导致患上麻风的因子，也就是我们一直所说的麻风易感因子。但如果这种假设是不存在的，也就是说这一切都来源于世人的猜测，那么这样庞大的工程就变成了无用之功。

张福仁在徘徊。

这时候，第二代麻风防治工作者的代表性人物赵天恩出现了。他用信任的目光看着这个年轻人，就像张福仁博士毕业前的那天晚上，他写信时的目光是一样的，充满了信任。尽管那次远在南京的张福仁没有看到老师的目光，但他从老所长的字里行间读到了这一切。其实，这种目光赵天恩自己也看到过，那是在"牛棚"里见到恩师尤家骏的时候。那天，尤家骏无言地看着对面的赵天恩，目光中同样充满了信任。

科学界没有无用之功。站在老师的目光里，张福仁和同事坚信，麻风的传染一定具有相当高概率的遗传因素的影响。而在同一时间，世界范围内许许多多的"张福仁"，早已经开始了相关的研究工作，加拿大、美国、法国……没有国界，也没有种族，全世界范围内的麻风专家都在不断地寻找人类基因中存在的麻风易感因子。他们与张福仁一样，在实际工作中积累了大量的经验——麻风一定不是一个简单的传染性疾病，一定有一个关键的因素决定着它的传播方式。而这个因素，足以改变几千年来全人类对于麻风的认识，彻底改变世人对麻风病人的态度，同时也将为千年麻风的彻底被清除提供可能。

只是，全世界的麻风专家还没有发现哪怕一个麻风易感因子。这是全世界所有的麻风专家的历史使命，这是涉及全人类健康安全的一个共同课题。这个使命是不分国界、不分种族的，不论是谁第一个发现了它，都将为人类的生命和健康做出巨大的贡献，也将给麻风病人带来重获新生的希望。它如同百年前人类发现了氨苯砜，给千万麻风病人带来福祉一样。

氨苯砜是1908年人工合成的，本来是想作为一种染料，后来发现了它的药用价值。1933年，人们发现了磺胺类药物的抗菌效果。这是抗菌治疗历史上的一个里程碑。因为磺胺类药物的卓著疗效，大家就从它的化学结构上找思路。磺胺类药物的共同特点是带硫基，那么各种带硫基的化学物质都值得实验一下，比如砜类。这个思路确实对头。1937年，英国和法国的医学家经过实验，发现砜类物质真的能抑制很多种病原菌，其中就包括麻风杆菌。但是，当时发现砜类物质副作用太大。后来经过小心探索发现，只要剂量正确，就可以有效抑制麻风杆菌。从1945年开始，氨苯砜就成为第一个全球公认的有效治疗麻风的药物，被迅速推广应用。

1960年，科学家发现某些老鼠的脚掌可以被麻风杆菌感染，然后用X射线照射感染的老鼠，能让感染扩散到它身体的其他部位（必须在它身体的其他部位制造出感染灶，才能进行有效的药物疗效实验）。1970年，科学家又发现美洲南部的九带犰狳可以直接感染麻风杆菌。这样就有了动物模型。这些发现加快了研究的步伐，麻风新药纷纷出现。1969年，氯苯吩嗪（氯法齐明）上市；1971年，利福平上市。现在麻风治疗主要就是这三种药物氨苯砜、利福平和氯苯吩嗪联合使用。根据世界卫生组织的观察数据，1980年全球还有500多万麻风病人，到2012年已经降到20万。这些成就的取得就是人类不断研究、发明有效药物的结果。

麻风特效药氨苯砜被发现的曲折历程告诉张福仁：关于生命，只要有一息尚存，有一丝希望，人类的奋斗者就将竭尽全力。此时，对于张福仁和他的同事来说，假如他们首先解决了这个问题，他们将代表中国的医学科学，为世界提供一份可供借鉴、使用的中国方案，就像氨苯砜一样，让世界共享，造福人类！这是令人兴奋的，也是令人骄傲的。

出发吧，亲爱的医生。这一次的出发，是和平年代中没有硝烟的生死搏斗。

张福仁和同事兵分三路，开始了涉及几个省份的麻风病人的样本采集。

到了20世纪80年代，中国的麻风防治工作者已经很少再像50年代那样，一个村庄一个村庄地奔跑了，因为此时的麻风新发病例已经少多了，村庄里居住的也都是已经治愈的麻风病人，身体出现残疾的病人大多数被安置在了麻风村。实际上，散居在各个村庄的已经痊愈的麻风病人，除了肢体有些异常，已经与正常人没有什么差别了。这一次医生再次进入各个村庄，无疑为安静的村庄带来了一场波澜，而医生也因此承受着极大的心理压力。

25岁的刘红刚刚从大学毕业，这是她第一次去村庄采集样本。用她的话说，做研究的没有男女之分。到达栖霞后，她联系了当地麻风防治机构的柳大夫，两个人一起来到了村庄。村庄里住着一个王姓的麻风病人，是前几年确诊的麻风，现在已经治好了。柳大夫在前面带路，不一会儿，两个人就来到了病人的家门前。他们敲了敲门，一个妇女应声开了门，然后疑惑地看着他们。柳大夫问道："老王在家吗？"他们得到的答案是他出去干活了。两个人就站在门口等着,因为人家一个女同志自己在家里,两个人都进去也有些不方便。

过了一个多小时,他们老远就看到老王单手扛着锄头走了过来,柳大夫热情地和他打招呼。没想到老王没有任何反应,还直勾勾地盯着刘红右手提着的药箱。刘红清晰地看到,老王原本平静的脸色一瞬间变得愤怒起来,因为愤怒而引起的血脉偾张导致他的脸色不断地变红,身体也因为愤怒变得有些发抖。刘红以为他们认错了人,但是站在一边的柳大夫似乎一点反应都没有。她突然看到老王的右手已经残疾了,失去了五个手指头,只剩下一个肉球一般的手掌。既然没认错人,为什么老王如此愤怒?

当刘红还在琢磨时,老王一下子从他们两个人中间穿了过去,一把把肩上的锄头狠狠地扔在了地上。然后,他们听见一阵锅碗瓢盆互相撞击的声音,还隐约看见一个人砰的一声踢开了厨房的木门。刘红还想伸头往里看,没想到身边的柳大夫二话没说,拉起她就往外跑。刘红一头雾水,只能跟着柳大夫呼呼地往外跑。跑出了几十米的距离,感觉后面的人并没有追上来,两个人才停下来,急促地喘着气。刘红疑惑地看着柳大夫,柳大夫摇了摇头,往后指了指。

只见老王的左手里拿着一把明晃晃的菜刀,站在街道的中央恶狠狠地看着他们。刘红忍不住质问道:"你拿着菜刀干什么?"只听老王带着一种愤怒、绝望而又无助的口气向他们喊道:"你们这是要干什么?我刚好了几年,刚刚安稳了几年,你们又过来?你们是不是不想让我好好过了?那咱们就都别好好过了!"说完,老王又想往前走。

这下,刘红明白了,以往的病情和所受的冷遇,给老王带来了终生难忘的恐惧。老王并不是针对他们两个人,只是以这样的方式发泄他的无助和愤怒。

刘红不知道该如何是好。这个时候,她似乎不再是一个救死扶伤的医生,而变成了一个带来疾病的魔鬼。刘红向柳大夫问道:"要不咱们接着跑吧。"没想到柳大夫摆了摆手，转过身来，挺着腰板和拿着刀的老王面对面地站在街道上，用一种同样愤怒甚至带有一些责备的口吻大声地质问道："老王，你这是干什么？你想坐牢吗？我告诉你，我们是福利机构的，听说你的手受伤了，特地过来看望你，还带了慰问品。你马上把刀放下，否则以后我们再也不来看你了！"说完，柳大夫变魔术一样地从皮包里拿出了两张用红纸包着的纸币晃了晃。看到纸币，老王的情绪瞬间平复下来，脸上露出了一种犯错的愧疚表情。他把刀扔在了一边，将两个人领进了屋子里。

此时的刘红，心还在疯狂地跳动着。

半个小时后，刘红顺利地采集到了样本。在回去的路上，刘红纳闷地问道："现在，还给麻风病人发福利呀？"柳大夫笑了："哪有什么福利呀，那都是我自己的钱。"刘红认真地看着他。柳大夫继续说道："虽说他们已经不再是病人了，可是，一朝被蛇咬，十年怕井绳啊。他们活得太不容易了，村里人还是鄙视他们，亲戚们也不愿跟他们走动了，不拿他们当人看。但我们是医生，我们必须拿他们当朋友、当亲人。"刘红点了点头。身后那个小小的院子离她越来越远，而她心中的烈火却越烧越旺。

在采集样本的过程中，这样的事例不在少数。刘红是幸运的，不管怎么样，她还是采集到样本了。但与她年龄差不了几岁的袁潇潇可就没这么幸运了。几乎是在同样的时间段，她和当地的医生到了一个村庄。这个村庄里住着一名70多岁的老太太，已经有20多年的麻风病史了，身体也出现了残疾。两个人站在老太太的门口，敲了半天门也没见什么动静。过了好一会儿，他们听见里面有走路的声音，但到了门口就停止了，门依然没开。袁潇潇知道，肯定是里面的人在往外观望。她就说道："大娘，开开门，我们来看看您的病情。"她这么一说，门还真的开了，但是从门里出来的不是那位老大娘，而是一只凶神恶煞般的体型庞大的大狼狗。

一看情况不妙，两个人飞快地向村子外面跑去。路面湿滑加上情绪紧张，袁潇潇一下子摔倒在地。她马上爬起来继续跑。直到听不见后面的狗叫声了，两个人才停下来。袁潇潇这才感觉到腿部钻心的疼痛，她低头一看，见腿部磨破了一大块皮肤。她从包里拿出消毒液，蹲下来进行消毒。她感觉很委屈，也有些害怕。旁边的大夫则说道："没事的，不会留疤痕的，放心吧。"袁潇潇站起来，将消毒液放到了包里，转头继续往前走去。旁边的大夫一把抓住了她，问道："你干吗去？"

袁潇潇轻松地回答："再回去呀。"

"回去干吗？"

"采集样本，她的样本还没采集到呢！"说完，她指了指自己的药箱。旁边的大夫紧紧地抓住了她，大声地斥责道："你不要命了？"年轻的小姑娘这才反应过来，看了看腿上的伤，又看了看不远处的村庄，只能倔强地狠狠咬着自己的嘴唇……

前前后后历时一年多，张福仁的团队终于收集起了全国各地麻风病人的样本，足足有1000多个。当然这还远远不够，但是至少已经达到了可以进行科学研究的基本要求。在收集样本的工作即将结束的时候，刘红来到麻风村里进行采集。在这里采集相对比较简单，毕竟住的都是麻风病人。走到一个老人的病房前，她推门进去，准备为老人采集样本。没想到老人拒绝了她的要求，她耐心地向老人解释这一次就是抽血而已，很简单。可是老人的回答让她终生难忘。老人的语气很温柔，轻轻地说道："小姑娘，你别碰我，我们病人很脏，你还很年轻……"听到这句话，想到连日来的劳累和委屈，刘红的眼泪一下盈满了眼眶，但是她强忍着没有让眼泪流出来。她一把握住老人的手，亲切地与老人交谈起来，然后按部就班地给老人抽血。

也许，当时张福仁和他年轻的团队成员还无法总结出他们所做的工作的全部意义，我们也无法深入地了解医学领域的知识。但是，我们可以下这样一个毋庸置疑的结论，那就是他们所做的一切，只有一个目标，让全人类彻底摆脱麻风的痛苦,让麻风病人重新获得生活的权利!

有了样本,就可以进行实验了。两间小屋子,加起来不足60平方米,这就是张福仁的团队15年前进行实验研究的地方,而他们的全部家当更为寒酸:两台冰箱,一台离心机。

冰箱是用来储存样本的,而离心机是用来提取DNA的,从广东、山东、贵州、云南等省份搜集来的麻风病人的血液样本将在这里进行DNA的提取。对于科学研究来说,他们的条件实在是有些简陋。一台离心机也不是最新的,需要手工提取DNA;万一标准达不到,还得反复进行。他们从早上八点工作到晚上十点,满打满算也就能提取五批。在半年的时间里,他们都在连轴转。现在的问题是,等到他们把样本的DNA都提取出来以后,剩下的工作就无法继续了,原因很简单——没有设备。

有人说,科学研究是一件"烧钱"的事情。是的,单单是购买设备花费的资金,就让很多科研人员一筹莫展,特别是在医学科学中,上百万元一台的设备很普遍。对于张福仁的团队来说,刚刚起步的时候一穷二白,别说花上百万元的资金购买设备了,连最基本的人员保障都解决不了,整个团队最初只有一个人从事专业研究,其他的人都是从各个科室抽调过来的。直到15年后的今天,他们才一点一点地积攒起了足够的家底,建立了省级重点实验室。

但是,寻找答案的过程一定会历经重重阻隔。山万丈,水万重,一层一层翻过去,就是顶峰。

张福仁带着麻风病人的血液样本,开始四处寻找能把研究继续进行下去的地方。其实,他所需要的仅仅是用来寻找答案的工具,但是寻找这个工具的过程却百般曲折。

第一次,他来到省内的一所大学。大学一般有着几十年甚至更长的历史,积攒下的可用的基础设施多,设备也先进。不过这一次,一副笑脸的张福仁被毫不留情地拒之门外。那种尴尬是他难以忘怀的。

按照惯例来讲,租用科研机构的基础设施,或以合作的方式进行共同研发，这种形式在国外和国内都是很普遍的事情。这就相当于拿钱购买服务一样，是一件共赢的好事。但是，张福仁却被毫不留情地拒绝了，原因很简单而且看起来无法反驳——麻风是传染病，那么麻风病人的血液样本就有传染性，肯定不能拿到我们实验室里做研究！

张福仁哑口无言。他无法做任何有实际意义的说服和反驳。人家说得没错，那个时候麻风确实就被认为是传染病，这种共识已有几千年历史了，他无法要求别人将几千个拥有"传染性"的血液样本，放在他们的实验室里。

张福仁无法解释麻风的遗传背景，也无法解释麻风杆菌离开人体后极难存活。这是几千年来留下的偏见，这种偏见是长期的、固执的。面对这种偏见，单凭张福仁的一张嘴是难以改变的。张福仁只得服输。

张福仁草草地收拾了一下东西，一脸无奈地离开了。但是，他心里的那团光亮没有被扑灭，反而因为这一次的被拒绝而变得更加旺盛。他的倔强，他的坚守，他的梦想，也在这一刻被无限放大——无论如何，他一定要求证麻风传染的遗传背景。

走出大门，张福仁咬了咬牙，去哪里？南下！张福仁马不停蹄，带上资料来到了上海，也许这片中国医学科学的前沿地带，能够给自己、给麻风敞开一扇寻找答案的大门。

现实和理想之间始终被人为地制造出一道巨大的鸿沟。在上海，张福仁第二次碰壁。他没有想到，开放的上海也突然变得自私、谨慎起来。接着是第三次、第四次、第五次……所有人给出的理由都无比一致——不接收任何关于麻风病人血液样本的研究。

张福仁背着一大包资料，站在繁华的上海街头，心中充满了孤独和无奈。熙熙攘攘的人群、来来往往的热闹、激情四射的都市，都在此刻让他感受到了直击内心的凉意。在八月火热的上海滩，这种凉意令人瑟瑟发抖。这种感觉在他从事麻风防治工作的近20年时间里，无数次地被激起，无数次地被放大。他曾经试着将这种感觉隐藏在心里，但它总是在他毫无防备的情况下蹦出来。他和他的前辈尤家骏、赵天恩一样，三代人在跨越 70 年的麻风防治的历程中，总是无能为力地被这种情绪团团包围。

张福仁一腔愤慨，但是他没有任何时间和精力去消化和掩盖这种无助，现在的他和他的团队必须分秒必争。

据他了解，许多发达国家的医生都已经着手进行相关的实验研究。从起步时间上看，中国的医生已经落后于他们了，他必须奋起直追。当然，究竟是谁最先研究出成果并不要紧，那都是要共享给整个人类的，但是张福仁和他的团队想要成为"第一个"。这么一来，他们就能够代表中国的麻风防治工作者，给世界贡献一份珍贵的。同时，这个科研成果为个体带来的自豪，以及给国家带来的荣耀，是任何东西都比不上的。张福仁清楚地记得老前辈马海德在国际麻风大会上的话："你们现在帮助中国，将来中国一定会帮助世界！"

让中国的麻风研究走在世界的前列，我们要帮助世界！屡屡碰壁丝毫没有让张福仁沉沦，反而激发了他的斗志。他一定要攻克这个难题，彻底改变几千年来人们"谈麻色变"的状况。

而焦急，难以掩盖的焦急，始终压在他心底。

科学研究讲究时效性，晚一分钟得出结果都可能成为废纸一张。所有的无助、孤独、愤怒的情绪，都已经不再重要。焦急，取代了一切；焦急，随着张福仁身体中血液的流淌变得令他难以忍受。

突然，张福仁想到了一个地方。曾经一个朋友给他说过，上海有一家研究中心经常与全国甚至全世界的科研团队进行合作攻关，这家研究中心的全名叫"国家人类基因组南方研究中心"。起初，张福仁没有想去找这家机构。他想，毕竟自己在行业内属于无名之辈，一个和世界级团队合作的研究中心，可能不太在乎一个无名团队的这项研究。可是，现在情况不一样了，几乎到了走投无路的地步，"死马当活马医"吧。这一次，张福仁做了更翔实的准备，不仅带上了项目的方案，还带上了关于麻风病的资料。他必须好好跟人家聊一聊麻风病，聊一聊这个远古的恶魔。

到了那里，张福仁见到了实验室的负责人黄薇主任。张福仁将资料交给了她，她看了一下，问道："你们打算什么时候开始？"看到一丝光亮的张福仁诚恳地回答："越快越好。"黄薇一下子合上了资料。张福仁心里马上紧张起来，那丝光亮像寒风中的油灯，瞬间熄灭了。是不是又要被拒之门外？

没想到，黄薇爽快地告诉他："没问题，现在我们也有时间，签个协议，你们派人过来吧。"听到这句话，张福仁愣在了原地，似乎还没有反应过来。他们同意了？张福仁想要掐一下大腿，他感觉像在梦里一样。别人叫了他一声，他才回到现实中来。看到张福仁的表情，黄薇笑着问道："怎么了？还有什么不放心的？"张福仁也笑了，说："没有了，只是没想到您答应得这么迅速。我们做的可是麻风的研究，您不害怕吗？"说完，张福仁将包里准备的一沓厚厚的麻风资料拿出来，说："其他地方都不接收我们做这种实验，我已经是数次碰壁了。"

黄薇没有翻看那些资料，而是诚恳地告诉张福仁："老张，我们是科研技术平台，不在乎你们做的是什么病。只要是对人类有帮助的科学研究，我们就做。"

张福仁看着她，这种久违的理解与支持让他血脉偾张。是啊，只要是对人类有所帮助的科学研究，就必须去做，哪怕只有一丝希望，也必将竭尽全力。这是医生的操守，这也是医学科学的使命。

随后，张福仁的团队与国家人类基因组南方研究中心签订了协议。接着，他们又与安徽医科大学签订了第二阶段的实验协议。张福仁终于找到了可以帮助中国麻风防治实现突破的力量，这给他冲向世界提供了助力。

在前后将近一年的时间里，张福仁团队中的一部分人在上海和安徽做蹲点实验，另一部分人则继续前往全国各地提取样本，前前后后共采集病例样本和对照样本高达11400例。最终，从两家合作的科研技术平台上，张福仁的团队获得了大量的数据，超过了五个容量为1TB的移动硬盘的总和。当然，这些数据还需要再进行筛选和对照。

2008年，张福仁办公室的电话响了起来。他接起电话，那边传来一阵急促的声音："所长，所长，找到了，七个……"不等电话里的人说完，张福仁抬腿就往楼下跑。他当然知道，电话里"找到了"指的是什么，那是一个中国三代麻风防治工作者要找的答案，也是解除人类数千年对于麻风的恐惧的良药，更是中国医学科学已达到世界先进水平的证明。

2008年，前前后后历经四年的实验研究，张福仁的团队终于取得了令人骄傲的成绩。在上万的样本中，他们找到了隐藏在人类DNA中可以感染麻风病的风险因子，我们将它称为"麻风易感因子"。第一次，他们总共找到了七个麻风易感因子。

七个麻风易感因子，1460个日日夜夜呀！他们经历了多少个不眠之夜的苦熬，多少个长昼的寻找，多少次无奈的叹息，多少个无助的尴尬……那一瞬间，豁达、执着的张福仁流下了一串泪水。

2009年，由张福仁执笔撰写的论文《麻风全基因组关联分析研究》在美国《新英格兰医学杂志》上发表。这个自1811年创刊，有着200多年历史的专业学术刊物，被视为世界医学界的学术高地。能在这样顶尖的期刊上发表论文，展示的不仅仅是科学的成果，也是学术的权威。张福仁团队的研究成果一经发表，立即获得世界麻风组织的高度认可，被视为人类麻风研究史上的新突破。

作为山东省的重大科研成就，张福仁团队的研究也得到了政府的高度认可。随后，山东省人民政府召开了新闻发布会，向全世界宣布了这个具有历史意义的研究成果："这一研究成果，是我国在发现复杂疾病易感基因方面取得的重大突破，是我省卫生科技实力和创新能力快速提升的重要体现，标志着我国及山东省在麻风病易感基因研究方面已达到世界领先水平，极大提升了我省麻风病防治工作在国际上的影响和地位。"

此刻，张福仁和他的团队是兴奋的，这种兴奋无法用任何语言来表达。那篇论文承载了整个团队跨越四年的所有艰辛和奋斗，承载了中国所有的麻风防治工作者历经三代人、穿梭55年的一脉相承的努力。对于张福仁来说，他完成了马海德、尤家骏等前辈们的嘱托，也完成了对赵天恩等老师们的承诺。这一次，他们终于解决了困扰人类千年的有关麻风的所有疑惑。人类终于以毋庸置疑的科学证据，证明了麻风传染过程中的遗传背景，找到了人类自身存在的易被麻风杆菌感染的证据。从此，世界范围内的麻风防治工作进入一个崭新的纪元。恣意横行几千年的麻风被彻底消灭，指日可待了。

《麻风全基因组关联分析研究》的内容，我们不必全部复述，但核心内容我们必须掌握，否则我们就无法理解张福仁他们的贡献。

张福仁团队的功勋，是发现了人类基因中的七个麻风易感因子，这对于麻风防治的实践意义是巨大的、历史性的。

首先，麻风易感因子的发现，第一次从科学角度证明了麻风传染过程中的遗传背景。这个发现将长久的猜测用科学的数据确定下来。易感因子是科学上的叫法，可以理解成人体内的一种"物质"。假如一个人的身体内有这样的"物质"，就有更大的可能性感染麻风，其感染概率是没有此类"物质"的人的500多倍。也就是说，遗传基因在麻风传染过程中的影响比例很高，可达到57%以上。这个比例是非常高的，超过了牛皮癣在内的很多我们耳熟能详的疾病。当然，科学研究中没有百分之百的说法。我们可以做这样的表述，如果个体的基因中没有麻风易感因子存在，那么感染麻风的概率极低。而据此，我们就可以解释，在近70年的麻风防治的过程中，山东省的麻风防治工作者，除了有家族病史的两个医生，再没有一个人感染上麻风，而他们恰恰是与各个阶段的麻风病人接触最为密切的群体。

因此，张福仁团队的研究成果除了它本身的科学意义，更多的是社会意义。麻风，在几千年的时间里，一直被人们认为是单纯的传染性疾病，但中国的医生在几代人的努力之下,最终由掌握现代医学技术的第三代麻风防治工作者确定了它极其严重的遗传背景。简单地讲,如果一个正常人在DNA的检测排查过程中,没有发现自己身体内存在麻风易感因子,即使长期和麻风病人零距离地接触,也不必担心感染麻风了。这是最为重要的社会贡献,它从科学的角度,证实了麻风在没有易感因子的人群里几乎是无法传染的,这就为我们彻底缚住这个千年恶魔创造了条件。因此,我们可以向社会庄严地宣布,我们可以不再惧怕麻风、不再歧视麻风病人,我们可以与他们朝夕相处,给他们更多的温暖与帮助。

其次,在没有麻风疫苗的情况下,麻风易感因子的发现,使麻风病的一级预防成为可能。医学领域中的一级预防,是指在没有发现病情之前进行的预防式的治疗,以确保不会感染疾病,也可以将之理解成"疫苗"。但是它不同于一般意义上的疫苗。因为麻风杆菌有"在人体内治不死,离开人体养不活"的独特性,无法在体外进行大量培养,也就无法做成可供全人类共享的疫苗。

在以往的麻风预防过程中,针对高危人群会进行预防式的服药。在麻风防治的初期,高危人群是指跟麻风病人接触的人,如四邻八舍、亲朋好友、工作中的同事等。这个高危人群的数量是庞大的,他们都需要服用药物,以防不测。这种方式实属无奈之举。因为任何药物几乎都是具有副作用的,即便是在传统中医中也有"是药三分毒"的说法。到了防治的后期,疑问出现了,如何确定麻风的高危人群?按照习惯性思维,常常接触麻风病人的应当算是高危人群,可是在医生和病人的非直系亲属中几乎未发现感染麻风的例子。那么,麻风病人的直系亲属算是高危人群吗?实际上,绝大多数麻风病人的直系亲属也没有患上麻风,反而会出现没有家族病史的普通人患上麻风的情况。简单地讲,就是没有一个适用于所有人的标尺,用来界定麻风高危人群和非高危人群。因此,以前界定的高危人群都服药的做法,给许多无辜的人带来了伤害。

麻风易感因子的发现彻底解决了这一问题。当然,这些易感因子很大程度上是遗传的，但是也不能百分之百地否定基因的突变。通过基因检测就能够测出个体中是否有麻风易感因子，从而可以进行麻风病的精准的一级预防，即携带麻风易感因子的人群提前服用预防药物，杜绝麻风病的传染。我们可以用数据来说明问题。之前所有接触麻风患者的人都被认为是高危人群，都需要服用药物。假设这些人的数量为100，那就有100个人需要服用药物；而通过麻风易感因子的检测，原本服用药物的100人就会直接缩减为1~2人，真正做到了精准预防。而这种精准预防，让麻风病从基本消灭到完全消灭成为可能。

1994年，山东省率先在全国范围内实现了基本消灭麻风病的目标。我们反复强调，中国标准中的基本消灭是指新发麻风病人的数量控制在了1/100000以下，但是依然有人会感染麻风。在未来，随着医学科学的不断发展，DNA的检测越来越简单化、大众化，这样每一个人都可以进行麻风易感因子的检测，就可实现对较少的高危人群进行精准预防的目标。我们始终无法在自然界彻底杀死麻风杆菌，但是这样一来我们就可以杜绝人类感染它，从而实现彻底消灭麻风病的目标。虽然这一切要依赖医学科学的高度发达、公共卫生服务的快速发展以及诊断筛查成本的急速降低，还需要一个相当漫长的过程，但是今天，面对这个几千年来一直在危害人类的恶魔，我们已经找到了可以彻底战胜它的方法。

最后一点，麻风易感因子的发现，大大减少了麻风病人的确诊时间。在2009年之前，尤其是20世纪五六十年代，一名麻风病人的确诊时间最长的可以达到一两年。麻风病分多菌型和少菌型，长达一两年的确诊者，指的是刚刚感染少菌型的麻风病人，他们体内的麻风杆菌数量较少，在显微镜下无法看见血液样本中的麻风杆菌，那么在医学上就没有证据确诊麻风。这样的患者实际上已经感染了麻风，但时间却会在显微镜一次次的"假象"中被浪费。当病人出现身体残疾的时候，一切就已经无法挽回了。麻风易感因子的发现将这种检测的时间大大缩短了，即提取病人的血液，进行DNA检测，马上就可以发现麻风易感因子的情况及

DNA 中因为麻风杆菌影响而产生的变化，而后就可以确诊。如今，麻风病人的确诊时间基本上可以缩短到三天之内，多数在一两天就可以确诊，几乎与一般疾病的检测时间持平。

2010 年，张福仁接收了一名女性患者，她的皮肤上出现了环状的红斑，已经持续了三个月。患者在其他医疗机构就诊过，服用了一些药物，但是症状没有消退。三个月，从医学上来说，已经算是长时间的持续的病情了，这引起了张福仁的注意。根据患者的表述，她曾经在当地的麻风防治机构进行过麻风杆菌的相关检测，但是，她的血液中没有发现活跃的麻风杆菌。张福仁开始考虑，患者可能是少菌型麻风病，在初期的时候，皮肤和血液样本中极难发现病菌。但是实际上，麻风杆菌已经在影响患者了，这就造成了身体出现红斑。张福仁建议患者抽血进行 DNA 检测。一个星期之后，结果出来了，与张福仁担心的一样，这名女同志确诊了麻风。而后，她就按部就班地吃药。服用药物半年之后，她的麻风完全被治愈。而在这个过程中，女性患者日常所接触的人群（包括其家属、同事和朋友在内的所有人）中，没有任何人知道她曾经感染过麻风。

在之后的几年时间内，张福仁的团队先后发现了其他的麻风易感因子。这个在人类历史上肆虐了几千年的远古恶魔，这次终于被人类完完全全地把控在手中了。它的每一个细胞、每一个基因都被人类看得一清二楚。它在人类面前已经没有任何秘密可言，现在的它就像一个被击败的敌人，瑟瑟发抖，再也没有能力在中国这片土地上肆意妄为了。

随后，由山东省第三代麻风防治工作者发现的麻风易感因子，开始被全世界的科学家应用于实践，法国、加拿大、印度尼西亚、印度等国家的医生，开始验证中国科学家的研究成果。虽然因为人类种族的差异，其中某些麻风易感因子在特定的人群中没有被验证，但是绝大多数易感因子已经被全人类成功验证。

这一次，中国的麻风研究走出了国门，走向了更为广阔的世界。用于麻风尽早确诊、一级预防以及风险精准筛查的中国方案，逐渐被全世界所认可,并被广泛应用。中国人对麻风的研究模式,跟最初的麻风防治模式一样,再次成为世界的样板——一个可以复制的样板。

张福仁和其他中国第三代麻风防治工作者完成了自己的承诺,完成了三代人传承的梦想与辉煌,为彻底消灭麻风的人类的共同目标找到了一条康庄大道。

## 3. 科学,生命的重新开始

2002年,云南省40多岁的刘永志和弟弟刘永诚在同一天被确诊为麻风,而且两个人的病情都相对比较严重,都属于多菌型麻风病。

在麻风的细化分类中,按照血液内麻风杆菌的数量,可以将其分为多菌型麻风病和少菌型麻风病。当然,它们在医学领域中还有其他的名称,但为了方便理解,我们仅采用此类较为明晰的名称。多菌型是指病人血液里麻风杆菌的数量多,少菌型是指病人血液中麻风杆菌的数量少,而造成患者身体残疾的麻风,绝大多数为多菌型麻风。评价麻风是否被治愈的最直接的指标,就是血液中麻风杆菌的数量。如果血液中的麻风杆菌都被杀死了,那么就可以确定麻风已经被治愈;反之,则需要继续治疗。在这种情况下,多菌型麻风治疗起来就比较麻烦,因为血液中需要被杀死的麻风杆菌比较多,使用的药物量比较大,治疗周期也比较长,在现在的医学条件下,一般需要一到两年的时间才能被治愈。而少菌型麻风治疗起来相对比较简单,一般一年内都会被治愈。

如果用比较好理解的比喻来形容麻风的类型的话,少菌型麻风相当于普通的感冒,吃点药,三四天就好了;而多菌型麻风相当于严重的感冒,不光要吃药,还要打针,十天左右才能好。

因此,当刘永志兄弟二人同时被确诊为多菌型麻风时,当地的医疗机构非常重视,马上给他们开了一个月的药物,叮嘱他们一定要按时服药,并且一定要每隔一个月前来复查一次。刘永志兄弟俩按照医嘱,领取了免费的药物，回到了家中。他们手里的药物一共是三种，分别为氨苯砜、利福平和氯苯吩嗪。这是联合疗法的必备用药。

从 20 世纪 40 年代开始，在麻风治疗方面，世界卫生组织开始推广药物氨苯砜，这种单一药物的治疗方案，在几十年的时间中，取得了不错的治疗效果，但是治愈率依然需要进一步提高，治疗周期也需要进一步缩短。于是，在 20 世纪 70 年代，世界卫生组织研发了氨苯砜、利福平和氯苯吩嗪三种药物的联合化疗，实际上就是由原本单一地服用一种药物，变成了同时服用两种或三种药物。在这种治疗方案下，麻风的治疗效果有了显著提升，临床有效率超过了 90%，而治疗周期也由曾经的三年基本缩减到一年左右。

从 20 世纪 70 年代开始，山东昌潍地区作为全国首批上述三种药物联合化疗的试点，所取得的治疗效果与世界卫生组织的预期基本一致。于是，到了 80 年代初期，全国范围内开始了三种药物联合化疗治疗麻风病的大范围的推广。进入 90 年代，全国的麻风病人都开始使用联合化疗的方式，而所有的药物与当初氨苯砜的性质一样，都是免费的。

刘永志兄弟二人带着药物回到了家中，按时服药，正常生活，病情似乎也出现了好转。两个人在服用完一个月的药量后，第 31 天，弟弟刘永诚突然在夜里出现了发烧的情况，体温计的刻度直逼 40。刘永诚没有太在意，认为这仅仅是普遍且多发的感冒引起的。他按照自己的一贯做法，服用了退烧药。一个小时后，退烧药发挥了作用，他发烧的症状减轻了，并且在之后几个小时的时间内没有再反复。但是第二天中午，刘永诚又出现了高烧的症状。这次发烧来势更加凶猛，且体温更高。当天下午，哥哥刘永志也出现了相同的发烧的症状。两个人前后出现的高烧，极像普通感冒的症状，他们也自始至终认为他们所得的就是感冒，两个人选择继续服用退烧和感冒的非处方药物。第三天，两个人的身上都出现了一些红色的斑点，密密麻麻的红斑几乎一夜之间就覆盖了两个人的前胸和后背，而身体的高热症状依然在持续。面对身体突然出现的问题，两个人再次出现了误判。鉴于此前两个人出现麻风症状的时候，身体上也出现了红斑，他们就认为，这是麻风反复发作的表现，不必太过担忧，只要继续按照医生的嘱咐服用药物就可以了。但是他们忽视了一个非常重要的情况，那就是麻风的皮肤表现是连接成片的红色斑块，而这一次他们身上出现的却是一个个密集的点状的红疹。

两三天的时间过去了，刘永志兄弟二人的高烧没有丝毫消退。更为可怕的是，他们身上的红色针状斑点在不断地扩散，从胸口扩散到了腹部，又从腹部引向了双腿，而后再扩散到脖子和手臂，最后他们身上的每一块肌肤，都布满了密密麻麻、凹凸不平的针孔般大小的红色斑点。

但是，这依然没有引起他们足够的重视。对于普通人来说，任何疾病只要不妨碍日常的生活作息，很少人愿意主动到医院进行检查，用常用的话说就是"能吃能喝的，没事"。而对于刘永志兄弟二人来说更是这样，因为他们得的是麻风，害怕被别人知道，他们需要最大限度地保护自己的隐私，不到万不得已尽量不去医院。尽管现在他们皮肤上的红疹已经相当明显了，但在兄弟俩看来，他们还远远没有到万不得已的时候。

可是，在他们的身体深处，因药物反应而带来的剧烈变化，已经让他们站在了悬崖的边缘。

几天后，兄弟二人的双脚出现了水肿，而后蔓延到腿部，最后是嘴唇。两个人开始明显感觉到身体出现的剧烈反应，开始感受到不同于正常状态下的"不舒服"——身体开始变得极为疲惫，不愿动弹，躺着的时间不断加长。但是，每当躺下的时候，他们又久久不能入睡。紧接着，他们俩都出现了明显的食欲减退的迹象，失去了胃口，不愿吃饭。

这一次，两个人终于感受到了危险。在家人的帮助下，他们被送到了医院。

医院的检查结果很不乐观，两个人都出现了不同程度的肝脏损伤，化验结果显示：白细胞总数和单核细胞急剧增多，触摸过程中发现淋巴结细胞肿大。医院给予他们的诊断为"剥脱性皮炎型药疹"，并开始给予药物治疗，静脉注射抗生素等药物。初期的治疗效果还可以接受，高烧的情况得到了控制，病情一度好转。但是一周之后，兄弟二人的病情再度加重，持续高热、嗜睡，并伴有四肢进一步的水肿。

面对这种情况，医生们有些束手无策了。在检查的过程中，他们发现兄弟二人的肝脏损伤的情况进一步加重了，同时还伴随着其他内脏器官不同程度的损伤。这是极为危险的，极有可能导致死亡。医生们开始思考：究竟是什么原因引起了兄弟二人如此快速的病情发展？按照他们表现出的症状，很多状况符合药物过敏的反应。医生们再次集体翻看兄弟二人之前的所有病历，发现了麻风防治机构以前开的药物处方，也就是麻风联合化疗的氨苯砜、利福平和氯苯吩嗪。这三种药物兄弟二人都已经吃了一个多月的时间了，极有可能是三种药物的过敏反应。但是，医院无法确定究竟是哪一种药物引起了过敏，也不知如何应对。因为这三种药物平时在综合性医院中很少使用，它们不像青霉素、头孢等大家耳熟能详的药品，医院有着几十年成熟的临床经验和应对措施。同时，三种药物联合使用也是极为少见的。目前，这三种药物的联合化疗仅仅存在于麻风的治疗过程中，这就给判断过敏原带来了极大的困难。无奈之下，医生们联系了当地的麻风防治机构。麻风防治机构的人员迅速赶到现场，但是会诊的结果令人有些失望。因为当地的麻风防治机构还不具备诊断和医治药物过敏的能力，与综合性医院一样，他们也无法判断到底是哪里出现了过敏反应。不过，当地的麻风防治工作者给了医生们一个需要着重考虑的方向，即极有可能是服用氨苯砜出现的过敏现象。

根据对当地麻风病人诊断和治疗的经验，在三种药物联合化疗的过程中，麻风病人出现的过敏反应最终全都来源于氨苯砜，而病情的表现也与兄弟二人的临床症状类似：全身皮疹、器官衰竭、四肢水肿、神经肿大……

病人表面的表现不能作为根本依据来做医学判断，需要专业且权威的专家进行最终诊断。于是，当地的医生拿起电话，拨往中国医学科学院皮肤病研究所。此时，位于南京的这家单位中有两名专家，他们对于氨苯砜的药物过敏或者中毒反应有着专业的知识储备和丰富的实践经验。接到电话后，两位专家马上准备东西，乘坐当天的航班赶赴云南。几个小时之后，他们匆匆地赶到了当地的医院。

在进行了一系列的快速检查之后，专家们确认了兄弟二人的病情，就是服用氨苯砜引起的药物反应。马上，所有的专家和医生一起制订治疗方案。有的医生问道："这种过敏反应能治好吗？我们可是治疗了十多天了。"专家们没有抬头，而是轻声地回答："我们只能尽力了。"

医生马上对兄弟二人进行了再一次的药物治疗，立即给予甲基泼尼松龙针，随后是静脉营养、抑酸、保护胃黏膜，接着用药物纠正肝昏迷、保肝降酶，然后进行血浆置换和血液净化……

一系列的治疗措施结束后，兄弟二人的病情得到了控制，各项指标明显好转。南京的专家和云南的医生，已经十几个小时没有休息了，大家瘫坐在走廊的椅子上，互相之间没有任何言语。

这是一场和死神的赛跑，跨越了上千公里的距离，生命的迹象将要被病魔消耗殆尽，而他们需要付出一切将之挽回。疲惫与劳累都已不再重要，只要生命能够继续。现在看来，似乎已经有了希望。医生的神情是比较放松的，但是专家的表情却相当凝重。医生察觉到了什么，试探着问专家："这种药物反应是不是复发得比较多？"专家沉重地点了点头。而随后，整个走廊里再次陷入沉寂，无助和绝望肆无忌惮地奔涌而来。

第二天夜晚，刚刚准备轮班休息的医生再次被急促的呼救声叫回了病房。躺在病床上的兄弟二人出现了长时间的嗜睡，皮肤干裂，全身脱皮，黄色的脓状物从眼角流出，全身皮肤上的红色斑点出现了黑色的病变。医生立即加大了药物输入。可是，效果依然不明显。三个小时之后，兄弟二人的呼吸变得越来越急促，神智开始变得不清晰，瞳孔有些扩散……

此时，一切药物治疗都已经失去了作用。次日凌晨，兄弟二人呼吸和心跳停止，随后的救治无效，两个人先后死亡。

医生和专家沉默地围在他们的病床旁。他们的病情发展得太快了，半个月的入院治疗后，病人还是走向了死亡。每一次送走病人，对于医生来说，都是一场从生到死的痛苦磨难。这一次的磨难有些非比寻常。起初，他们不知道病人的病情；后来，知道了病人的病情后，他们使用了所有的治疗手段，却无力回天。这种绝望，这种折磨，这种跨越每一个心灵的痛楚，对于医生来说，近乎生死边缘徘徊的强烈痛苦。而对于病人来说，这种病变是无法预防的，出现症状极难判断，发病之后更难以治愈。实际上，对麻风病人而言，这样的药物反应，等同于走向死亡的无助和绝望。

送走了兄弟二人，来自南京的专家准备赶回去了。在长时间行走全国各地的过程中，他们曾经经历过上千个相同的病案，从生到死。而之后，他们也知道，还会有很多人不得不经历这样的病痛。这些不幸的人哪，或许能活下来，或许会走向死亡。

当地年轻的医生似乎又想起了什么，问道："老师，你们刚才说这种过敏反应叫什么？"专家声音有些沙哑而哽咽地回复道："氨苯砜综合征。"

1873年，挪威人阿莫尔·汉森在一处简陋的实验室里，反复观察着从一位麻风病人身上取下的病理，终于发现了一些棕色的杆菌微体。随后，汉森向全世界宣告，这些杆状体就是麻风的病源——麻风杆菌！麻风杆菌的发现，为治疗麻风提供了突破口——消灭麻风杆菌也就能够治愈麻风。但是，在汉森发现麻风杆菌之后几十年的时间里，人类还不能治愈麻风，在医学领域中也没有发现任何一种药物，能够杀死麻风杆菌或者使之失去活力。

1908年，医学科学家首次合成药物氨苯砜，具有抗菌和消炎的双重作用，能够有效地抵抗多种病原微生物，被广泛地应用于治疗疟疾、结核等多种感染性疾病。1940年，医学科学人员又开始研究口服的氨苯砜药物。随后，口服氨苯砜被应用于麻风的临床治疗，临床效果相当不错。

世界卫生组织因此在全世界推广这种药物，我国的麻风病人也成为这一药物的受益者。随着医学水平的不断发展，20世纪70年代，以氨苯砜、利福平和氯苯吩嗪三种药物联合化疗的方式，代替了单一的氨苯砜的治疗手段，并逐步在全世界进行推广。

但是，恰恰就是氨苯砜这个治愈过数以百万计的麻风病人的药物，也给众多病人带来了难以言喻的痛苦，甚至是不可改变的死亡，因为它进入人体后会产生许多不良反应。云南的刘永志兄弟俩只是其中的一个病例。

氨苯砜进入人体后的不良反应多种多样，不同的人反应也不同，轻一点的临床反应包括贫血、药物性皮炎等，而严重的反应则包括高热、肝脏损坏、全身淋巴肿大等，严重威胁病人的生命安全。

氨苯砜综合征的发病机制是比较清楚的，主要是药物进入身体代谢过程中产生的，不服用药物就不会出现上述症状。氨苯砜综合征的治疗方法也比较普通，因为它造成的身体病症实际上是比较常见的，在医疗实践中已经形成了一套相对有效的治疗方案。但是，这一切都不是"氨苯砜综合征"的重点，最关键的问题在于人们不知道究竟谁服用了氨苯砜会出现药物反应。

在现代医学科学中，所有已经应用于临床的药物，都可以分为以下几种人体反应。第一种，一种药物对于绝大多数人是有用处的。也就是说，患者在使用普遍性的药物治疗病情的过程中，具有一定的作用，能缓解或者治愈病症。究竟哪一个患者能够治愈或者能够缓解病症，这个问题不知道，必须在使用药物的过程中经过各种数据检测才能得到答案。同时，"绝大多数人"到底是一个什么样的比例，是否能够精确到某个百分比，这个也无法知晓。唯一可以确定的就是，已经面世的药物，对于治疗一种或者多种疾病有着"大多数有益"的成效，那么这种药物就是有效的，我们可以理解为它是"合格的、管用的"药物。第二种，一种药物对于少部分人是没有用的。也就是说，不管病人服用多大剂量的这种药物，都不会缓解和治愈病症。同时，这种药物在人体内的代谢也不会对人体产生不良的影响，不会给人体正常的运转带来任何干预，相当于它在人体中进行了一场快速而干净的"旅行"，随着新陈代谢直接排出体外。这种人体没有任何反应的药物可以理解成一种"安慰剂"，摄入与不摄入的最终作用是一样的。我们依然无法判断对一种药物没有任何反应的人群究竟占到总人数的多大比例。第三种，则是比较棘手的。那就是一种药物在使用的过程中，对一部分人来说不仅不会对其现有的疾病带来任何有益的影响，反而会引起身体其他机能的反应，而这种反应往往是负面的。简单地讲，就是服用了药物不能治病，还会带来新的疾病。有这种药物反应的人群是极为稀少的，但它的危害是巨大的。一方面，它无法缓解现有的病情，病情会继续恶化；另一方面，它带来的不良反应会进一步加剧身体机能的衰弱，对身体造成更大的影响。我们同样不能确定这类人群占总人数的比例，更不能精确到某个个体。而氨苯砜综合征就属于第三种情况。

我们可以借用日常生活中常见的事例来帮助理解。比如常见的上呼吸道感染，三个人同时被同样的病毒所感染，医生给开出了同样的药物。第一个人吃了药物病情得到了明显的缓解，一个星期后他的病就痊愈了。他会认为此种药物非常有用。第二个人吃了药物病情没有任何明显的变化，一个星期之后未见痊愈。但是凭借自身的免疫力，两个星期之后他的病也痊愈了。他也会认为此种药物管用，但实际上他的病情的缓解和吃不吃药没有太大的关系。第三个人吃了药物不仅病情没有缓解，反而又得了其他的疾病，比如腹泻，随之带来的是身体免疫力进一步下降，病情进一步加重。此时，他就会认为这种药物"一点都不管用"，反而引发其他病症。

以现在的医学科学水平，医生还没有办法确定上述三种情况分别在人群人所占的比例。但是，这不代表所有的药物都不能确定精准的个体。某些普遍使用的药物，是可以通过某些方法进行过敏性反应确诊的，例如我们所熟知的青霉素。在注射青霉素之前，医生都会使用小剂量的药物先进行检测，也就是我们所熟知的"皮试"，这样就可以精准地确定青霉素过敏的个体，达到预防过敏的效果。

而对于氨苯砜综合征来说，没有任何有效的手段，能够精准到个体进行过敏性的诊断，因为氨苯砜综合征不是一个快速发病的药物反应过程。青霉素进入人体后，在半个小时内就会出现反应；但是氨苯砜，需要连续服用4至6周才会发生反应，几乎无法使用物理方式进行预测和预防。既然氨苯砜综合征如此难以预知和预防，是否可以在治疗麻风的过程中普遍地舍弃氨苯砜，改用其他药物呢？很可惜，答案是否定的，因为在近80年的临床实践中，氨苯砜已经被证明是治疗麻风最为有效的药物。在几十年的过程中，通过使用氨苯砜，整个世界范围内治愈了数以百万计的麻风病人。假如舍弃了氨苯砜，那么麻风的平均治疗时间会大大增加，治疗效果也会大大降低，这对于麻风防治工作者和被麻风折磨的病人来说，都是不愿接受的。

唯一可以解决的办法，是通过一个简单且有效的途径，在患者服用氨苯砜之前，确定其是否对它有不良反应。

令人绝望的是，当时在世界范围内还没有这种技术。

根据现有的统计数据，氨苯砜综合征的发病率为3.6%左右，死亡率为11%~13%。从医学角度来说，这个死亡率已经属于极高的比例。普通人对于这个数字可能不是很敏感，那么我们可以举几个更普遍、更为人熟知的病例来做比较。2018年，世界卫生组织发布《2018年全球结核病报告》，其中2017年中国的结核病死亡人数为37000人，结核病的死亡率为2.6/100000，换算成百分比，仅为0.0026%。再看一个例子，2017年中国疟疾的发病数量为2679例，死亡6人，死亡率为0.002%。由此可见，氨苯砜综合征的死亡率实际上是相当高的。

氨苯砜综合征以其极高的死亡率成为麻风防治过程中极为重要的医学难点，每一年全世界都有数以万计的麻风病人因为服用氨苯砜而出现药物不良反应。2018年，全世界依然有20多万麻风新发病例，他们都需要在毫无预知的情况下服用氨苯砜作为治疗手段。以氨苯砜综合征3.6%的发病率计算，全世界每年就有近万人需要承受氨苯砜综合征带来的难以忍受的痛苦，其中有上千人会因为严重的氨苯砜综合征而死亡。而使用氨苯砜的麻风病人仅仅是很小的一部分人群，因为氨苯砜不单单应用于麻风病的防治，还应用于脓疱性皮肤病、聚会性痤疮、银屑病、带状疱疹等多种疾病的治疗。就人类而言，这是一个庞大的使用群体，其发病数量与死亡数量都是惊人的。

面对极高的发病率和死亡率，氨苯砜综合征一直是世界麻风防治工作中急需解决的难题。但是，几十年过去了，这个难题依然没有得到解决。原因很简单，没有任何手段可以做到提前预知。同时，氨苯砜综合征的初期表现也没有特殊性，很难快速地进行判断，一般病人被诊断为氨苯砜综合征的时候，实际上病情已经比较严重了。此时，所有的药物治疗仅能起到辅助作用，生与死主要依靠的是患者自己的免疫力。

为了尽快地确诊氨苯砜综合征，降低死亡率，中国医学科学院皮肤病研究所曾经专门安排几位专家负责此事，即凡是各个地方发现了类似的病情，第一时间报送南京，然后由专家赶赴现场进行会诊。可是此时病人的病情已经发作，即使确诊了也没有有效的治疗方法，只能眼睁睁地看着病人在无助地挣扎，痛苦地死去。

这不仅仅是患者的痛苦，也是医生的痛苦，更是医学界的痛苦。这不仅是麻风病人的不幸，也是整个人类的不幸。

生命，再一次在生与死的边缘面临着巨大的考验，应对办法只有一个——提早预防！这就需要一个有效且快速的方法精准定位到每一个个体。

拯救生命的重任，再一次落在了中国麻风防治工作者身上，落到了第三代年轻的中国皮肤病医生肩上。这一次的挑战与第一代和第二代麻风防治工作者面临的挑战截然不同，因为它需要依靠先进的现代医学科学手段，单纯的体力劳动与精神奉献，已经不足以解决现有的问题。

2009年，张福仁和他的团队开始了精准预防氨苯砜综合征的相关研究。此时，张福仁的团队已经有了较强的实力。所谓实力，是指他们有了一些基础设施，有了可以进行分析、整理和归纳的仪器，这是一点一点积攒下来的，也是进行科学研究的基础。那么氨苯砜综合征的预防，究竟应该从何处着手？

氨苯砜综合征的发病机制有它的特殊性，不能按照一般药物的过敏性反应进行小剂量的测试。张福仁的团队开始考虑，既然氨苯砜综合征的发病率不低，又具有极高的死亡率，那么可以这么说，氨苯砜的过敏反应与个体差异具有极大的关系，这种个体差异是决定病情是否发作的最根本的因素。而个体出现差异的原因就在于每个人的基因不一样，既然某些人的基因中有麻风易感因子，那么是否某些人的基因中也会有氨苯砜综合征的风险位点？如果能够发现这种带来巨大影响的风险位点，就可以完美地解释刘永志兄弟二人同时出现氨苯砜综合征的原因了。

医学科学和其他所有的科学一样，总是源于一个猜测，这种猜测来源于医生日常实践中的不断积累。没有人能够保证这种猜测是绝对正确的，也没有人能够保证人类基因中存在氨苯砜综合征的风险位点。但是，这种猜测却是负责任的医生职业道德的体现，是医学科学不断发展的最初动力。

从2010年开始，张福仁的团队联合国内外35家科研机构、高等院校和麻风防治机构，先后对包括氨苯砜综合征患者在内的2042人的血液样本进行了不懈的研究。

这种枯燥的研究是艰难的，不仅需要梦想，更需要毅力。张福仁的团队再次拿出当年寻找麻风易感因子的劲头，开始了对氨苯砜综合征的风险位点的艰难探索。张福仁是一个执着的麻风防治工作者，从他接到赵天恩的信件，决定自己的选择后，麻风就成了他要攻克的一生不变的目标，凡是有关麻风的历史疑难问题，他都会不遗余力地带着他的团队迎难而上。

送走酷暑迎来了寒冬,就这样,他们年复一年地熬着。三年之后,他们发现了人类基因中对氨苯砜产生不良反应的"罪魁祸首"——氨苯砜综合征的风险位点 HLA-B*1301,其敏感度和特异度分别达到 86.8% 和 85.7%。随后,《新英格兰医学杂志》将这项研究成果公开发表。一时间,全球的麻风医学界再次轰动了。

至此,人类再一次战胜了一种致死率极高的药物不良反应——氨苯砜综合征。

氨苯砜综合征的风险位点的发现,比麻风易感因子的发现更为简单,因为麻风易感因子前后发现了将近 20 个,检测和排查起来的难度比较大。而氨苯砜综合征的风险位点就发现了一个,而且是庞大的人类 DNA 系统中仅有的一个。具有一个此风险等位基因的个体,服用氨苯砜之后发生不良反应的风险是不具有的个体的 37.5 倍,而具有两个此风险等位基因的个体,不良反应的概率会增长到 110.8 倍。

这种医学上的诸多的术语确实比较难理解。张福仁的团队发现的人类基因中的氨苯砜综合征的风险位点,究竟是个什么概念呢?我们之前讲过,氨苯砜综合征的发病,最关键的在于无法进行预测,一旦出现症状就等同于已经发病,其发病之后的治疗手段是比较滞后的,涉及许多医学学科的联合治疗。唯一能够解决这种疾病的办法就是提前预测,但提前预测的前提是具有简易的、操作性强的方法。氨苯砜综合征是在连续服用药物 4 到 6 周时发生,要想避免这种症状的发生,就必须在用药前将其排除。而氨苯砜综合征的风险位点的发现,恰恰就解决了用药前检测这个最为棘手的问题。患者在服用氨苯砜之前进行抽血检测,如果体内具有这种风险位点,那么就换成其他的替代药物;如果没有,就可以放心服用了。

如今,张福仁的团队承担了全国范围内的氨苯砜综合征的提前筛查工作。全国范围内的患者在使用氨苯砜之前,将血液样本寄送至山东省皮肤病性病防治研究所，由张福仁的团队进行 DNA 检测，然后出具权威的报告书，以指导医生给病人科学用药。

从麻风易感因子到氨苯砜综合征的风险位点，张福仁的团队的两大医学发现创新了麻风防治工作，小小的山东省皮肤病性病防治研究所成为全国麻风防治工作者关注的中心。这里发出的检测标准就是全国的标准，这里创造的检测模式就是全国的模式。

当然，走在前面，在风光的同时也预示着风险。历来如此，敢为人先者都是需要承担极大风险的。一旦出现了任何偏差，都会导致患者死亡，那就成了众矢之的了。原本张福仁的团队可以不做这项工作，因为全国其他各地的麻风病人不在他们的工作职责之内。但是，张福仁坚持一切医学科学的发现都要广泛地运用于实践，仅仅停留在纸面上的科学研究是没有任何价值的。张福仁也坚信，他们的医学科学研究成果是严谨而正确的，这种风险是没有种族差异的，是整个人类共有的。当年氨苯砜发明后，世界卫生组织将它定为全球免费药物。而今天，中国麻风防治工作者也挑起了氨苯砜综合征的免费检测的担当与使命。

2017 年初，彭霞在贵州确诊了麻风，从体内麻风杆菌的数量上看，似乎并不是特别严重。但是彭霞的身体却非常特殊，贵州当地的医院认为，她在治疗麻风的过程中，出现了药物过敏的现象。彭霞在同时服用三种药物近一个月之后，身体出现了极为明显的过敏症状。当地的医疗机构马上停止了她的日常用药，却没有确诊是哪一种药物出现的过敏反应，而且在随后的检测中，她对于三种药物的反应都不是太好。于是，当地医院确定，她对于治疗麻风的所有现用药物都过敏。也就是说，她对于氨苯砜、利福平和氯苯吩嗪三种药物都出现了过敏反应。

这实在是一件颇为棘手的事情。假如贵州当地的医疗机构出具的诊断报告是准确无误的话，那么彭霞将不能服用任何一种药物，因为一旦发生严重的过敏反应，后果不堪设想。单单氨苯砜一个药物的过敏反应，就能够带来超过 1/10 的死亡率；如果真的三种药物同时发生过敏，彭霞将在短时间内失去生命。

在这种情况下，当地医院紧急叫停了她的用药。可是，根本问题没有得到解决。停止用药的彭霞麻风的病情不断地恶化，甚至出现了神经麻木的现象。当地医院也找不到能够替代上述三种药物的药品。实际上，全世界也没有发现比这三种药物更加有效的治疗麻风的手段。假设彭霞不再服用上述三种药物，那么短时间内她的病情会急剧加重，虽然暂时没有生命危险，但是会在几年后造成身体残疾，而后引起的并发症也会缩短她的生命期限。如果继续用药呢？可能两到三个月的时间内，药物过敏就会致其死亡。

生与死，在这一刻，突然变得无法调和，医生为难起来。他们在几乎已经看得见天堂的路口，无可奈何。

在当地医院的推荐下，彭霞抱着唯一的希望来到了山东，找到了张福仁。

从彭霞口中得知贵州当地医院给的结论时，张福仁是比较惊讶的。在他的麻风防治生涯中，他从未见过对三种药物同时出现过敏反应的病人，况且除氨苯砜以外，其他两种药物的过敏反应很少见。虽然他不能排除有三种药物同时过敏反应的可能性，但这实在是太少见了。

一定是因为某些原因出现了错误的诊断，张福仁坚信自己的判断。他更坚信的是当代医学科学，他一定会给予这位年轻的妈妈继续活下去的路径。

生命，从未抛弃过任何人；而医生，则是联结生与死的桥梁。桥梁不断，希望就还存在。

张福仁重新对彭霞的身体进行了全面的检查。首先是氨苯砜过敏的检查。此时，张福仁的团队已经对氨苯砜综合征的排查有了一套成熟的经验。结果出来了，令人遗憾的是，彭霞的DNA内具有氨苯砜综合征的风险位点，氨苯砜过敏已经是板上钉钉的事情。剩下的是利福平和氯苯吩嗪，再做检查。张福仁不断地给自己打气。他坚信，彭霞不会对这两种药物同时过敏。张福仁和他的团队不断地在紧张和焦急中等待，宛如等待一个生命的新生。

结果出来了，张福仁一把将结果抓过来，看完后长舒了一口气，心情瞬间放松了——在彭霞的检验结果中，她对于利福平和氯苯吩嗪没有任何不良反应。

此刻的张福仁高兴得像一个孩子，因为他已经能够确定，彭霞的命肯定能保住了。拯救生命于死亡边缘，这恰恰是一个医生最为快乐的时刻。这一刻，一切劳累、痛苦与焦虑都烟消云散，灿烂的光亮在那张小小的检测报告上变得无比温暖。

因为离家较远，彭霞选择直接留在山东省皮肤病医院住院治疗。一年以后，这名年轻的妈妈完全被治愈了。她一步三回头地告别山东，回到了贵州的家中。

2019年7月，张福仁接到彭霞的微信，微信里这样写道："张大夫，打扰您，我想复查的时候带着我的小孩一起来检查一下可以吗？您在济南吗？"张福仁心细地回道："周一可以过来。济南天气太热，如不着急，9月凉爽了再来更好。"

两周之后，彭霞带着自己的丈夫和孩子一起来到了济南。她复查后没有任何问题，孩子检查后也没有任何问题。

这是一名患者对一名医生跨越近2000公里的信任，而这个信任的基础是现代医学科学的高度发达，是医学科学工作者在孤独、枯燥和艰难地攀登高峰的道路上，留下的令人骄傲、温暖又充满希望的一个个坚实的脚印。

自《新英格兰医学杂志》发表张福仁的团队确定的人类DNA中氨苯砜综合征的风险位点后，张福仁的团队在全国21个省市开展了相关的临床应用研究，涉及1512例新发麻风病人。通过这种用药之前的检测，中国的氨苯砜综合征的发病率被降至零。也就是说，通过这种提前预防的方式，没有任何一例病人发生氨苯砜综合征，没有人发病就没有人死亡。

从综合发病率3.6%降到零，这不仅仅是一个量的变化，也是一个质的飞跃，是张福仁从医生到科学家的飞跃，也是中国式的麻风防治从门诊到科研的飞跃。

如果说山东省第一代和第二代麻风防治工作者遏制住了麻风，荣获了国家最高科学技术奖二等奖，那么第三代麻风防治工作者又会获得怎样的殊荣呢？

张福仁好像并不太关心这个。对一个医生来说，没有什么比治好病人，让病人脱离死亡更高兴的事了。

死亡是人类永远无法回避的话题，或是因为疾病，或是因为意外，或是因为时间。其实，我们每个人离死亡都那么近。我们一生中要面对亲人的逝去和朋友的离去。在降生到这个世界上几十年的过程中，我们只不过是在去往天堂的路上偷偷地在人间逗留罢了。当我们经历过这一切的时候，最终，我们也将像那些从我们身边离去的人一样，毫不恐惧地直面死亡。

直面死亡，没有什么能够阻挡，也没有什么能够相伴。我想，这恰恰是人类短暂的生命历程中最为恐慌的时刻，因为没有一个人能够坦然地面对死亡后的未知，也没有一个人能够爽快地放弃活着的诱惑。幸好，在通往天堂的"渡口"上，还有一个群体始终与我们相伴，他们会尽量拖延我们"上船"的时间。

而他们，有一个共同的名字——医生。

每一个走向死亡的生命，总会有医生相伴。他们拉着病人的手，奋力与死神赛跑。诚然，很多时候，他们也是无法战胜死亡的；但至少他们愿意在死神来临的瞬间，紧紧地攥住病人的双手。

如此，已经足够了。

作为麻风防治工作者，张福仁和他的团队配得上鲜花与掌声。同时，他们的内心也充满了担忧和害怕，因为他们不知道自己能承担得起多少有关生命的重托。我们看惯了太多成功，常把医生当作神明。然而，医生也是人,医学也有不完美的地方,成功的背后往往伴随着失败的风险。他们只是不断地探究,哪怕仅能拯救一个生命,那么他们在此之前付出的所有努力都是值得的。

　　因此,我们始终认为,医学的最终目的不是消灭死亡,而是最大限度地减轻我们在走向死亡的过程中所承受的痛苦。在涉及上百人的采访过程中,我们不止一次地跟着医生到各个麻风村去。虽然现如今全国的麻风村已经为数不多,仅存的麻风村里的病人也已经数量极少了,但我们还是会遇见很多因为麻风而导致身体残疾的老人。麻风已经给他们的身体造成了不可逆转的残疾,他们中的很多人失去了自我生活的能力,且绝大多数人没有尝过婚姻与家庭的幸福。他们所有人自始至终都无法享受一个健康人的生活。但是,他们活了下来,令人骄傲地活了下来。

　　今天,中国第三代麻风防治工作者依靠现代医疗手段,已经能做到对麻风的早期发现、治疗与一级预防,这给人类彻底消灭麻风病带来了曙光。中国麻风防治工作者的努力,为人类完全战胜几千年来疯狂肆虐的恶魔,打下了一个坚实的基础。

　　医生最困难的不是面对失败,而是面对这些失败带来的种种挫折,却不丢失最初的那份热情。他们始终深爱着这个世界,所以他们珍爱这世间每个微小的存在。由此,我们才能生活在一个不再惧怕麻风的美好世界。

# 二、奔赴未来的勇气

"创造一个没有麻风的世界"是全球麻风控制的终极目标。——习近平给"第十九届国际麻风大会"的贺信

弘扬崇高精神,聚力健康中国。——2019年中国医师节主题

## 1. 临危受命

截至1990年,山东省皮肤病性病防治研究所的门诊已经开设了20多年,病房的业务量也经历了一个不断增长的过程。但是,随着90年代的来临,这项业务的发展似乎停滞了。

我们查阅资料后发现,从1990年开始,山东省皮肤病性病防治研究所的门诊业务量没有一个较大的改观,每天的门诊数量只有几十个,住院的病人不到100个,一年到头的毛收入仅仅100多万元。这个体量对于一家对外营业的省级医疗机构来说实在是太少了,除去一年到头的人员工资和办公支出,年底一算,也剩不下几个钱。当然,最重要的是,麻风防治工作者必须要将防治麻风的一切东西完整地保留下来。

山东省皮肤病性病防治研究所开设的门诊,虽然给所里带来了一定

的收益，但是其开设的最重要的目的是发现麻风病人，给麻风病人一个能够找得到的"家"。也许在将来，所里的门诊和住院部门在激烈的市场竞争中不再有任何经济效益，甚至可能面临关门的窘境。但无论如何，必须竭尽全力将这块招牌和这份业务保留下来，因为麻风还没有被彻底消灭。仅山东省，每一年的新发病人依然有600人左右。哪怕将来只有一个麻风病人，我们也必须为其建设一个可以进行诊断、治疗和复查的"家"，这是门诊存在的最大意义。

让麻风病人找得到"家"，让疑似麻风的患者有一个可以信赖的诊断的地方，这既是麻风防治工作者的职责所在，也是国家的政策所需。但是麻风防治工作者必须首先让自己"活下去"，因为那时改革开放已经过去十多年了，市场经济在渐渐形成，研究所也面临着生存的压力。

如何继续活下去？那就必须要提高经济效益，这是一个无法避免的问题。围绕着这个问题，山东省皮肤病性病防治研究所的医生们开始了激烈的讨论。有的人说，不行咱们开公司吧。这句话是有些依据的，20世纪90年代初，中国的社会思潮相当活跃，不少与其相似的机构都开了公司，干什么的都有，也产生了一定的经济效益。开什么样的公司呢？又有人说了，开蘑菇公司吧，咱们是搞病菌的，蘑菇不就是真菌吗？但是，这个提议刚说出来，就被赵天恩当场否定："开公司？难道你们忘了咱们的责任是什么了吗？咱们是医生，是皮肤科的医生，是麻风防治工作者，是给人家治病的，救死扶伤是咱们的责任。咱们就一个目的，发展好门诊和病房，其他的什么都不要提了。"

在赵天恩的坚持下，很多人提出的"赚钱"的路子都被否定了。这次的讨论和上次的明显不同，上次是开设门诊的问题，这次是如何让大家生存下去的问题。但是两者最终的目标是一致的：为了麻风病人。持续了一整天的会议结束后，大家达成了共识：按照当时比较普遍的做法，将松散的科室整合成一个科室，全权负责对外的日常诊断治疗；科室的负责人通过选举产生，与所里签订每一年业务量增长的目标。实际上，这种做法与后来日益流行的承包制有着很多相似之处。

此时的张福仁还不到 30 岁，博士毕业之后回到了所里。他坐过门诊，搞过科研，下过地市，走过乡村，也当过一段时间的科室负责人。他亲身经历了研究所对外经营上的颓势，也发现了在日常经营和管理过程中的诸多弊端。他开始考虑，自己是否能承担得起这个责任，将这个麻风病人的"家"建设得更好、更温暖一些。

几天之后，所里开始进行门诊部主任的公选。张福仁参加了竞选。这个年轻的小伙子没有引起大家的注意，也没有人相信他能够当选这个科室主任。毕竟，他太年轻了，不管是从资历上还是从经验上，他似乎都只能是这次选举的"陪衬"。没想到，在一整天的竞选演讲之后，张福仁出乎意料地以绝对支持率当选了门诊部主任，也成为所里最年轻的科室负责人。

1993 年，张福仁开始全权负责所里的对外业务。整顿管理，责任到人，考核绩效，这个过程是艰难的。最重要的是，要彻底改变大家故步自封的思想。

年轻的麻风防治工作者要完成从科研到管理的转型。

1994 年的一天，坐在门诊室的张福仁刚刚送走了一位病人，就被门口嘈杂的奔跑声吸引住了。接着，一个医生匆匆地跑进来，急切地对他说道："主任，不好了，你赶紧去看看吧，昨天晚上的病人被赶出来了。"

张福仁心里一惊。他知道，昨天晚上有一个病人因为病情较为严重，被收治入院。原本这是一套非常简单而且常见的医疗操作，走的程序也合规，门诊医生和住院部的医生都在上面签了字。昨天晚上他下班的时候，亲眼看见那名患者入了院，现在怎么被赶出来了？这在张福仁的从医经历中，可是从来没有出现过的事情啊。对于一家医院和一名医生来讲，其工作就是治病救人，怎么能赶走病人？

张福仁站起来，马上就要冲出去，但他又停住了，心想这里面一定有些隐情，最好先问清楚。张福仁转身追问道："谁赶出来的？因为什么？"前来汇报的医生支支吾吾的，好像有什么难言之隐，但在张福仁的一再追问下，医生还是告诉了他："是病房的护士们赶出来的，具体情况您去了就知道了。"张福仁不再追问。他知道，一定是出现了什么无法控制的事情。他急匆匆地去了病房。昨天那个病人及其家属，抱着行囊窘迫地坐在走廊外，几个护士站在门口，一脸委屈的样子。

病人看到张福仁来了，走上来向他抱怨。张福仁耐心地听着他的讲述。原来，昨天晚上一切都比较顺利，他也住了院，接受了检查和治疗。但是今天一早，护士突然通知他要马上出院，弄得他一头雾水。既然已经通知他出院了，那么他也没有理由再留在这里了。可是去哪里呢？他得的是皮肤病，这里是全省最好的皮肤病治疗机构，离开这里，他又能去哪里继续治疗？

病人焦急地向张福仁问道："张主任，到底是怎么了？要是我的病没救了，您就跟我直说，我不赖在这里……"看到病人无助的样子，张福仁心里很不是滋味。他已经看过这名病人的诊断记录，虽然病情比较严重，需要住院治疗，但是还远远没有到治不好的地步。张福仁拉着他的手，充满愧疚地说："你放心，你的病一定治得好。你就在这里等着，哪里都不要去，我保证半个小时之内你一定能重新回到病房。"

只要来到这里的病人，张福仁就不会放弃他们，这是医生最基本的从医准则。

安抚好病人，张福仁继续向病房走去。围在门口的护士看见张福仁来了，纷纷退到一边。张福仁指着门口的病人问道："谁决定的？"护士们纷纷指向一旁的办公室，张福仁听到里面正在进行激烈的争吵。张福仁走进去，看见包括护士长在内的几个人正在说着什么。还没等他开口，护士长就将一张检验报告单放在了张福仁的面前，并抱怨道："主任，您看看，他这个情况怎么能住院啊？"张福仁接过验血的单子一看，瞬间明白了一切。检验报告单上清晰地写着，病人患有乙肝。旁边的护士长继续向张福仁抱怨道："主任，这可是乙肝哪，是有传染性的。咱们这楼上可有几十个病人，还有咱们的医生、护士，这要是被他传染了，咱们怎么跟其他病人交代呀。再说了，咱们的护士都还没结婚呢，这要是被传染了乙肝，咱们没法跟人家的父母交代呀。"

护士长的话听起来句句在理。是啊，一个患有比较严重的传染病的病人住院治疗，大家的心里都不安稳。只要是有传染病的，要么需要特殊病房，要么不接受入院治疗，这是当时很多医院的做法。年轻护士们的担心是值得考虑的。张福仁把检验单给了护士长，问道："昨天收治病人的时候不知道吗？"听到这句话，护士长似乎更委屈了，说："昨天给他诊断的时候，他可什么都没说。这不，今天出来了检验结果我们才知道，要是没有这个，他还得瞒着咱们。"

听了这句话，张福仁的眉头皱紧了。不能说是病人刻意隐瞒了自己的乙肝病情，他可能自己也不知道患有乙肝，也有可能没有认识到乙肝严重的传染性，当然也有可能是为了避免被拒绝治疗而主动进行了隐瞒。但是这一切已经不再重要了。现在的情况是，病人必须住院治疗，而他又患有传染病。将他赶出去，张福仁做不到，因为拯救生命是医生的使命；将他留下来，张福仁就必须对这里的工作人员和其他患者负责。

张福仁的内心在不断地挣扎，包括病人和满屋子的护士在内的所有人都在等着他的决断。这是他担任主任以来第一次面临的重要决断，他的决定不仅会对病人产生影响，也会影响这里的每一个人，影响单位未来的口碑。他必须慎之又慎。

他拿着检验单翻来覆去地看。突然，一个来自内心深处的想法涌上他的心头——生命，大于一切；活着，大于一切。

这是一名医生难以推卸的责任，也是一个认真负责的人难以割舍的坚持。如果不能奋不顾身地拯救生命，那么他和站在这里的所有人又有什么存在的价值？这个研究所、这个门诊部还有什么存在的意义？

张福仁坚定地告诉护士长："现在，什么都不要管，先把病人留下来，给他治病。"护士长惊讶地看着他。她不明白，这个年纪轻轻的主任哪里来的魄力和勇气。她还想说什么，张福仁打断了她："听我说，我知道你们心里还有很多疑问和不满，现在什么都不要说，你们就把这当成一个行政命令，先给他治病。有条件的话，我看看能不能腾出一个单人间来。其他的事情，下午三点到我的办公室再说。"张福仁刚走出去，又转头嘱咐道，"你们一定要注意安全。"然后，他来到了病人身边，将他的行李拿起来，好像什么也没发生过似的，说："跟我走吧，你需要留下来继续治疗。"

就在他拿起病人行囊的那一刻，他记忆中的无数个相似的情景从脑海中涌了出来。在麻风防治的漫长时间里，经常发生病人被拒绝、被放弃、被抛弃的案例。今天，当他们这里有能力诊断、治疗和收治病人的时候，他会坚定地留下病人；当年麻风病人们所受到的冷遇，他决不允许在自己这里上演。

下午三点，张福仁来到了办公室，护士们都已经到了。张福仁没有谈起那个病人的事情，而是轻声地说道："我想给大家讲一个故事。几年前，有一个在医院住院一个月也没有治好的病人，最终确诊了麻风。在他被确诊麻风的那一刻，他就被那家医院从住院部的单子上除名了，他们将他住过的床铺都烧掉了，甚至没等病人结算住院费用就把他赶了出来。咱们都是搞麻风防治的，我相信你们或多或少都听到过类似的故事。"

护士们都看着张福仁。他的话是对的，几十年来，她们或多或少都曾听到过这样的故事。张福仁继续说道："今天，如果我们将那个患有乙肝的病人赶出医院，那么我们和那些人不就一样了吗？消除社会对于麻风的歧视，这是咱们一直以来不断努力的目标。留下他吧，也许他是刻意隐瞒，但是他的病情确实需要住院治疗。他是一个患有乙肝的麻风病人，谁能告诉我，离开了这里，他又能去哪里呢？"

是啊，曾经有多少次，麻风病人被各种综合性医院抛弃。他们不能住院，不能看门诊，甚至连医院的大门都不能进去。那个时候的麻风防治工作者没有能力收治他们；而今天，张福仁他们有能力收治他们了，他就不会再让那些令人愤怒和酸楚的场景出现，一丝一毫也不能。

顿了顿，张福仁又坚定地说道："除了治病救人，我们别无选择。"

坐在一边的护士们不再争辩，纷纷走了出去。这些年纪轻轻的护士们，也许没有经历过大范围的麻风防治工作，但是她们也是其中一员，她们也与她们的老师和前辈一样感同身受。她们现在只有一个目标——治病救人，不再让麻风病人曾经的悲剧重演。

张福仁望着窗外，不断地思考。麻风作为皮肤病的一种，曾经受到过难以描述的社会歧视。可是谁又知道，很多皮肤病和麻风一样，也承受了人类的偏见，是一个家庭或者个人贫穷的象征。虽然生活条件差不是发病的唯一原因，却深刻影响着皮肤病病情的进程。这种"穷病"给人们带来的成见是短时间内难以消除的。同时，绝大多数皮肤病具有一定的传染性，有的甚至通过日常接触就能够被传染，这种简单且看似无法预防的传染机制，造成了人们对于皮肤病的恐慌。大多数人看见皮肤病患者往往都会选择远离，而很多综合性医院也不愿意接收皮肤病患者。更为重要的是，在几乎所有的综合性医院，皮肤科都是一个体量较小的科室，顶多有两三个门诊医生，还有很多医院根本就没有皮肤科的住院部。如果张福仁和他的同事放弃了这些皮肤病患者，他们又能去哪里治疗呢？

幸好，张福仁他们坚持了下来。张福仁花费了半年多的时间，彻底统一了所里医护人员的思想，再也不会有一个麻风病人被拒之门外，再也不会有一个皮肤病患者被区别对待，皮肤病患者们有了专业的、温暖的且可以长时间依靠的医疗机构。救助别人就是救助自己。对于山东省皮肤病性病防治研究所来说，这种转变带来的结果则是自己能够继续"存活"下去。在张福仁的一系列整顿之下，这个小小的最初仅用于麻风病防治研究的机构，第一年的收入就到了370万元，第二年则升至540万元。1997年，张福仁离开科室主任岗位升任副所长时，全所的门诊数量每年超过10万人，年收入超过1000万元。

## 2. 坚如磐石

在张福仁到来之前，山东省皮肤病性病防治研究所除了麻风病人，几乎不收治其他皮肤病人，即便严重到危及生命的程度也不会收治。但是，其他皮肤病依然会致死，依然会给病人带来巨大的痛苦。

我们可以这样理解，凡是在皮肤上有表现的疾病，都可以划至皮肤病的范畴，都可以在医院皮肤科门诊享受治疗。但是皮肤病的发病位置却不单单停留在皮肤上，实际上它是一个涉及身体各方面的综合性疾病，没有一种皮肤疾病是可以独立表现在皮肤上的，皮肤上的病灶只是病菌的反应区。

1996年的一天晚上，刚刚回到家的张福仁突然接到医院里的电话。电话里的声音非常着急，说是一名住院患者病情突然反复，持续高烧，进入了昏迷状态，生命迹象也出现了波动。情况紧急，张福仁没有任何迟疑，转身骑上自行车，风风火火地赶回了病房。

他到了病房一看，情况很不乐观。病人得的是一种叫作天疱疮的皮肤疾病。外部症状主要是松弛型的水疱，全身的任何部位都有可能发生，以皮肤表面为主。新发的水疱会在短时间内变得松弛、破裂，并有黏液流出。天疱疮一般情况下不会带来生命危险，但是一旦出现感染，治疗不及时，也会造成病人死亡。

张福仁看了看病人的病历。在病人刚刚入院的时候，他的病情还是很乐观的。但是几天之后，他的病情急速发展，水疱遍布全身，出现了持续超过40℃以上的连续高烧。今天晚上，病人突然出现休克的情况，护士为他测量血压时他已经失去了生命迹象。

这是一个生命走向陨落的前兆。根据检验结果，病人已经受到了严重感染。

"上激素！"张福仁马上下了命令。此时，旁边有人小声地提醒道：

"主任，我们可是没用过激素啊。"

是啊，在当时的皮肤病治疗中，极少用得到激素。这是一个让人感觉有些异样的字眼，即便是在今天，我们提起"激素"两个字往往也有这样的想法——激素对于人体的副作用太大，不到万不得已，谁也不愿意打激素。而皮肤病一直以来都被认为是用药比较单一的疾病，很多皮肤科医生在日常实践中都没有使用激素的经验。但是这次情况已经刻不容缓，病人已经出现休克，容不得丝毫犹豫。张福仁坚定地说："上激素，出了问题我负责。"周围的人不再说话了。负责记录的医生问道："主任，打多少？""300！"听到这个数字，记录的医生停下了手里的笔，极为惊讶地看着张福仁，小心翼翼地小声提醒道："主任，这个量是不是太大了？"

张福仁明白他口里所说的"太大了"是什么意思。在医疗行业的规定中，因为激素比较大的副作用和对人体可能造成的依赖性，这一类的药物在使用过程中有严格的剂量限制，基本上维持在一天150毫克的剂量，任何医生在开处方的过程中都没有权力超过这个数字。张福仁的决定好像有些违规了，但是此时的他没有听别人的劝阻，依然坚定地说道："今天就直接上到300，别的先别管，我来签字。"

第一天晚上，病人的体内注入了300毫克激素药物，再加上其他药物的联合作用，病人的病情得到了控制，血压恢复了，意识也开始清醒。第二天、第三天接着这样治疗，病人的情况一天比一天好。张福仁长舒了一口气。这就表明，病人对于治疗方案中的药物反应是非常好的。几天之后，张福仁将病人的激素使用量降到了每天200毫克。两个星期之后，病人的激素使用量控制在每天100毫克以下。

此时，病人的病情已经相当稳定，没有了发烧的迹象，身上的水疱也逐渐消失。再过一段时间，病人就可以出院了。张福仁的心彻底放下了。

这个生命的重生，要归功于张福仁临危时果断的抉择，更要归功于他丰富的知识储备和实践经验。那天晚上，围绕在他身边的年轻医生们可能都没有注意到，医疗规范中对于激素药物剂量的使用规定指的不是以天为单位，而是以一个治疗周期为单位。也就是说，规定的数字是一个平均值，而不是一个绝对值，只要在一个治疗周期内，病人使用激素的平均剂量不超过规定数字，就是符合要求的。张福仁给病人使用的药量，在病人的整个治疗周期中，平均数字要远远小于医疗规范中的规定。

拯救了一个生命，给张福仁带来的快乐是短暂的。他开始不断地思考，在那个夜晚，他的同事为什么会对激素的使用缺少经验。看来，与综合性的大医院相比，山东省皮肤病性病防治研究所还有很长的路要走。

张福仁突然想起他的老师赵天恩最初提议开设门诊时的话："一个医生想要诊断麻风，就一定要会诊断其他的皮肤病，光会看麻风的医生，不能算一个合格的皮肤科医生。否则到了最后，连麻风可能都看不了了。"是啊，一个医生的基本能力一部分来源于书本知识，但更多的来源于常年的临床实践，临床实践能提高一个医生的技术水平。当初老一辈医生开设门诊和病房，就是为了建设一个让年轻医生进行临床实践的平台，不断地提高他们的技术水平，从而推动麻风防治工作的进步。那么此时，张福仁必须扪心自问，现在的这个平台够用吗？现在的这个平台，是否能够满足一个人口大省的皮肤病、性病的治疗需求？是否能够满足麻风病人的治疗需求？是否真的能够锻炼出一支经得起考验的麻风防治队伍？

一系列自我严厉质问，让张福仁感觉到了前所未有的危机感和愧疚感。作为第三代麻风防治工作者的领军人物，张福仁深刻地体会到，除了可以应用于全世界麻风防治的科研成果，他也应该为自己的家乡、自己的父老乡亲们留下点什么。而且，此时中国的麻风防治机构，也走到了一个需要抉择的新的十字路口。

自20世纪50年代的国家行动开始，全国上下建立起以麻风防治为主要业务的机构，已经过去了40多年。这是中国麻风防治工作从无到有的过程。在这40多年内,中国从一个全世界公认的麻风重灾区,变成了基本消灭麻风的国家。40多年来,历经三代、几万麻风防治工作者的努力,中国每年的新发麻风病人被牢牢地控制在了1/100000以下。但随着新发病人的锐减,出现了一个比较现实的问题,那就是很多麻风防治机构的日常工作变得越来越简单和轻松了。

自赵天恩他们在麻风防治机构率先开设皮肤科门诊以来,全国许多省份的麻风防治机构也先后开设了类似的皮肤科门诊,但是也有很多机构没有开设。没有开设门诊的麻风防治机构,工作越来越少,服务的人群也越来越少。在这种情况下,到了20世纪末,伴随着新一轮的机构改革与编制压缩,很多省份的麻风防治机构逐渐从人们的视野中"消失"了。当然,我们所说的"消失"不是指这项工作的结束,只要麻风病在人类的历史进程中还存在,那么中国的麻风防治工作就不会结束。这里的"消失"是指在机构编制上被大范围地缩减,甚至是直接取消。有的省份的麻风防治机构直接被砍掉,麻风防治工作被划入其他机构。例如江苏,麻风防治机构的所有人员和工作业务都被划归到了当地的疾控中心。有的省份的麻风防治机构在市场经济的改革中进行了整体转移。例如上海,这里的麻风防治机构由财政拨款变成了市场化运作的皮肤病专业医院。当然,有的麻风防治机构虽然还独立存在,但是已经没有面对社会的业务,实际上的人员编制和业务范围也大不如从前。

山东省的情况比较特殊。它既没有被撤销,也没有被合并,更没有进行业务上的转变。对于麻风防治工作者而言,改换门庭,找个吃饭的办法并不难。可是,让一个专业的麻风防治机构找一个能吃饭的办法却不容易了。

显然,对于山东省的麻风防治工作者来说,维持现状就等于倒退。面对日益严峻的市场化竞争,一家面向社会的治病救人的机构不能够进步,就一定会在激烈的市场竞争中逐步消亡。更重要的是,山东省极为需要一个专业性的皮肤病、性病医院,让病人能够有地方看病和治疗。

张福仁和同事明白，他们不能就此停手，不能有丝毫的后退。他们需要和他们的前辈一样，为麻风的防治工作、皮肤病学科的建立与临床实践做出自己的贡献。

1999年，赵天恩退休，张福仁正式接任山东省皮肤病性病防治研究所所长。他开始四处奔波，为的是让医生有一个更好的生活环境，也给皮肤病患者一个安心的地方。他开始筹划一座能够覆盖全省的皮肤病医院。

1999年10月，上级部门批准了山东省皮肤病性病防治研究所建立山东省皮肤病医院的请示。2001年12月22日，山东省皮肤病医院正式对外营业。之后，门诊数量逐年增加，业务收入不断增长。2015年，山东省皮肤病医院通过了卫生部三甲医院的验收。

## 3. 为了一个没有麻风的世界

2010年，依靠山东省皮肤病医院良好的经营带来的财力和不断增强的科研力量，张福仁和同事开始着手改进全省麻风病的防治管理业务。我国麻风的防治工作自1949年起，历来都是遵循属地管理的原则，也就是病人在当地诊断、当地治疗，并在当地进行复查和备案。这种属地管理的模式基于时代要求。在改革开放以前，人民的生产、生活相对安定，居住地也比较固定，加之那个时候的麻风病人分布在各个地区，数量大、范围广，只能采取属地管理的方式。这种方式是比较方便的，但是也带来了不少隐患，即有些地区卫生条件比较差，医疗水平也稍显薄弱，人员配备也比较缺乏。在这种情况下，往往会出现病情确诊和治疗上的耽搁。60年过去了，一切都发生了巨变，仅仅农村劳动力的转移每年就高达3.5亿，属地管理显然已经不合时宜。另外，麻风已经被基本消灭，每一年仅有极少数的新发麻风病人。以山东省为例，到了2010年，全省新发麻风病人仅有20人。这个时候再以行政区划为单位进行属地管理就非常不方便了，而且会造成人力、物力的巨大浪费。同时，新发麻风病人要保证尽快确诊、尽早治愈，避免因麻风治疗过晚而导致的身体残疾。

于是，从2010年开始，在张福仁的主导下，山东省皮肤病性病防治研究所开始在全省范围内建设麻风防治的专科联盟，改变了原先的麻风防治体系。山东省皮肤病性病防治研究所不再是一个业务指导机构，而变成了一个医疗机构。凡是在各个地区三个月的时间内没有检查清楚的病人，一律转到山东省皮肤病医院进行诊断和治疗。负责转移病人的当地医务人员由山东省皮肤病性病防治研究所给予转诊劳务费，并报销往来路费。在这种统一诊断、统一治疗的模式下，省内的新发麻风病人中，多菌型病人保证了一年以内全部被治愈，少菌型病人甚至能够做到半年以内全部被治愈。

后来，山东省的许多地市也建立了专业的皮肤病医院。随之而来的是，全省的麻风防治工作逐步走进一个专业且面向整个社会的阶段，而麻风防治机构也真正从单一疾病的防治走向了公共卫生服务的广大领域。

以张福仁为代表的第三代麻风防治工作者，又一次开创了中国麻风防治的新时代。在这个阶段中，麻风的防治工作依靠的是现代医疗科学手段。中国的麻风防治工作者发现了人类DNA中普遍存在的麻风易感因子，将麻风的确诊由此前的几个月甚至一年，缩减到了一个星期甚至三天，使麻风的早确诊成为可能。他们将麻风病的治愈时间，由原本的两年缩减到一年之内，使麻风的早治疗、早治愈变成可能。他们还将麻风传播过程中的遗传背景彻底摸清，以毋庸置疑的科学证据，证明了麻风更大程度上是一个遗传性的传染疾病。从这项成果演变而来的精准预防和一级预防的临床实践，让人类彻底消灭麻风变为可能。他们还发现了人类DNA中氨苯砜综合征的风险位点，使麻风治疗过程中致死率极高的药物不良反应问题彻底得到解决。在这个阶段中，中国麻风防治工作者将几十年来单一的麻风防治机构，变成了具有公共卫生服务价值的专业性医院。他们让机构摆脱了单一的缺乏市场竞争力的束缚，成长为可以面向整个社会的、能够做到自给自足、不断成长壮大的专业医疗机构，为麻风病人建造了一个更加有力、更加丰富且更加温暖的"家"。毫不夸张地说，山东省的麻风防治开创了市场经济条件下麻风防治的新模式。

如果用一句话来总结张福仁和他的同事这20年来的麻风防治工作，那就是他们将一个小小的仅有几十个人的防治和研究单位，建设成了一个有几百个医疗人员、年收入过亿元的公共卫生服务机构。但是，他们没有就此止步。他们不仅要让山东省的麻风防治模式走向全国，还要走向世界、走向未来。

在20世纪50年代，中国和印度是全世界公认的麻风大国。面对麻风这个给人类带来几千年恐慌的恶疠，中国共产党本着为民谋福祉的初心，在新中国开展了自上而下的国家行动。到2018年，我国新发麻风病人只有1600人，发病率只有0.1/100000。可是，在世界范围内，麻风还在猖獗，新发病例基本上都出现在印度、印度尼西亚、巴西等10个国家，其中印度的新发病人占全球新发病人的59%，每年高达10多万人。此时的中国在基本消灭麻风后，开始兑现第一代麻风防治工作者在国际麻风大会上的诺言：中国一定会帮助世界！如今，中国已经为全球麻风防治提供了成功的经验。中国在麻风防治领域，不仅创造了可以复制的模式，也为世界树立了样板。中国第三代麻风防治工作者的科研成就，早已成为世界共享的硕果。

可以说，中国为世界贡献了麻风防治中可以借鉴的科学模式，提供了可以使用的科研成果，使人类彻底消灭麻风，创造一个没有麻风的世界，在科学层面上成为可能。

中国有能力，也有责任帮助全球，为人类"创造一个没有麻风的世界"。